U0637170

枪泥 著

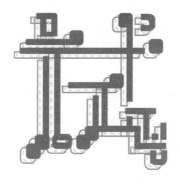

Try Again

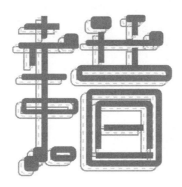

南方出版传媒 花城出版社

中国·广州

图书在版编目（CIP）数据

试错 / 枪泥著. -- 广州 ：花城出版社，2019.5
ISBN 978-7-5360-8788-0

Ⅰ．①试… Ⅱ．①枪… Ⅲ．①长篇小说－中国－当代
Ⅳ．①I247.5

中国版本图书馆CIP数据核字(2019)第045524号

出 版 人：肖延兵
责任编辑：陈诗泳
特约监制：雷　磊　　杨天意
特约编辑：李意博　　黄诚瀚
技术编辑：凌春梅
装帧设计：WONDERLAND Book design
　　　　　仙墶

书　　名　试错
　　　　　SHI CUO
出版发行　花城出版社
　　　　　（广州市环市东路水荫路 11 号）
经　　销　全国新华书店
印　　刷　广东新华印刷有限公司
　　　　　（广东省佛山市南海区盐步河东中心路 23 号）
开　　本　880 毫米×1230 毫米　32 开
印　　张　9.5　2 插页
字　　数　210,000 字
版　　次　2019 年 5 月第 1 版　2019 年 5 月第 1 次印刷
定　　价　48.00 元

如发现印装质量问题，请直接与印刷厂联系调换。
购书热线：020－37604658　37602954
花城出版社网站：http://www.fcph.com.cn

/ 序 /

P r e f a c e

———————

初次，是在电话里认识枪泥的。当时印象最深刻的就是他告诉我：他被很多VC说过不自信，没有激情。听着他平淡的语气描述着创业最痛苦的经历，波澜不惊，我心中浮现出一个戴着眼镜平时沉默寡言的理工男形象，顿时对其创业的起伏报以很大同情。

第一次见到枪泥，感觉和电话里的那个人特别吻合，静静地坐在第一排，一副标准好学生人设，不时还会对一些问题究根寻底，大有沿着牛角尖一直钻下去的趋势。只是没过一会儿，突然发现其幽默的特性居然能让全场笑崩，还是那种任你笑得天翻地覆，我自巍然不动的状态。而当大家笑完后，他脸上才浮现出得意的微表情：我得手了。Yeah！（请脑补一个戴着眼镜、其貌不扬的理工男突然双手比yeah的萌样）。

在这样闷骚的流年笔下构思出的小说，不出意外地流畅和机智，无需很多耐心就能读完。但在忍俊不禁中，掩卷思考，却让人有种莫名的恐惧。一段两年的经历，三起三落，分分合合，一方面似惊鸿一瞥，啥都没有留下，一方面却又深深地印刻在人的心里。我是否错过了什么？时间就那样流逝了吗？我是否一无所获？

就像苏穆棠问枪泥，创业是为了什么？违心回答了他的枪泥因此得到了他短期内可能会后悔，但终究会感恩的东西。但同样在人生这条创业道路上的我们，对这个问题会如何作答？在内心里真正获得平和之前，投入全部心力，无数日夜，牺牲其他生活的各个方面，是否会和枪泥一样，换来貌似的一无所有？这才是莫名恐惧的来源。

于是该书提出的第一个核心问题就是：创业的初心是什么？

对于创业的初衷，马云曾经和创业者分享阿里巴巴创立10周年的感悟时说："创业是为了什么？在阿里10周年的时候，我意识到商道的根本在于诚信的积累，我一切的目的都是为了获得信任，获得社会、客户、员工和股东对我的信任。"

柳传志在一次访谈中表示："1984年创业，初心很简单，40岁以前的日子，在科学院里自己做的科技成果无法变成产品，只能用来写论文、评职称，觉得憋得太慌。于是创业，为了看看自己的能力，体现自己的人生价值——这就是初心。"

初心不是为了做一件事，而是为了一个理念，一种信念。创业过程中可能会有无数次转型甚至失败重来，具体是否原来那件事也就不重要了，重要的是这个理念和信念还在，会一直支持你走下去。很多创业者，也就败在了没有真正发掘自己的初心。在真格学院，我们看到过很多失败者的案例：有的看朋友创业似乎很容易就觉得自己也应该创业，有的是好朋友拉着来创业的，有的是为了赚钱而去创业。创业有各种理由，无可厚非，只是如果能有一种信念支撑着，那么最后坚持下去获得成功的可能性会大很多。这是本书给人的第一个启示。

枪泥最擅长人物描写。

那平实的语句，刨除机智的幽默后，让人仿佛看到了曹雪芹在《石头记》题曰所说：满纸荒唐言，一把辛酸泪。

笑中带哭，这是黑色幽默的上佳表现，用在描述创业中那酸甜苦辣，芸芸众态，从春光灿烂到危机四伏，从天真烂漫到心机深沉，各个人物的性格鲜明，从中串联起一个个波澜起伏的故事。

这本书其实是一部个人的创业史。创业史也是历史的一种。其中是非成败，孰是孰非，尽管作者尽量客观地从各人角度来写，但是在各个人物各执一词中也难免陷入了重述历史固有的迷雾中。这创业路上遇到的各种难题，似乎其中有一些看起来近乎是无解的，当书中的人物采取一些"合乎逻辑"的措施时，问题不仅没有消失，反而变得更为严重。

这样的创业难题如何破解呢？

保罗·瓦兹拉维在《改变——问题形成和解决的原则》中提到了"改变之改变"的方法。

我们很多时候采取的措施只是使事物在同一个系统内从一个状态变为另一个状态，系统本身的结构并没有发生变化，因而系统的行为也没有发生改变，这称为第一序的变化。而系统本身结构的变化，则为第二序的变化。

我们需要解决一下类似无解的难题，就需要逻辑层次上的跃升。问题在原来的逻辑层次本身就无解，好比一个近视的人，不带眼睛是看不清问题的，需要配上合适的装备，一副恰当的眼镜，这样才能清晰的看清面前的问题到底是什么？

枪泥书中很多故事的发展是沿着第一序的变化而来，这就要求我们跳出书中很多事物的限定，从人物和外部环境去观察，才能得到更好的解释。因此，阅读本书一遍是不够的，第二次阅读，带着不同的眼镜和视角，才会发现其中很多事物背后隐藏的规律和逻辑，在现实生活中，无论是在创业，还是在工作场景里，都有许多借鉴意义。认知层面提升后看到故事的含义就会不一样，这是本书的第二个启示。

哲学家维特根斯坦称，"如果我们不去问为什么而直接去探究现象所发生的重要事实，往往我们可以发现，事实会引导我们去找到答案。"

既然创业本身是由无数故事组成，我很荣幸可以推荐一位创业者对创业故事一段段细微的描写和复述，也许这些事实对读者当下遇到的问题会有所启迪。

顾及　真格学院院长

目录

CONTENTS

/ 引子 /

F o r e w o r d

———————

2014年是移动互联网疯狂的一年。

一瞬间，好像每个人都在创业。

中关村创业大街的每一个咖啡馆里都人满为患，所有人都在热烈地讨论模式、创新、融资、期权。

半年后，总理也去喝了一杯创业咖啡。

2014年1月，豌豆荚获得软银领投的1.2亿美元B轮融资。

2014年6月，今日头条确认获得1亿美元C轮融资，红杉资本领投，新浪微博跟投。

2014年9月，滴滴打车与微信达成战略合作，开启微信支付打车费"补贴"营销活动，很多人辞职去做滴滴司机。

这一年，几乎每一个程序员都不时听到前同事、前同学、前男友、前女友获得几百万几千万几个亿的投资，拥有了几百万几千万几个亿身家的故事。

这一天，我来到真格基金，我想我即将成为别人眼中的那个人。

第一章

真格基金：

他不会是个骗子吧

国贸三期五层，真格基金。

当我看到那个创投界最著名的天使投资人徐小平的时候，心里还是有很大触动的。

之前一直在判断，拉我来见徐小平的苏穆棠到底是不是一个职业骗子。

此刻，我心里终于有了答案。

我和苏穆棠的故事始于半年前。当时损友伯爵给我打电话："哥们帮个忙！来了个神经病，整天缠着我见面，见了一面还要见第二面。赶也赶不走，我都快想干他了！"

"其实打架我也不是很擅长……"我说。

"这神经病要拉我创业。你不是整天说要找创业机会吗？我想把这个好机会介绍给你。"

"真是好机会你自己不上？"

"嘿嘿嘿，他说他是谷歌的科学家，但是我觉得这人有点像骗子。我都说不干了，他非让我介绍别人，我介绍了他就保证不再来烦我了，你去聊聊吧，算帮我个忙了。"

伯爵是我之前所在的一家知名但不停走下坡路还半死不活的硬

件公司的损友。苏穆棠在github[1]上找到了伯爵维护的一个用来黑安卓APP的项目，觉得做得很不错，于是发邮件找到了伯爵。苏穆棠很快就约伯爵出来喝茶，试图拉他一起创业。伯爵的直觉告诉他，苏穆棠不靠谱，于是介绍了我和对方认识。

2014年6月，我和苏穆棠在五道口的一家星巴克见面。

"你好，请问是苏穆棠吗？"

一个大叔回过头，用迷人的微笑回答道："是。"

四十出头，和我差不多高，很壮实，一张苦大仇深的脸，给人一种沧桑感。这是苏穆棠给我的第一印象。

"我儿子都已经读高中了。"苏穆棠哈哈笑道。

我很惊讶他大我10岁——我以为自己已经算是比较老的程序员了。苏穆棠是我认识的最老的程序员，而且是在这个年纪还在一线写代码的程序员，这是我的第二印象。这个印象后来由于岳风老师的出现被打破了。岳风老师大我整整20岁，看到这种年纪的人还在编程，我有些放心自己的老年生活了。

见徐小平的前一周，五道口的一个咖啡厅里，苏穆棠对我说：

"50万美金太少了，我没有答应。"

我心里在琢磨："这人这么像个骗子，该不会是做传销的吧。"

"50万美金安娜[2]直接就可以给了，我觉得不够，所以拒绝了，我需要至少100万美金，所以约了下周去见徐小平，你有没有时间一

---

1 github：著名开源项目平台。

2 安娜：真格基金CEO。

起来？"

"可以有可以有，没有问题，我挤时间。"

那天，我提前一个小时来到真格基金楼下的咖啡厅，苏穆棠已经到了。

我走过去，苏穆棠给我一个稳稳的微笑，示意我坐他旁边，然后扭回头，继续对着屏幕念念有词。

我小心翼翼地探过头去看他的屏幕，映入眼中的是一幅幅高清无码儿童适宜的图片。我有点发晕："这是中邪了吗？"

苏穆棠扭头说："这是我的PPT。"

"哦，看起来挺别致的。"

"我改了几个版本，最初的版本不是这样的，就像你平常随处可见的那种PPT。但是，我一直不满意。Do you know there is a design principle called Don't make me think？（你知道有个设计原则叫别让我思考吗？）"

"嗯，我听说过，但是没有太过留意。"说完我又补了一句，"因为我是做技术的，更关注技术方面。"

"这个principle（原则）里有一条，就是设计上要降噪，减少多余的视觉干扰，力图做到极简。所以我constantly changed this ppt，and in the end，this it is，there is no word on it.（不停地修改，最后变成这样，一个字也没有了）"

"真是太屌了，"我心里想，"这是到了一种哲学境界啊。"

爱读书，喜欢在书里寻求答案，而且会在实际工作中运用这些答案，这是我对苏穆棠的又一个钦佩之处。

"对了，如果今天万一没有通过徐小平这一关，那上次安娜说的那50万美金还可以继续给么？"

"如果今天没有通过，The only reason would be（那只有一种可能）

就是徐小平不看好这个项目。如果他不看好，一分钱都没有了。"

我努力装出赞许的表情，极力用平静的语气说："其实也可以考虑先要了那50万美金，那样公司就可以启动了。先开始做，剩下的钱可以同时再找！这样是不是更加保险一些？"

苏穆棠义正词严地说："The only thing we have to do（我们唯一需要做的事情）就是正确的决定。如果我们做了正确的决定，拿到想要的钱是自然而然的过程。我算过了，50万对我们想做的事情来说是远远不够的。既然这样，The right thing（正确的决定）就是去争取100万美金。我们不需要思前想后，如果这次拿不到钱，那也没有什么，我们继续move on（向前走）。未来没法预测，我们坚持做正确的决定就好了，结果是什么样子的并不重要！"

我仔细体会了一下这段话的哲学含义，不觉由衷地佩服起来。

苏穆棠接着说："如果这次结果不好，你愿不愿意先拿一点钱出来，当然我也会拿钱，我们一起把这个项目启动起来。"

"当然没问题。"我嘴上说道。不过心里忽然警觉起来："这是个骗子吧，是不是狐狸尾巴要露出来了？嗯，这可能是他设的局，什么谷歌啊，科学家啊，50万美金啊，都是个局。估计一会儿就会接个电话，说徐小平突然做出决定不考虑了，再然后就开始找我一起出钱了。等我真拿出了钱，就再也找不到他了。这个人渣，布个局很下功夫啊！妈的，心疼我还给他买了好几次咖啡呢。我就知道，狗屎运哪有那么容易找上门？徐小平哪有那么容易见到？我听说有个人，坚持不懈地给真格基金发BP，发了半年，连个基金经理的实习生都没见到，当然，这肯定是因为他的BP像狗屎一样，但是另一方面你想想这个难度吧。还有很多创业者在真格基金楼下堵人，挤破脑袋就为了和徐小平说上一句话。好吧，就这样吧，到此为止。苏穆棠，你是一个有事业心，而且非常敬业的骗子，但是你已经被识破了。我现在就在这里，不动声色，看你怎么继续往下编……"

"丁零零"苏穆棠果然接了个电话，我在心里冷笑了一声。

"上去吧！"苏穆棠放下电话，"秘书打来电话说徐小平已经到了，她说我们准备好了就可以上去了。"

"还是要相信生命中可以遇见美好的事情啊！"我心理上的波澜壮阔恢复平静，不由得生出几番感慨。

我们来到真格基金会议室。对方有五个人，除了徐小平和他的老搭档王强以外，还有安娜，一位VP（副总裁），一位年轻的姓贾的投资经理。大家介绍并简短寒暄后，徐老师直奔主题——

"开始吧。"

灯光一下变暗，所有人的焦点都集中在苏穆棠和投影屏幕上。

虽然不是我讲，但是我已经紧张得快尿了。

苏穆棠不慌不忙地清了下嗓子，调动了下情绪，开始了表演。一大段声情并茂夹杂着专业术语的英文喷薄而出，苏穆棠全情投入。

"等一下。"徐老师突然打断。苏穆棠停下来，略感诧异。

"说人话。"徐老师说。

满屋欢乐。

苏穆棠也乐了，解释道："回国时间不长，还不太适应。"然后切换频道，开始说中文。

"移动互联网发展到今天，手机已经成为人们的必需品。据统计，每月有10万个新的APP上线，每天……"

"等一下。"徐老师又打断了，苏穆棠停下来，略感懵逼加挫折。

"这些都知道，不需要讲，下一页！"

"这页也不需要讲，下一页！"

"下一页！"

"下一页！"

"下一页！"

……

"下一……这页就是产品吧，对，就这里，讲讲你做的是什么。"

"移动搜索！"苏穆棠底气十足地回答。

"微信其实有几百个功能，但是大部分功能我们都不知道，如果没有搜索，我们基本上只会用到很有限的功能。

"我来举个例子：在座的各位用一下微信的'面对面建群'功能，看看多久能找到。"

"喏，扭头看后面黑板，写着呢。"安娜说道。

我们一扭头，果然，黑板上居然写了："面对面建群的方法：一……二……三……"

全场一阵欢笑。"好巧好巧，"苏穆棠也笑了，"Don't Cheat（作弊不算），自己试一下找找哈，Don't Cheat。"

然后所有人都假装看不到黑板，自己去找。

"好吧，算我找不到，说说你的方案是什么？"徐老师是急性子。

苏穆棠拿出他的Nexus手机。手机已经装好了演示APP。

演示APP打开后有一个搜索框，苏穆棠开始输入："面对面建群"，下面出现一个列表，不停刷新。

苏穆棠输入完毕后，点了列表的第一项。

微信打开了，而且跳转到了"面对面建群"这一页。

所有人都张大了嘴。

"如果没有搜索，我们打开微信后需要三步才可以进入，而且需要你很熟悉微信，熟记这个功能。"

"有了搜索，只需要一步。"

我观察到，徐老师点了点头。

"你为什么觉得这是一个必然的方向？如果这是一个市场，你怎么解释为什么现在没有这种产品？是因为别人没有想到还是因为什么别的原因？"徐老师说。

苏穆棠开始了表演。

"互联网发展经历了三个阶段，第一个阶段出现了一些网站，虽然不多，但是并没有很方便的办法找到这些网站。

"后来雅虎出现了，推出了一个排行榜，将所有网站分门别类。这样用户上网的时候，先去找雅虎排行榜，然后再通过排行榜找到网站。

"然后Google、百度出现了，人们上网的行为模式发生了根本的改变，人们只需要在搜索框输入希望查询的信息，然后直接进入相应的网页就可以了。

"那么，我们认为，移动互联网的发展已经进入了第二个阶段，现在的用户怎样找到一款APP呢？他会先上一个应用商店，找到分类排行榜，然后在排行榜的列表里随意选择一款APP，下载，安装，打开。打开后再寻找自己需要解决的需求，这是'搜索前时代'的用户体验典型特征。

"我们认为，移动互联网已经到了强烈需要搜索服务的时代。"

"嗯，确实有点意思。为什么别人没有做或者做不到？"徐老师问道。

"大家都想做，但是搜索不是那么容易做到的。我在谷歌北美研究院做了十年，我深知其中难度。"

"百度呢，百度在技术上不是问题吧！"

"百度在搜索技术上不是问题，但是这个产品不是单单依靠搜索技术的。首先，搜索的基础是爬虫[1]爬取。Web页面其实是公开的，很容易爬取。但是APP都是黑盒，很难获取其中的内容。我平常在工作中接触了很多谷歌做安卓底层的设计师，慢慢地，我摸索出一套方案……"

"好，太棒了！苏穆棠！"徐老师是性情中人，啪啪啪，一拍桌子就直接鼓起掌来。

我忽然有种感觉，这个投资已经搞定了。

"盈利模式呢？"

"搜索是互联网行业最赚钱的模式了，只要搜索做好，赚钱从来都不是问题！"

"嗯，确实是这样！帮我们做成下一个百度吧！"徐老师站了起来。

"移步这边。"徐老师一摆手，带着苏穆棠出了会议室，然后马不停蹄地进入对面一个小会议室。

开始谈细节了。

会议室剩下的人也都站了起来，向我道贺："恭喜恭喜！"

我忽然发现自己好像一句话都没说，只是当了一个小时花瓶！这样好像也不是很得体，于是我抓住最后的机会，终于开口说话了："可以一起合张影吗？"

我眼疾手快地拉着准备离开的王强老师合影一张，很快就发在朋友圈里装×。王强老师的网红脸果然在朋友圈里引起了爆炸，装×的感觉简直要爽飞。

---

1 爬虫：全称网络爬虫，其实就是一个计算机程序，可以按照一定的规则，自动地在互联网上抓取信息。

半小时后，苏穆棠出来。稍后，管法务的美女带着几张纸拉着我们又进了会议室。

传说中的Term Sheet（投资条款清单）出现了。

两页纸，我找到条款仔细看了下："100万美金，15%股份。"我感觉一股热血直冲头顶。

没想到苏穆棠居然打死也不签字，说："签字是件严肃的事情，我不能rushly（冲动地）做任何事，我一定要找个律师检查一下。"

其实我很想签，但是好像我签也起不了什么作用，所以只好跟着不签。

过了两天，我们找了专业律师咨询。对方是台湾人，说话很直接："这个基金是傻的吗？所有条款全是对你们有利的，我连一个问题一个小坑也找不到。妈的，没生意！"

来自未来视角的复盘

回头来看，2014年中下旬，中国移动互联网流量分发的时代实际已经结束了。

一方面，虽然APP还在井喷，但是流量迅速集中至几个头部APP中。

而且，真正的集中不只在流量方面，还在广罗大众的心理方面。

移动互联网不像传统互联网的一个原因是：经过传统互联网的积累，移动互联网发展速度快了不止10倍。

当我们打车的时候一定会打开滴滴，当我们找饭店的时候一定会打开大众点评……我们为什么需要搜索来多加一个步骤？

就像传统互联网，我们去买东西，也不会去百度搜索而是直接打开淘宝。

移动互联网把需求和工具的链接迅速做到了极致，任何需求都有直接的APP以条件反射般的速度被用户联想到。

经过铺天盖地的互联网思维教育，所有APP都把功能做得极致人性化，最高频的功能一定在首页最显眼的位置；那么类似于"面对面建群"这种小众低频需求，能不能撑起一个搜索服务？

另一方面，社群经济、大V经济、网红经济开始崛起，入口从一个死气沉沉的工具开始向人格化的个体转移。

中国社会层级化出现，每个层级的人都和自己圈层的人玩。

一个朋友讲，从他们的H5分发平台上来看，人群折叠的现象已经很严重了，精英阶层、中产、屌丝群体转发的内容完全割裂，没有交集。

互联网用户们开始追逐并跟随有鲜明人格化的大V和各式各样的社群领袖。

所以阿里投资新浪微博，新浪微博由大V变成电商入口。

腾讯的微信公众号经过两年的酝酿，已呈井喷之势。

这个时候开始做一个移动搜索作为新的流量入口，好像在出发前就已经失败了。

PC互联网的入口是搜索框，移动互联网的入口是二维码。

——张小龙，2012

第二章

创业者：

苏穆棠其人

洋气

苏穆棠自己的简历顶级豪华到可以亮瞎我的眼，我之前都没有在现实世界中看到过这样闪亮的简历，也正是这样的简历才符合真格的投资标准。

本硕毕业于清华计算机专业，和老婆在清华相识结婚，双双去了美国读博士，在美国待了十几年，在哈佛拿了个博士学位，博士论文还拿到了一个非常厉害、在美国学术圈非常吃香的奖，据说靠这个奖就可以随便挑工作offer。

当时他在一众工作offer中翻了亚马逊的牌子，在亚马逊研究院做了半年研究，后来发现亚马逊的逼格不合他的胃口，于是愤然离职跳槽到Google，在Google北美研究院担任宗师级科学家超过十年，长期做高大上的也是投资人最近两年最爱的人工智能、大规模机器学习以及自然语言理解项目。然后他又想体验不同人生，于是跳出来去了硅谷的一家创业公司QSearch，出任搜索部门总监。

QSearch获得来自阿里领投5000万美元投资的时候，苏穆棠负责对接阿里的人，当时阿里出了个考验，需要QSearch一个月时间做出一款应用搜索，效果要超过豌豆荚[1]。

苏穆棠带着团队"吭哧吭哧"玩命干了一个月，最后两天的时候交了活儿。

苏穆棠每次给我讲这个故事的时候，都会提到一个细节：时间只剩三天的时候，系统还没法运行，阿里的人腿都打战了，说马上就要见马云了，这可怎么办。苏穆棠爽朗地呵呵一笑："别慌嘛，不是还有时间吗？"老练而胸有成竹的样子像极了我们村里的老支书。

果然，过了一天，系统能用了，效果完美超越豌豆荚。马云很满意，阿里痛快地投了钱。

苏穆棠自己琢磨："拿钱既然这么容易，那干吗还打工，干脆自己拉投资自己搞才有意思。"

于是就有了轻鼎智能公司。

惭愧

我自己的背景要逊色不少。我毕业于国内某工科很厉害的985院校，虽然我自己还算自豪，但是由于既不是TOP2（北大、清华）也不是美国常青藤名校，所以在创业圈并不怎么受欢迎。最高学历只到硕士，离博士差一个档次。之前在某知名但不停走下坡路半死不活的硬件公司做高级架构师，搞的是操作系统，听起来也不够高大上。坦率来说，只以我的资历，其实够不到真格的门槛。

所以，我对苏穆棠心怀感激，要不是当初他邀请我加入，我不会

---

1 豌豆荚：国内应用商店和应用搜索排名第一的公司。

有这份惊心动魄的创业经历，无法体验到这次创业的过山车之旅，也不会认识这么多卓越而且有趣的人。每天都在高速学习，都在增长见识，都在预测市场、预测未来、做出判断、做出决策，每天也都在体验奄奄一息，不停挣扎，这种感觉好自虐，好爽。

如果当初没有苏穆棠，也许我会找到并加入一个创业团队，但是可能无法成为第一联合创始人，也无法参与到很多核心决策中；也许我可以做到一个创业团队的高层，但是这个团队本身的逼格可能会差很多，只能在创业食物链的底层苦苦挣扎。

我必须老实地承认，我在公司的角色并不是一个关键先生。事实上如果苏穆棠没有找到我，他多花些时间，多出些股份，总能找到类似的人。我如果碰不到苏穆棠，可能还是一个苦逼外企的准中层码农，或者一个小型APP外包公司的CEO，这种公司八成还只能招一些在其他公司找不到工作的初级程序员，很难像轻鼎智能一样几乎全北大清华阵营。讲真，身处这个团队让人无比享受，里面都是些年轻人小朋友，但每个人都身怀绝技，都出手不凡，每天都可以和身边的人学到很多。

> 一份商业计划书仅仅是他想法的镜子，而二把手是他行动能力的镜子。这说明什么？说明他把想法成功地推销给其他人了，而且是一个优秀的人，他可以搭建一个优秀的团队，这说明他从想法到行动迈出了关键一步。只要这一步走得非常漂亮，找来一个精彩的二把手，那后面的事就不用管它了，它肯定一路走向胜利了。
>
> ——徐小平

后来偶然在一个访谈中看到徐老师的这个观点。忽然惊觉：妈的，原来我的作用其实还是挺关键的。然后不免觉得痛心疾首。

不易

苏穆棠把老婆孩子扔在美国，自己一个人跑回来创业，其实也是极大地牺牲了自己的生活，他完全可以随意享受加州的阳光，享受Google研究院的高薪并且公务员强度的工作，享受举案齐眉、儿子绕膝的生活。而如今，可怜的苏穆棠两三个月回"美帝"一次，看望老婆孩子，每次回去两周，然后又马不停蹄赶回来。

他在北京租了一个很小气的一居室。房子在一个老小区，楼道里贴满了性病广告，楼下就是卖菜的和煎饼摊。方圆两公里最高档的消费场所是成都小吃。苏穆棠评价一份食物是不是好只有一个标准，就是够不够快。他认为吃饭是浪费时间，不管什么食物，只要能吃得快就是好饭。衣服只穿各个IT公司发的免费T恤，冬天套个外套或者大衣。上下班全靠走路，出行全靠地铁。一句话，衣食住行完全没要求，和搬砖工保持同等生活水准就满意。

他的工作时间超过了996[1]，甚至007[2]。基本上就是早上6点到晚上11点，一周七天办公室，勤奋程度超越了重点中学的高三毕业生。

---

1 996：指早9点至晚9点，一周6天。
2 007：指每周工作7天，每天工作11个小时以上。

诚恳

苏穆棠拉我入伙时，我们吃了两三次饭，喝了三四次咖啡，打了四五通电话，发了很多封邮件。

我和苏穆棠存在很多相似的地方。我们都喜欢编程；都认为技术管理者应该是编码最多的那个人；都鄙视那些只动嘴的CTO（首席技术官）；都认为对于一家技术公司来说，CEO必须奋战在代码第一线；我们对于软件如何进行设计架构，对于测试驱动开发核心作用的认识经常会惊人的一致。

苏穆棠也不是随便的人，他委婉地试了下我的技术能力。苏穆棠说，我这里有一个输入法，但是现在有个bug，有时会崩溃，现在找不到原因。如果我们拿这样的代码去真格，演示的时候如果出了这个问题，首先会显得很不靠谱，其次会给拿钱带来很大风险，你可不可以看一下，把这个bug解掉。

我吃了一惊，嘴上说好的。心想，这个分分钟的事情难不倒我的，然后开始认真地改bug。过了一天后，我还没有复现，更谈不上搞定了。当天晚上苏穆棠给我打电话询问，我出了一身的汗，说还没搞定，快了快了。苏穆棠显得有点不耐烦："你要实在觉得难，还是我来吧。"

我当天晚上几乎没睡，终于找到问题，搞定。第二天一说，苏穆棠很高兴。真格演示的时候果然也顺利通过。

两年后回看，这是唯一一次演示顺利的。后来碰到关键时刻演示准掉链子，屡试不爽。

苏穆棠和我说过一句话，对我触动很大，我一直记在心里。

"我们做合伙人，最重要的一件事就是相互之间做到诚恳，我们任何时候都要做到心里怎么想，嘴上就怎么说。我倒不是说你会故意骗我，我就是担心你如果想让我去做一件事，不直接说。你去猜我的反应，包装一下说辞，通过其他的说辞来达到让我去做这件事情的目的。就比如你和一个员工发生了矛盾，你想让我裁了他，但是你不说这个矛盾本身，你只是说这个员工能力不符合公司标准。最后虽然实现了裁掉他的这个目标，但是你真实的原因隐藏在后面了。如果我们之间的关系变成这样，那我们公司离死掉也就不远了。"

我觉得这句话实在是太有道理了，晚上回家说给老婆听。老婆说："我一直就是这样啊，从来都是有什么说什么，你为啥这么有感触，是不是有什么事情瞒我？"当晚我被要求坦白，一直到很晚才睡觉。

总之，我越来越心动，觉得四十多岁的苏穆棠成熟稳重，足以托付，是一个可以做成大事的人。

姿 势

现在摆在眼前的问题是，我用什么样的姿势加入比较合适？

曾经有人做过一个实验：一个团队让每个人把自认为对团队的贡献度用百分比写在小纸条上，小纸条收上来以后，累加计算出总的贡献度大约是300%。

人性如此，凡人皆不可免。

所以令我们纠结的问题在于，我应该占多少股份。

由于从小接受传统教育，和大部分我国人民一样，我有个核心价值观是希望周围人对我的评价是多做事少说话。我尤其不擅长谈论自己的价值，这个特点后来真是要了命。其实在一个发达的商业社会环境里，每个人都努力争取自己的价值是一件值得骄傲的事情。可惜我被传统教育毒害颇深，每当需要谈利益的时候，我就会有一种负罪感，表现出来就是对自己价值的不自信。

后来轻鼎智能出现变故，我单独拿一个项目去聊投资的时候，苏穆棠对我说："你要学会激情演讲，你自己说的你自己都不信，你让VC（风险投资人）怎么信，VC不会告诉你你需要什么，你需要自己去表现这种气势。"

有VC对我的美女FA（财务顾问，帮助创业者介绍投资人）蜜蜡反馈说："项目不错，不过CEO没什么自信，我们还是观望一下吧。"

总而言之，我很不擅长去争取利益。因此，当苏穆棠问我加入的条件是什么时，我支支吾吾慌张得不知道该怎么说。

苏穆棠推荐我去看一本书，书名叫"Slicing Pie"（切蛋糕）。

我花了三天时间啃完这本全英文的原版书。这本书主要讲创业公司应该如何分配股份，核心思想是要按照实际贡献来分配，并且建立一套大家都认可的算法作为执行政策。股份是动态的，随着时间和每个人贡献度的不同而调整。

姑且不论这本书提供的方法可行性如何，至少我心里觉得苏穆棠是在认真考虑这件事情，他在试图做到公平。很多江湖骗子只是将股份当作挂在驴嘴前的草料袋子，诱惑员工只讲贡献，不论回报。

苏穆棠不像他们那样只是把股份作为一个诱饵，草草给一个数字。

海盗分金

经济学上有个"海盗分金"模型。现实中,分金的核心在于妥协,只有创业海盗们对内都抱着可以妥协的态度,然后一致对外,团队才能继续向前走。

把伙伴扔海里喂鲨鱼的海盗不是好的创始人。

股份的问题来回太极了几次,谁都没有提那个数字。

苏穆棠来回试探我很多次,我都不动声色。我当时心里想要的是20个点,但我不知道苏穆棠怎么想,我很珍惜这个机会,没有摸清苏穆棠底牌的时候,我还不想因为我报的数字和他的心理预期差距太大而出现什么波折。

苏穆棠有一次问我:"如果我们拿不到投资,你愿意也出点钱先做起来吗?"

我的回答毫不犹豫:"没问题。"当时的我完全没有预料到,在拿到投资的一年后,会被苏穆棠问同样的问题。

不过总是要有先开口的人。

有一天,苏穆棠和我在星巴克忽悠一个叫斯干泥的北大信息科学专业大四男生一起创业。等斯干泥走后,苏穆棠给我摊牌了。

"我计划给你3到4个点,怎么样?"

"哦。"我心里一颤,这么少啊。

"你的期望是什么呢?没关系,我们可以很open地来谈这个问题。"苏穆棠满眼真诚地望着我。

"我原本期望8个点,团队还这么小,作为第一个加入的,我觉得5个点以上还是合适的。"

"我很理解你的想法，但是其实你要那么多股份没有用，我们以后会做很大，可以对标百度。你算算百度的估值是多少，3个点的钱这辈子花不了，6个点的钱这辈子也花不了，其实是一样的。"

我一下就激动了，百度！然后进入自high模式，认真算起百度的估值。

苏穆棠接着说道："我现在给你的这个点数是不shrink（压缩）的，当然，我可以给你分十几二十个点，但是那样的话，如果有新加入的人的话就需要shrink（压缩）。当然那样的分配方法也行，你来定，不过我还是觉得这样的分配方法比较好，这样你心里会有个底，你的就是这么多，别人永远抢不走，永远不会再shrink（压缩）了。"

苏穆棠继续滔滔不绝："点数没有用，重要的是估值。我们要留尽可能多的期权池，这样才能吸引更多厉害的人加入，这样总的蛋糕才能越来越大。你要盯着的是蛋糕有多大，而不是你的份额是多少。如果你想要double value，你应该去double蛋糕，做大一倍蛋糕很容易，而不是去double那个百分比，别把眼睛只盯在那个数字上，没有用，很鱼虫（愚蠢）！"

"哦，"我觉得苏穆棠说的也很有道理，想了想，然后问，"你给自己留多少？"

"你看，我就不像你这样，我只留了50个点"，苏穆棠真挚而慷慨激昂地说，"我就一直告诉自己，不要太在意那个点数。而且我留了35个点的期权池，这个在创业公司是非常罕见的。"

"我们现在估值差不多4400万人民币，比较正常的话，明年这个时候应该翻10倍，达到4.4亿人民币。如果明年有人收购，我们会把期权池里没有分的股份再分一次，这样你估计会有6到8个点，我们就算6个点的股份，一年后你应该可以挣到2600万左右人民币，其实已经不少了。对了，如果这样的话，你愿意一年就卖吗？"

"我愿意！"我情不自禁脱口而出，心里嘀咕：我嘞个乖乖，一年两千多万，干吗不同意。

苏穆棠对我露出鄙夷的目光："哎，你太看重钱了。"

那天回去后，我四处打听，然后意识到，四个点在创业公司里其实已经不算少了。后来我自己独立，出去招人的时候给人家两个点心里都会感到肉疼。而且，创业公司股份还是集中的好，集中不一定没问题，但是分散必然打起来，基本上必死。CEO表面上留了很多股份，但他可能终生都很难退出，基本上也就是纸面价值，而其他小股东却可以很方便地无风险套利。

这样想，苏穆棠给出的条件算是很厚道了。

每每想到这里，我都会又感激一次。

那天晚上，双方怀着友好的态度充分地交换了意见，但是最终的数字还是没有确定下来。

我有自己的想法，当时的情况，再扯皮也没有用。主要因为我和苏穆棠之间还不甚了解。我们还没有在一起工作过，我现在提出一个比较高的点数，苏穆棠肯定会觉得我是骗子；而如果我现在答应一个心理接受度比较低的点数，首先自己会觉得失望，然后去和老婆沟通时会觉得没面子，最后去和狐朋狗友吹牛的时候又会显得底气不足。我认为我如果想谈一个好的点数，需要先展现自己的价值，展现价值需要用实力说话，也需要一定的时间，至少三个月到半年的时间会比较好。

大概三个月以后，我和苏穆棠在微软食堂一边打饭，一边讨论一个哈佛教授级别的人加入应该给多少股份。

"我觉得应该给10个点，毕竟人家是哈佛教授。"苏穆棠说。

"10个点没问题，他同意的话其实是我们赚到了。"我说。

"嗯，不过，他10个点，你4个，这样的话我们的期权池就出去大半了"。苏穆棠说。

"对了，我想要5个点可以吗？"我问道，满怀期待。

苏穆棠沉默了一下，然后抬起头，像是做了一个艰难的决定，然后给了我一个美好的笑容。

"5个就5个！"

第三章

公司启动：

赢在起跑线上

拿到真格投资后，轻鼎智能开始了高速发展的黄金时期。

那是最美好的一段日子。

苏穆棠显得朝气蓬勃而且信心十足，一年内公司从2个人快速扩张到30个人。

每个人都觉得公司氛围好，大家每天过得很开心。

我们信心爆棚，感觉世界在手中，感觉沿着光明的道路一直走，前途一定是迎娶白富美，走上人生巅峰。

> 一个人年轻的时候需要有个幻想，觉得自己参与着人间的伟大活动，在那里革新世界，他的感官会随着宇宙所有的气息而震动。
>
> ——罗曼·罗兰

我们讨论过别的公司，比如豌豆荚也在做应用内搜索。我问苏穆棠，我们怎么面对和豌豆荚之间的潜在竞争。苏穆棠说："搜索没那么容易的，没有几个人可以做搜索的，他们没有做搜索的人。"

我问："豌豆荚的CEO也是谷歌出来的，技术应该不会是太大的问题吧。"

"他当时只是tester！"

这话从苏穆棠嘴里说出来，显得无比令人信服。紧接着团队就会开始群体自我催眠，有一种"哦，原来我们从根子上就比他们厉害"的良好感觉。

当时大家就是这样信心爆棚的状态。虽然狂妄，但是简直帅爆了。我真的很喜欢那种状态，活生生就像路飞第一次出海就喊着我是海贼王的样子一模一样。

看到一些创业公司爆出不和谐的消息，大家吃饭时会调侃一二，说怎么好像什么样的人都在创业，怎么什么猪都在飞。

> 很多时候，人之所以犯错误，不是因为他们不懂，而是因为他们以为自己会"不一样"。
>
> ——索罗斯

好怀念好喜欢当时盲目自信而不知还拼命努力的自己。萌蠢萌蠢的样子好可爱。

3W孵化器

没过多久，我们进入了3W孵化器[1]，位于3W咖啡三楼。

虽然总理当时还没有来，但是3W已经很火爆了，每天来朝圣的

---

1 3W 孵化器：3W 是北京中关村创业街最著名的网红创业咖啡馆。3W 孵化器是其中的一个子部门，为创业者提供办公场所，资源对接等服务。

人无穷多，申请加入3W孵化器的团队更是无穷多。据说申请BP（商业计划书）满满一桌子，3W孵化器团队看都不看，直接扔掉。

每天还有些人不请自入，拿着BP，恳求孵化器团队看一眼，然后会被保安赶走，还会被人朝着背影吐口吐沫，骂一句"神经病"。一句话，平常人很难加入。

而我们通过股东徐老师的关系，强硬插入了3W孵化器。为啥说是强硬？因为人家当期的团队招募已经结束了，我们还是硬生生挤了进去，无比嚣张。一句话，很容易。

我们要到了四个座位，座位对面是个做投票社交APP的团队，名字很文艺，叫酷投。座位后面是3W猎头团队，全是青春活力的小姑娘，无间断叽叽喳喳每一天。

孵化器主管是个小女孩，名字叫阿九，说以后有事找她，然后再也不找我们了。

中午有工作餐，味道不错，价格公道。

有时候我们俩也去外面吃，为了省点钱，一般都是趁斯干泥同学不在的时候。这个阶段的苏穆棠看起来特别像一个变态搭讪狂魔。比如有次在3W旁边的面馆，隔壁桌有两个小姑娘正在讨论工作，苏穆棠突然插话进去，问你们做什么工作的。两个小姑娘老老实实回答后，苏穆棠又问，你觉得你们工作的价值和挑战在哪里？我一听差点喷他一脸汤。然后苏穆棠又说，要不你们来加入我这里吧。两个小姑娘对视一眼，一起喊："老板，买单。"

刚进3W孵化器的时候，苏穆棠说我们先全力做输入法吧。

"我们不是和真格说好做APP搜索吗？我们根本没有提过要做输入法啊，这完全是两个方向！"

"At frist，拿钱和具体开始做是两回事，他不可能每天管你做什么；Secondly，Search需要通过输入法，而现在市面上的输入法没有一种可以符合我希望的User Experience（用户体验）。"

"真格过些时候不会评估我们的进度吗？到时候看我们做的和说的不一样会不会有问题？"

"他们才不会管你做什么呢，任何一家创业公司都会不停转型的，他们不可能全管下来。况且，如果输入法的Experience（体验）不好，做搜索根本没戏。"

于是我们开心地做起了输入法。

我就是从这里开始觉得投资人好骗，后来为此付出了沉重的代价。投资人哪有那么好骗的，还是自己更好骗一点。

在准备做输入法的同时，由我牵头，从轻鼎智能内部孵化出一个叫达普数据的项目。达普数据是一个To B（为企业服务）的项目，说白了就是给APP的开发者提供服务。它可以给APP加点料，使APP获取新用户时能有更好的用户体验。

苏穆棠说："我们花两周时间做一个，然后找两个小女孩帮我们做BD（商务推广），找一些Programmer（程序员）去push（推动）他们去用就行了。"

后来，我们因为这个过于单纯的想法交了不少学费。

一切学费，都是源于认知的不足。

无知不是最大的问题，傲慢才是。

——《三体》

微软加速器

在3W孵化器待了两月后，我们进入了微软加速器[1]。

微软加速器是创业者心中的圣殿。

自2012年7月启动至今，微软创投加速器已连续三年被评为"中国最佳孵化器"之一，先后7期扶持了126家早期创业公司，这些公司的产品及服务，目前已覆盖了超过5亿个人用户和数百万企业用户，整体估值超过300亿人民币，入选企业估值增长超过500%。

微软加速器通过率小于5%，比哈佛还难进，有三次考验。

第一次，海选BP。

第二次，加速器面试。

第三次，VC大佬复试。

面对这些，苏穆棠自己也没底，他对我说："我们只做我们能做到的，最后能不能成不用太在意。"

1．海选时，我找了一个在微软研究院工作的大学同学内部推荐，他刚好和加速器很熟，海选轻松通过。

2．面试时，见到了加速器团队和传说中美貌与智慧并存的美女CEO薇妮莎姐。

对方都是老江湖，类似的项目之前没见过100个也有80个了。微软加速器CTO强哥尤其嚣张，每个提问都直击软肋，我们被他问得汗

---

1 微软加速器：创业孵化器中的顶级品牌，可以为创业公司提供全方位的服务和大量免费资源。每年两期，录取率非常低。创业公司会把入选微软加速器视为一种极高的荣誉。

毛直竖。

关键时刻苏穆棠又一次站了出来，唇枪舌剑，兵来将挡。更厉害的是他还懂套路，当被问到为什么从美国回来的时候，苏穆棠提到了创业圈一位炙手可热的大人物："哈哈，想当年在Google研究院他就坐我办公室隔壁，他只待了五年，屁股还没坐热就跑了。"这种回答一下镇住了现场，整体气氛开始转换，后半部分的面试在友好和轻松的氛围中度过。

3. 当薇妮莎姐问起我和苏穆棠是怎么认识的时候，有一瞬间，我感受到了一丝迟疑的气息。

4. 当然，这点迟疑不足以影响这次面试的结果。轻松通过。

5. VC大佬复试时，现场要宏大多了，一个超大会议室，密密麻麻坐了三十来个VC合伙人，甚是气派。

6. 苏穆棠开口就上纯英文，一点也不客气。

7. "停，"薇妮莎姐打断了苏穆棠，"我们这次都说中文，好吗？"

8. "好的，"苏穆棠说，"那么，我们可以想一想，What can we get from the experience of……"薇妮莎姐欲言又止，想了下，还是算了。

9. 再一次成功通过。

微软加速器是我见过的最慷慨的孵化器。免费半年的办公场所，600万的云服务器计算资源，顶上一轮天使投资了，相当给力。

除此之外，水果免费，茶水免费，使用办公耗材免费，各种型号会议室随意使用……

还有各种资源对接和高质量活动，比如有一天滴滴副总过来，加速器公司就把自己的一款产品加入滴滴商城；又比如，有一天江南春来访，每位创业者报名可以和江南春聊15分钟；还有业内顶尖的设计公司eico design的CEO也会过来讲设计课。

加速器每位成员还各怀绝技而且乐于帮忙。

弗朗西斯懂法务，又帮我们检查了一遍真格基金的投资协议条款（面对一沓法律文件，我们还是会觉得晕），结论是条款对创业者极致宽容，一个字都不用改。多年以后，我第二次创业，又一次拿到了真格基金的投资协议条款，当时想起弗朗西斯说过的话，我看都没看，直接翻到最后一页签字。薇妮莎姐的拿手绝技是白金级别公共演讲培训，据说她曾经花费巨资请白宫发言人做过培训，现在免费给入驻企业做相同培训。

总之，微软加速器实在是创业者能碰到的最好的一线资源，比起大部分苦哈哈的屌丝创业者，这里的格调不知道高到哪里去了。

加速器团建

每一届微软加速器都有一个集体团建，团建费用微软全报销，简直超值。

团建的前一天，主力成员斯干泥同学意外受伤。斯干泥下班回学校（当时还没有毕业）时被一辆汽车撞了，单纯的他自恃年轻力壮，皮糙肉厚，居然挥挥手直接让对方走了。损友伯爵听说后说："我擦，至少损失了20万啊。"他曾经开车撞伤过人，后来赔了个底掉。

当晚斯干泥觉得脸很疼，照镜子一看，一大条伤口，嘴巴都动不了，说话也受影响。于是他给苏穆棠打电话，说明天去不了啦。苏穆棠和我说斯干泥去不成了，明天靠你了。

我说："去不去得了不重要，不过这是一个好机会啊，你去斯干泥住处去看看他。你不是很想拉他讨好他感动他吗？斯干泥这样的纯情少男肯定感动得不要不要的。"

苏穆棠说："Good idea."

第二天，斯干泥果然感动地带伤上阵了，还戴了个面纱，蒙住了脸，遮住了伤。他不能笑，所以一路上我给他看了不少搞笑视频。

团建的主题是每个人都Cosplay（角色扮演）一个角色，穿得花里胡哨地玩跑男类型的游戏。

苏穆棠Cosplay了一个唐僧的形象，化了妆，穿了唐僧袍。

由于小鲜肉们超强的运动天赋，我们还获得了第一名的好成绩，印象比较深刻的是我背着120斤的女同事跑指压板竞速比赛，简直痛入心扉，结束后还被该女同事指责身体太弱。

当时公司人数还太少，于是苏穆棠拉上来面试的一位女同学一起参加，这位女同学以后可以去知乎回答："最奇葩面试经历，去一家公司面试，被CEO背着跑指压板是一种什么样的体验？"

最后结束时，加速器团队拿出一个超大的蜈蚣风筝，让大家把心愿写在蜈蚣脚上面，最后由一个最新款无人机拽着飞天，美其名曰放飞梦想。

我写的心愿是："公司高速发展，快速上市，大笔套现，走上人生巅峰。"

我带来凑数的损友伯爵写的是："被裁员，拿补偿。"

苏穆棠写的是："Create Value（创造价值）。"

然后大家一起举起来，合影拍照，放飞。

我眼睛尖，看到伯爵写的"被裁员，拿补偿"的牌子被一个哥们举着拍照了。

飞机起飞，华丽拉升，高高飞起，冲向云霄，然后炸机了，如同流星一般迅速坠落下来。

一年后。

伯爵还在原公司卖命，周围小伙伴被裁员了七七八八，每个人都很高兴地领到了丰厚的裁员补偿，只有他还在苦等。

举着伯爵"被裁员，拿补偿"牌子拍照的那个哥们也被裁员了。

我当上了达普数据的CEO，然而接下来并不是迎娶白富美和走上人生巅峰，而是像炸机的无人机一样，迅速坠落。

苏穆棠停止了所有项目，从头开了一个新项目，Create Nothing For a Year Long（整整一年，完全没创造任何价值）。

时至今日，我还经常想起那架炸机的无人机。

要起飞了

轻鼎智能在加速器里加速腾飞了。进来的时候两个人，出去的时候20多个，一副屁股后面加了火箭的样子。

斯干泥实习后留了下来，顺便带来了轻鼎智能另外三小强，先是拖拖，茶茶，最后是耗耗。

后来又加入了几位各有特色的人物。

芙洛，苏穆棠在LinkedIn上找到的，北大信科毕业小女生，Go语言、后端高手。后来接触时间久了，慢慢发现芙洛的最大特点是细心，而且细心到令人发指，比如一个逻辑从起点出发到终点有100条路，她可以把这100条路一次性考虑清楚，编程的时候一气呵成，不带返工。达普数据项目里最复杂的逻辑全都出自她手，条理清晰，丝丝入扣，让人叹为观止。每次看到芙洛写的代码，就会想起上学时那种极致细心的小女生，每次考试都能把会做的全做对。后来有机会问了一下，果然发现，她高考全省第10名，肯定就是这种类型的。

周稳，前上市公司高管，上市退休后在家闲了一段时间，又出来想寻找一些事情做。周稳已经财务自由了，工作只是找点乐子。他为人和善，永远不急不躁，极有耐心，情商颇高。周稳是公司的妇女之友，有些女生在这种直男癌环境里受了委屈会找周稳哭诉。

孵化器的一位工作人员私下神秘兮兮地八卦："轻鼎智能里有两个人肯定有啥问题啊，老看见那个女孩和那个大叔两人腻在一起，那女孩还一哭几个小时，该不会是出什么事了吧！"

脏脏，我校友，微软三年工作经验，编程小快手。脏脏是外号，大家脑补一下吧。他擅长所有方面，安排任务不用考虑他擅长哪方面，扔出任务就可以等着他完成了

他是苏穆棠在微软食堂吃早餐时发现的，然后果断挖来。搭讪狂魔终于有了收获。

> 我不知道脏脏这个词是怎么来的，只是看到大家这样叫，我也就开始跟着一起叫。嗯，于是我有了第一个敌人。
> ——轻鼎智能人气实习生狸狸

大半年后，有一天晚上我带着脏脏去一家公司推广达普数据，出来已经9点多了。我一看太晚了，就说我开车送你回去。快到他家的时候，脏脏给我指点马路两边的大宝剑店（洗浴保健中心），讲得头头是道，如数家珍，令我瞠目结舌，茅塞顿开。再后来，我请大家来我家做客，脏脏来了以后说，原来你家住这里啊，来来来，我和你讲，这附近有个很著名的大宝剑，他家的特色是……

所以，"脏脏"这个外号还是当之无愧的。

同时加入轻鼎智能的还有一大堆高学历人士。苏穆棠这个学历控，拉来各种浙大硕士、清华博士、UCLA（加州大学洛杉矶分校）硕士等等，每挖到一个满意的，就可以乐得一整天合不拢嘴。一时间，气吞万里如虎。

苏穆棠爱才如命，恨不得按照每个人的意愿开项目，让他们想做什么就做什么。于是很多项目集体上马，有人写分布式基础架构，有人搞写作机器人，有人鼓捣从微软Azure云上跑个安卓OS，还有人微信里做聊天机器人。一时间，乌烟瘴气。

比较有趣的一个项目是用人工智能训练了一个《红楼梦》写作机器人，然后机器人可以自己写类《红楼梦》的小说。我当时听到这个项目的时候一下激动起来，说是不是可以用前八十回训练一个机器人出来，让他续写后四十回，写得好的话高鹗就不用再被大家骂了。而且如果这个可行的话，岂不是可以让机器人去写网文，机器人每天更新十万字一定毫无压力，如果舍得多买几个显卡的话，就可以同时开一万个机器人作家，那就可以躺着赚钱了。在同样通过显卡和电脑来赚钱的行业里，应该可以完胜比特币挖坑。

我激动地跑去找苏穆棠，讲了这个商业模式。苏穆棠轻蔑一笑，没有接我的茬。果然，最后机器人写的文章让人大失所望，虽然文风一眼看上去像曹雪芹亲自写的，但是不能细看，内容狗屁不通。

虽说如此，这个项目还是在我心中埋下了一颗种子。多年以后，我从事了人工智能写作这个方向，产品起名"笔神"，并且用"笔神"写下了你正在看到的这些文字。

第四章

团队基因：

清华四小强

轻鼎智能长期以来最鲜明的对外形象就是兵强马壮——虽然我们长期没有推出产品。

　　四小强无疑是其中最拿得出手的几个。

　　四小强都是北大清华毕业的，当年上大学全是保送。他们大四的时候先后来到公司实习，然后就留了下来。

　　四小强给公司带来了青春无敌的活力，他们几乎无时无刻不在大声叫喊，互相调戏，经常猛然集体爆笑，声音振聋发聩。因此外人对我们公司评价呈现两极分化，一极认为公司氛围超好，另一极认为这家公司太混乱太吵，像是一堆智障。

　　有一次公司发新版本加班到很晚，当新版本在编译的时候，他们集体脱光跪在电脑前，双手合十，虔诚地集体祈祷。

　　苏穆棠对四小强有一种复杂的感情。大部分时候，他觉得四小强就是整个公司的核心价值。苏穆棠曾经说过："如果茶茶走了，那么耗耗再走，就会导致斯干泥走掉，at last，拖拖肯定也会走，那我们公司就完蛋了。"

　　因此，很多时候苏穆棠对四小强有种说不清的暧昧感觉。没想到公司里其他人感觉到了这种差异化的情感，有一天深夜我在卫生间的一个隔断间里听到外面有两个人嘀咕："苏穆棠和这几个到底是什么关系，怎么像是养儿子似的。"当时我感觉有点慌，在隔间里多待了一段时间，确定那两个人走远后才出来。

四小强很强，找工作养家糊口对他们来说层次太低，完全不在担忧的范畴。因此，他们追求生活乐趣，每天除了要去健身中心健身一小时，中午吃完饭还要打桌上足球将近一个小时，之后有的去午睡，有的去外面买咖啡，每周五晚雷打不动要一起打红心大战，生活格外小资。

随着时间的流逝，苏穆棠的压力越来越大。一年后，苏穆棠的压力已经很大了。一天晚上，他一脸沉重地把我叫过去说："我们需要把茶茶开掉。"我大惊失色："不要吧，茶茶虽然任性，但是你之前一直夸他聪明，他只是喜欢玩游戏。毕竟还是小孩，还是玩游戏的年龄，我们可以想想有没有其他办法提高他的效率。再说他们是一体的，你开掉一个人，其他人都走了怎么办？"苏穆棠恨恨地说："走就走吧，这是什么地方？我们不能老养着这么一帮大爷。"我沉默了一会儿："我不赞成，你要想清楚后果。"

幸好，第二天还是看到苏穆棠和四小强谈笑风生。

茶茶

茶茶同学高高瘦瘦，白白净净。身高180cm，体重50kg，身材有些像豆芽菜，长发，脸如雕刻般五官分明，俊美异常。

3W孵化器的阿九有次来公司玩，第一次见到茶茶，秒变花痴，呆呆地道："太像日漫人物了。"

茶茶是高智商男，获得数学奥赛金牌后保送大学，深入交流的时候往往会被他的智商感动。

每次他们几个玩德州扑克的时候，其他人都是在感性层面通过直觉来判断出什么牌，只有茶茶同学是在纯理性层面做判断。茶茶同学玩德州扑克，面前会放一张白纸，每次有人出牌，他就会开始计算，写上一堆奇怪的数字和符号，路过的人都会好奇地看一眼。

令人惊叹的是，茶茶的战绩相当不错。

在我看来，茶茶是一个将人类的智慧发挥到极限的人。无论是简单的红心大战还是日常的桌游，都将记牌（记忆力），概率（数学）等发挥得淋漓尽致，我每次想凑过去玩，智商都会遭受鄙视，但是即便是这样看似让人望而生畏的人，还是会慷慨地把自己的早餐分给我，也会在求帮带饮料的时候，懂得给女生带姜红糖水。

——轻鼎智能人气实习生狸狸

后来，公司新加入的一个哥们第一次做自我介绍的时候，说自己爱好打德州扑克，本科的时候，获得过加州伯克利大学的冠军。我感觉茶茶的眼睛闪过一丝精光。

一个万众期待的德扑比赛在那个周末顺利举行。加州伯克利冠军被杀得大败，而且ALL IN了两次全部被抓。当时他愤而离席，落荒而逃，据说赌资到现在还没有结清。

但是，技术方面，坦率地讲，茶茶是四小强里最弱的那个，相比其他人，茶茶同学之前没有编过多少代码，保送大学是因为数学竞赛金牌，而其他三小强是因为数不清的ACM（国际大学生程序设计竞赛）金牌。所以，茶茶同学基础有些差，需要重新学习工业界的编程方法。刚来的时候写的代码经常不能用，因此一开始是最不受苏穆棠待见的那个。

茶茶同学还是重度DOTA爱好者，据说水平在全校排名前三，苏穆棠几次要求周六加班，茶茶同学都以实际行动不响应，借口说要学英语。其他三小强损人不利己，也不帮着遮盖，嘻嘻笑道："学啥英语啊，肯定是在打DOTA。"

即使是平时，茶茶同学也是每天午睡，而且时间有点长。据说是因为需要白天整理好精力，晚上好奋战DOTA。苏穆棠每每念及此处，总是说："这小孩这么聪明，每天把时间都花在游戏上，可惜了可惜了。"

公司给他们提供了职工宿舍，茶茶住在里面。苏穆棠找我商议了各种办法想阻止茶茶玩DOTA，比如拔网线断电什么的。我不清楚有多少方法被认真执行下去了，但是，从实际结果看，好像没啥改变。

有一次茶茶肾结石，痛得半夜去海淀医院做碎石、打吊针。

苏穆棠去医院看望时听到茶茶自言自语"唉，怎么办，这下两天时间没法打DOTA了"，当场扑街。

苏穆棠几次三番想敲山震虎，杀鸡给猴看，可最后总是功亏一篑。我说这四位感情深，深到没什么理智可言，你想开人可要做好一窝跑的准备。苏穆棠也是左右为难，最后还是选择保持冷静，四个人的连锁反应实在是很难预测。

虽然没有痛下杀手，但是威胁还是经常发生的。苏穆棠拉茶茶聊过很多次，每次都会说再这样下去可不行，一定会开掉你。每次说完，都能看出茶茶很受伤的样子。茶茶一直是天之骄子，说他不行这种话还是很伤人的。

2015年10月，达普数据项目吃紧，有大客户的重要需求需要限时满足，人手不够，所以茶茶被我借调过来帮忙。当时我一个人又要管理，又要同时负责安卓和iOS两个版本，很吃力，于是就把iOS版本扔给茶茶，把需求一讲，然后就没管。

茶茶自己看书查资料，很快就鼓捣出了代码。这种零基础起步的学习能力把我惊到了。我查看了一下，代码果然惨不忍睹。赶紧跑过去，一个一个给茶茶指出问题在哪里。万幸他的理解能力很强，能举一反三，很快他又重新弄了一遍，这次就很像样了。

老实讲，回想起我第一次参加工作的场景，他一周的进步抵得上我半年功力。

后来有一天，茶茶转了性，像是工作狂附体。每晚搞到很晚，不搞定誓不回家。当时茶茶在和苏穆棠一起搞CUDA[1]，苏穆棠搞很久搞不定的各种问题纷纷被茶茶碾压，一时被苏惊为天人。

苏穆棠惊喜地发了狂，经常一脸满足说："这小孩猛起来搞不过，搞不过，这哪搞得过啊。"那样子就像是个新婚的小媳妇。

很快，苏穆棠将茶茶视为核心中的核心了，每每提起，总是赞不绝口。茶茶也不负众望，将CUDA中遇到的各种极致复杂问题一一斩于马下。

可惜的是蜜月期太短，CUDA的问题搞得差不多以后，茶茶决定辞职，苏穆棠用了十八般手段挽留，均宣告失败。

茶茶的理由很简单："我年纪不小了，需要全身心地投入打DOTA中，抓住最后的机会，或许可以成为一名职业选手，这是我的梦想。"苏穆棠再次扑街。

苏穆棠甚至提出可以让他休息一两个月全职玩，玩腻了再回来，

---

1 CUDA：由 NVIDIA 推出的通用并行计算架。

茶茶也拒绝了，头也不回地离职了，帅得一脸。

我偶尔会很羡慕茶茶，有一个可以奋不顾身的兴趣，即使是游戏，即使是DOTA。

耗耗

耗耗的履历更帅，ACM竞赛成绩保送北大，大三交换MIT（麻省理工学院），然后获得留在MIT读硕士的资格。

大四毕业的时候他被斯干泥忽悠，说他不应该继续读书，赶紧工作才是正事。耗耗被成功说服，两人双双参加了谷歌美国总部面试，并双双取得Offer。

斯干泥更厉害，还获得了Face Book的Offer。后来看报道，整个中国大陆一共发了20个Offer，就有他一个。

可惜这帮人有才无运，H-1B[1]抽签全军覆没。耗耗本来有很多选择，他可以去MIT读硕士，可以在Google澳大利亚分部parking[2]，可以去Google中国上班，可是最终他来到了我们公司。

为了耗耗的到来，苏穆棠还是花了非常大的功夫的。微信聊，见面讲，请吃饭，前后有一个月时间。

耗耗经历了相当长时间的挣扎。同意后，又反悔，打算去Google澳大利亚分部Parking，又同意。终于，在最后一刻，耗耗选择了留下。

这次成功留下耗耗给了苏穆棠极大的信心。后来，当有人要离职

---

1 H-1B：美国最主要的工作签证。

2 H-1B 未中签的另一种选择，先去其他国家过渡一年。

时，苏穆棠就会和我拍胸脯："那是因为我没有准备留他，如果留的话，不可能留不下的。"

不过在我看来，耗耗之所以留下，仅仅是为了和斯干泥继续在一起搞基。

我和耗耗交流最多的是桌上足球。他擅长后卫，尤其擅长后卫起球小角度大力抽射，射速超快，迅雷不及掩耳，往往是先看到球已经进洞，才听到"啪啪"清脆的两声。

耗耗干什么都可以做到理论联系实践。例如桌上足球，他会找到国际比赛视频，仔细揣摩双方的精彩镜头，认真模仿，科学提高竞技水平。再例如健身，他会找很多肌肉男锻炼视频，流着口水一边看一边把他们的训练过程记在一个小笔记本上，反复观看，然后提炼出关键步骤，总结成实际方案，带到健身中心，一丝不苟加以贯彻执行。因此，耗耗无论做什么，进步都堪称神速。

耗耗各方面能力都强，人很坦荡，无论什么时候做什么事情，都不会考虑什么芥蒂，不会过多犹豫。永远是一种"做就做了，怎么，还有什么不服吗？"的态度。

其间，我们入驻了环境很好的创业孵化器。这家孵化器布置得很有情调，屋里到处都是花花草草，是外包给一家第三方公司做的。

第三方公司每周会来施肥，每次施完肥，总是有些异味。我们给孵化器抱怨了几次，然而并没有卵用。估计我们还被孵化器的人认为很矫情。

后来孵化器新走马上任的CEO加入了孵化器微信群体察民情。群里一片"王总好，王总辛苦了"的和谐气氛。耗耗悠悠来了一句："后面那两盆花能不能换个地方？像屎一样臭，说了好久都没人管。"

所有人秒呆。

第二天上班，花就不见了。据说前天晚上所有孵化器员工留下，被王总一通训话。2015年10月的一个晚上，iOS9上线。

达普数据项目当时刚刚有了几个早期客户，客户发现iOS的SDK（软件开发工具包）不兼容iOS9，晚上9点多找我报bug（漏洞）。

这时项目组其他人都已经回家了，我只能一个人查资料，做实验，搞到10点还没有头绪。

耗耗和斯干泥聚餐结束，回公司取包回家，发现空空如也的办公室里满头大汗的我，问清情况后，他二话没说，撸起袖子就蹲在我身边帮忙了。

大概半个小时后，问题解决了。

只有当你体验过周五晚上一个人在办公室里孤独地解决没有头绪的棘手问题时，才能感受到有人过来陪伴是一件多么幸福的事。你会看着他，会觉得他是个盖世英雄，踩着七色的云彩来救你。

拖拖

拖拖看起来还像个孩子，长着一张标准的学生脸，说话细声细气，慢慢吞吞，背上书包，活脱一个害羞的高中生。

拖拖是个标准的好人。你无论要求拖拖什么，拖拖都会说："哦，好的。"

拖拖是个文青，喜欢看书，涉猎极广，阅读速度极快，我一直很诧异居然还有看书这么快的人。

拖拖几乎每天都能收到新书的快递，不止一本，很快就能看到拖拖桌子上，同桌桌子上摆满了各种各样，各种类型的书，奇怪的是每一本他都看完了。

> 拖拖可能是公司里面读书最多的人，当然公司里面几乎每个人都喜欢读书，所以后来直接开设了reading club（读书会），可能这就是环境给人的重要影响吧。自从来到公司之后，竟然重拾了多年之前读书的习惯，出差的时候也喜欢顺便在书包里面多塞一本书，沉浸在慢下来和静下来的世界里。而拖拖则总会慷慨地把自己的书推荐和借给我，当然除了精神上的分享，就是作为辣条的共同爱好者了。
>
> ——轻鼎智能人气实习生狸狸

拖拖是个理论派，在微软加速器的时候他看上了隔壁公司的女实习生。于是拖拖找到并着重研究了PUA（Pick-up Artist，把妹搭讪艺术）的各种中英理论书籍文献。最终，他找到女孩，说了一句"你好"，然后涨红了脸，就没有然后了。

拖拖的"早恋"触发了他惊人的情报潜力。他展现了CIA（美国中央情报局）级别的功力，挖掘出女生的各种信息，包括但不限于女生的恋爱史和现状。而这一切，都是在和女孩零交流的基础上实现的。

最终，女孩和公司一起去了深圳，拖拖没有开始的爱情很快就结束了。

这段时间，拖拖完成了他的毕业设计。题目和他最近研究的内容相关：通过搜索照片找到最有夫妻相的两个人，即你输入一张照片，系统就能帮你找到另一半。我猜拖拖做这个主要是解决自己的需要。

答辩的时候，老师说："你输入一张刘德华照片看看。"拖拖照做，然后系统找到的最有夫妻相的照片还是一张刘德华。拖拖秒呆，满座哗然。

拖拖早期在公司独立负责一个分布式计算框架项目。最开始我说，拉拖拖来做达普数据吧，苏穆棠说，拖拖不想做达普数据，觉得技术含量不够。因此，苏穆棠给拖拖量身订制了一个项目，由此可见苏穆棠的爱才之心和拖拖的过人之处。

当然，一个人做一个这样的项目是不现实的。没几个月，项目在最初的Demo（演示）以后，接下来就困难重重。再然后，就毫无声息地停掉了，就像它从来没有存在过一样。

一年以后，轻鼎智能在复盘曾经的项目时，都已经忘记了还有这么一个项目存在过。

后来拖拖进入达普数据项目，独立完成了整个消息和后台系统。

拖拖天生有一种被遗忘的气质。别人的代码都会被无数人无数次做code review（代码检查），只有拖拖的代码，好像一次都没有被好好检查过。

每次，大家聚在拖拖电脑前，看到那一大段一大段的代码，都立刻像被催眠了一般，横过来竖过去看一看，就草草了事。这也导致后来拖拖离开达普数据项目时，没人能改得了他的代码。达普数据在融资最关键的时候，程序员们花费时间重构了后台代码，导致有两个投资人觉得团队执行力差。

而拖拖可能也是因为觉得没有成就感，写代码没什么反馈，写什么过什么，编码能力没有提高，所以觉得留在达普数据没啥激情。

达普数据最核心的一个正则表达式文件是拖拖的成果，7000多行，用来适配安卓600多款手机。我后来出去做talk老是喜欢拿这个文件的一个片段放在PPT里炫耀。每当去BD客户时，客户中负责技术的同学总喜欢问，是不是我自己安排几个程序员开发几天就可以了？我就拿出这个片段，往往对方看一眼就不再问了。

斯干泥

无论何时，斯干泥都是最耀眼的那颗星，集超级大帅哥加学霸加强悍的技术实力。

据说在学校的时候他已是一个传说。

颜值方面，长相神似吴亦凡的斯干泥曾通过群众投票，荣获过全校级别的五大男神称号。现在网上还能找到那个男神评选的文章，还附有照片。

斯干泥坚持健身，使他拥有彭于晏一样的麒麟臂和胸肌，而且还有两三块腹肌。

这厮在上学时搞过一支乐队并担任主唱，据说每次登台时下面小女生发疯一般嘶叫，脑补一下场景，感觉不忍直视。

后来本校一些师妹慕名而来，纷纷要求来我们公司实习，挡也挡不住。

以至于斯干泥公开宣称自己是同性恋，用来抵挡络绎不绝的花痴们。公司有女生公开表示这不是问题，可以变性的。

学术方面，斯干泥大三的时候在一个顶级会议上发表了一篇论文，全校张贴喜报。学院一个教授找到斯干泥要求他跟着自己直博，被斯干泥无情拒绝。面试谷歌美国总部的时候，面到最后，面试变成了聊天，斯干泥给面试官讲述了一下自己一篇论文的主体思想，面试官听完一拍大腿："amazing。"

他的毕业论文又获得了校十佳论文。

竞赛方面：初中开始参加信息化竞赛省队，ACM金牌拿到手软。毕业时一家知名独角兽公司给出了50万元年薪加期权，斯干泥没去，最后居然只拿不多的一份薪水，来到我们这里。后来回想，觉得苏穆棠谷歌高级科学家和真格顶级投资加持，还是真够吸引人的，抵得上500万元资本。

在我看来，四小强中最有发展潜力的应该还是斯干泥。

这个判断基于以下两点：

1. 装得一手好×

主要是他沉迷于装×，而且善于装×，特别善于抓住每一个装×的机会。

比如论文答辩，大家都用PPT来讲，用遥控器翻页，这厮用一个web PPT讲，不打开PPT，打开一个浏览器，输入网址，然后show出PPT的页面，再用手机做控制。没见过的男同学瞬间都呆住了，心里骂一声："我擦！"女同学们瞬间花痴："好帅！"

斯干泥讲PPT的时候都是慢条斯理，显得很白痴的样子，然后忽然爆出一个亮点，引爆全场，自己还装作很无辜的样子，一副找打的模样。

2. 情商高

该玩闹的时候玩闹，该正经的时候正经，该努力的时候努力，该认真的时候认真。

有次找他谈话，聊正经事（平时找他基本不聊正经事），他立刻把平时嘻嘻哈哈的表情收起来，正经而严肃地讨论每一个问题，每一个回答都得体而有分寸，情商爆表。

斯干泥经常讲我们最初见面的故事："当时我一个人去了星巴

克，苏穆棠看到我之后，滔滔不绝地给我布道，我一个人紧张得不行。后来，看到一个哥们鬼鬼祟祟进来，然后从旁边搬个凳子，过来说：'我也来听一下。'我当时想，不错，终于又来了一个人。后来才知道，原来枪泥已经工作十年了，是CTO（首席技术官）啊。擦，我还以为也是个学生呢。"

如此绕个大弯拍领导马屁，夸奖领导年轻，真是受用。我不禁感慨：情商太高。

斯干泥是最先来到轻鼎智能实习的，斯干泥决定留下来，是所有小强都决定留下来的关键。

苏穆棠和我说过："你出来带头干，我担心的最大的问题是没有人会跟着你一起，如果是斯干泥出来，我觉得就没问题，肯定会有人跟着的。"

我也觉得，在团队和个人号召力上，自己确实比不上斯干泥同学。

四小强隐约是轻鼎智能企业文化的核心，有他们在，看他们上班时间拌嘴，吵闹，为技术问题争得面红耳赤，公司每个人都很开心。

极酷孵化器的人对此有不同看法，他们一直嫌我们这里太吵，经常爆发，冲我们这里大吼。然后我们这里会安静五分钟，之后就又乱了起来。

慢慢地，孵化器的人也就习惯了。

后来见到微软加速器的黛西，我和她抱怨："唉，还是在微软加速器好，好怀念啊，极酷的人老是嫌我们太闹。"

黛西说："啊，你们那几个小朋友，确实太吵了，当时都快忍不住了。"

第五章

05

CEO心态：

创业者的魅力

这段时间的苏穆棠，自信、明媚，一切决策做得有板有眼，有CEO大家风范。

节约

苏穆棠对股东很负责，如果只从节约cost这个角度看，是一个做到极致的好CEO。

首先是忽悠我和周稳不拿一分钱工资，因为我们是co-founder（联合创始人），所以需要为公司做出牺牲，公司还处于早期，我们不拿工资可以保证公司多last一段时间。

当时苏穆棠神秘兮兮地把我叫进一个会议室，说要商量一件事情，我问什么事。

"我希望你可以不拿工资，because我自己已经决定不拿了，我会去说服周稳让他也不拿，我觉得周稳应该也不会有异议的。所以我希望你也可以不拿工资。"

"哦，倒不是不可以，但是为什么不拿呢？我们之前不是说好要拿些生活费吗？"

"我们需要确保公司可以last足够长的时间，如果我们都拿的话，会last不了多久。我们需要做到极致，需要保证last足够长。而且不拿这点工资并不会真正影响生活。"

我陷入了深深的沉思。不得不承认，我这个人，其实本质上也是喜欢装×的。你已经说了你们不拿工资都不会影响生活，难道我就会影响吗？即使影响我也不会告诉你的。想到这里，我觉得我这次可以硬气一下，于是就说："我当然也没问题。"

虽然苏穆棠没拿一分钱工资，然而，他这种高级人才总有赚钱的方式。他后来申请海聚工程成功，一次性获得了100万元奖金。当然，这是他应得的。以苏穆棠的资历和江湖地位，从吸引海外高科技人才，提高我国GDP和促进经济供给侧改革的角度来说，这些奖金也不多。不过从我的角度来说，我学到了一件事情，就是以后装×还是要量力而行。我知道这件事以后，很后悔答应他自己也一分钱不拿。做人还是要多读书多充实自己多加光环，自身够硬才是硬道理。

一开始我们还会和人炫耀自己不拿工资，后来慢慢觉得，这其实并不是什么值得炫耀的事情。我们经常炫耀员工学历高，背景强；炫耀我们加班多，团队战斗力强，公司氛围还好；甚至炫耀公司零食好吃，可乐好喝。唯一没有炫耀而且没有说过的是我们公司赚了多少钱。

某知名创业媒体的一位高层曾经和我探讨过："为什么创业公司都喜欢宣传融资额，好像融到资就成功了一样。而不是炫耀收入和利润，做公司不是应该以收入和利润为主吗？"

如果你是一位创业者，看到这里，请反思一下。老实说，有没有感同身受？

说回节约cost的事，轻鼎智能很多人工资比市场低，斯干泥说过某独角兽公司给他的年薪差不多是在我们这里的三倍。

好的CEO有个共同的素质，通过宣扬情怀、技术优势、发展前景、画饼等一系列方式，总之无所不用其极，降低成本，降低运营费用。说白了，就是压低全员工资。

苏穆棠做得其实不错。他自己也算满意，对自己的行事也有清醒的认识。有次和我聊天的时候说："其实我这个人挺抠的。"后来我带着团队出来的时候去和VC谈，很多VC看到我们的burn rate（烧钱率）都惊呆了。

当然从员工的角度来说，这个CEO太抠了。但从投资人的角度来看，他们的钱也不是大风刮来的，能省当然要省了。轻鼎智能一年时间一分钱都没有赚，日子一天一天过去，苏穆棠的压力也一点一点变得更大。投资人背后还有LP（真正出钱的人），投资人也需要对LP负责，LP的钱也不是大风刮来的，当然不能投给大手大脚的人。换位思考，如果我是LP，如果我投的钱被一个CEO花天酒地夜夜笙歌大手大脚地花掉，我也会气得吐血。而如果这公司失败，我投的钱最后虽然打了水漂，但是这期间假如CEO很省钱，每天活得像个农民工似的，我心里也会好受点。

CEO就是夹在员工和投资人之间的代理人。一方面，投资人用钱表达对你的信任，你不能辜负这份信任；另一方面，员工用生命中的一段历程表达对你的信任，你还是不能辜负这份信任。CEO两边受气，不赚钱公司的CEO更是如此。

其实除了职业骗子，没有人希望让信任你的人失望，但是事情不一定总会按照预想的方向发展。

这中间的难处，没有经历过很难体会。

苏穆棠每隔两三个月回美国一次，每次机票都是自己出，没有让公司报销。其实这些钱不少，动动手指就能报销，但苏穆棠忍住了。

每次回美国，苏穆棠都做人肉代购，给公司带一些有区域差价的产品回来。

比如说全公司用的大显示器，全是苏穆棠坐飞机背回来的。每次背2~4台；每台比国内买便宜700元人民币，作为一家市值两亿的高科技公司的CEO，每次都像走私犯一样浑身上下绑满显示器，请大家脑补一下画面。

重感情

最开始轻鼎智能的面试通过率是很高的，因为找的基本上都是北大清华的，苏穆棠的风格是一看北大清华几乎就不面试了。不过这个仅限于本科学历，硕士如果是北大清华但本科不好的就要打个折扣了。

第一个被认真面试的是一个清华的女孩，她就是因为硕士是清华，本科是个211高校，而且不是最厉害的那几所之一。

她的面试有点惨，被ACM金牌斯干泥同学面算法，被我面设计模式，因为毕业论文做的是语言处理相关，正好是苏穆棠的本专业，于是又被苏穆棠问了一堆学术方面的问题。最终所有人的反馈都是"一般"（其实已经很不容易了，这几个方面都能一般，说明还是挺全面的）。

苏穆棠比较挣扎，他需要做一个艰难的决定。

我对苏穆棠说："我们可以先设为候补的状态，让她先等着，我们再面几个，如果接下来两周面试的人不如她，我们不妨再招她进来。"

苏穆棠说："我们不应该这样做，我们自己应该有自己的标准，行就是行，不行就直接说，不应该拖着任何人。"

我有点自惭形秽，苏穆棠这么做比我磊落了很多。

然后苏穆棠问我："我们需要做个决定，yes还是no？"

我想了一下，说："no。"

苏穆棠顿了一下，说："ok。"

然后就让那个黯然神伤的女孩回去了。

过了好一会儿，苏穆棠过来说："我们去take a walk"吧，然后我们就在微软加速器的楼下绕起了圈子。

沉默了半天，绕了好几圈后，苏穆棠说："我挺难受，我一直以为她会成为我们的一员。我是刚回国的时候在一个以前清华同学组织的跑步群里认识她的，聊过很多次，一起跑过步，吃过饭，最后拒绝她，不知道以后再在那个群跑步的时候怎么见面。"

但是他停了一下又坚定地说："不过这是正确的事，我们应该做正确的事。"

我看他不好受的样子有些不忍，拍了拍他的肩膀，说："这不是你的错。"

知错能改

刚开始我们决定找一个小姑娘做商务推广，我俩同时看中了3W孵化器的阿九。想想当时没有办公室的时候，蒙3W收留，结果我们却用挖墙脚来回报。

试探了几下，双方对彼此都有好感，于是我们开始疯狂追求。可惜，原本志在必得，最后功亏一篑。

我们进行了反思和复盘。

我说："本来我们希望很大的，后来因为没完没了的面试让她感觉很不爽，而且要求她给我们看工资条，这件事彻底激怒了她，这个行为相当于先把她当成了骗子，然后要求自证清白，她会觉得人格上受到了不尊重。"

苏穆棠低下头想了半天，然后抬起头说："你说的有道理。"

然后苏穆棠做了一个令人惊奇的决定，他主动把阿九约到一个咖啡店，聊了一个下午。

阿九后来和我说："你和他说什么了，真是太不好意思了，人家那么大的年纪，都快赶上我爸了，一直和我道歉，说了一个下午'I am so sorry'。我真是太尴尬了。"

我说："真的啊？实在是出乎意料。"

拿得起，放得下，从不吝啬道歉，真人豪也。

可惜，最终还是没有什么卵用，阿九没有加入，选择了留在3W。

真诚交流

坦诚交换对彼此的看法，这点苏穆棠对我影响非常大。

苏穆棠说："咱俩之间需要建立最直接的沟通，每三个月，我们一起聊一下对彼此的看法。"

第一次开展这种聊天的时候我没有思想准备，被打得措手不及，真是直击心灵深处。

苏穆棠说："你完全不是一个合格的partner。"

我顿时一脸懵逼。心里想，这是要干吗？互相伤害吗？来啊！谁先尿谁是孙子！

苏穆棠说："你只是带带项目，沉浸于做好这些小事情，对我没有什么更高层次的帮助。这种事情，一个项目管理者就够了。"

苏穆棠接着说："你不够Aggressive（有狠劲），没有主动去承担更多责任。"

又继续放炮："如果你想保留这个partner（合伙人）的称谓，你需要更多担当。"

虽然接下来的一整天我都很郁闷，但是后来平静下来觉得这种对话还是非常有必要的，这倒不是因为我喜欢被骂，喜欢受虐，而是因为我有机会可以通过别人的眼睛看自己。

现代人因为情商普遍很高，每一次对话我们都会小心翼翼，都会层层包装，生怕一句话不到位得罪别人。

我以前在一家外企，有一次Manager给我做年终表现评分的时候说："你去年表现符合预期（ME）。但是，没有取得更好的评分，这个原因不在你，是我没有给你足够的机会展示。明年我一定注意改进，给你提供更好的平台和发展机遇。"

明明是我的表现一般，但是上司说出来像完全不是我的问题，让我很有面子，这就是情商。

普遍的高情商掩盖了周围人对我们的看法，人需要有真实的反馈才可以进步，越真实越深刻的反馈，对一个人的成长越有帮助。

回过头来看，因为苏穆棠完全没有情商方面的顾虑，所以我每天都可以收到最真实的第三方反馈，并且经常被直击灵魂深处，真的是很利于心智的成长。

爱讲笑话

团队氛围很好，每天所有人都很happy。其实创始人心情好的话，每天就能自然而然散发出happy的能量，团队中其他人也能自然而然被感染。

苏穆棠坐我旁边，经常工作一会儿就凑过来和我说，我给你讲个笑话吧。比如，他讲了好几次下面这个笑话，我每次都听得很开心。

有一段时间，百度在加州开设了研究院，想挖谷歌的人，联系到了苏穆棠，于是苏穆棠回国面试。到了约定的那一天，苏穆棠手机丢了。

苏穆棠到了百度，没有联系人的联系方式了，只能来到前台。前台问："你找谁？"

苏穆棠说："我找李彦宏。"

前台说："滚蛋！"

于是苏穆棠老老实实坐一边等着。过了约定时间15分钟，他看到一个人满头大汗跑下来，看到苏穆棠后说："你怎么在这里没事似的坐着，Robin（李彦宏）等你半天了！我擦，和Robin的会你居然敢迟到啊！"

然后赶忙将苏穆棠请上去，背后留下前台MM错愕的表情。

苏穆棠从QSearch愤然离职是因为觉得QSearch内部管理有问题，他不止一次举QSearch的例子来取乐。

"QSearch的CEO是个非常非常好的人，但是他完全不懂技术，他招了一堆雅虎的Manager，每天啥都不干，天天开会。员工也极其懒散，有一次，我让个老美加班做点事情，他居然明确拒绝加班，并和我说：'I have a life（我有我的生活）'。我想：'你have个××啊'，这种公司，不死才怪。

"那天我又碰到了QSearch的CEO，他和我说，我们没有太大问题，就是做东西有点慢。我说，你那个不叫慢，叫完全不动。哈哈哈。"

苏穆棠经常在空气好的日子里带着大家去爬山，每次都是香山。

每次爬山，斯干泥总是最有活力的那个，总有使不完的蛮力，充分展现着青春活力，一边跑一边大喊大叫，仿佛一只发情的公猫。我不服老，总是死死咬住斯干泥，位列第二。我俩跑一会儿，在一个平台上喘喘气，等下一个气喘吁吁的倒霉蛋跟上来后对他说："才到啊，太慢了，刚做完一千个俯卧撑，好啦，你能追上来就好，我俩先走了。"然后用回满的血槽一口气再冲出对方视野，到下一个平台喘气，继续等着他……

一次爬上香山后，因为夏天太热，大家表示希望坐缆车下山。当时缆车刚好停止卖票，但不知为什么，一直还在运转。

苏穆棠不信邪，跑过去和售票员死磕："Since（现在）你这车一直在空run（运行）着，why not（为什么不）让我们坐？反正你也在waste energy（浪费电），你不让人坐完全不make sence（合理）啊！"

售货员一脸懵逼，默默地关上了门窗。

每周开例会，苏穆棠会询问团队对公司的意见，有次芙洛说没有好的咖啡喝，苏穆棠后来回美国就背了一台半自动咖啡机回来，还是可以控制萃取泵压力的那种。

上班时间心血来潮，苏穆棠会带着团队一起出去找健身俱乐部，大家可以对中关村所有健身俱乐部投票，然后公司统一办理年卡。

微软加速器快到期的时候，苏穆棠会开会让大家提对新办公室的建议，然后综合大家的建议来寻找下一个办公地点。

总之，当时的苏穆棠，朝气蓬勃，自信而有魅力。

团队员工对领导和公司未来也充满信心。

当时觉得一切都很美好。

现在看觉得一身冷汗。

第六章

公司战略：

多线并进

不要用战术的勤奋掩盖战略的懒惰。

——雷军

第一个方向

轻鼎智能第一个项目是输入法。

早在3W的时候苏穆棠就说做输入法，我坚定地表达了意见：完全不同意。

"为啥要做输入法，输入法这个市场已经结束了啊，谁还能干得过搜狗啊？"

"输入法已经几年没有变化了，随着机器运算速度越来越快，输入法这个领域一定应该出现更智能的算法，输入法也应该越来越Smart（聪明），越来越懂你，所以在不远的将来肯定会有更加智能的输入方式爆发出来。"

"但是我们不是要做搜索吗？这个跨度有点大啊。"

"为什么手机上搜索一直没有出现，输入法是个很重要的问题，用户不喜欢在手机上敲字，我在谷歌的时候是做过用户调研的，用户不想在手机上搜索的原因是手机输入太麻烦了，输入的问题不解决，搜索的体验不会达到最好。"

"哦，原来是这样。不过我们是不是可以先做主要的，先把搜索做起来上线，再做体验的优化。"

"我只有一次机会见雷军，only once！"苏穆棠声音突然变大。

和我熟悉后，苏穆棠越来越冲动，怒气槽涨得很快，瞬间就能进入暴走状态。很久以后我才感受到，其实这段时间算好的了，一年后他简直就像个炮仗一样，一点就爆。

"If he asks me（如果他问我），为啥这个搜索产品不把输入体验做好？why？我该怎么回答，我该怎么回答！"

有一次机会见雷军，是因为之前一点资讯起步阶段见过一次雷军，后来一点资讯内置进了小米手机，从而进入了新闻客户端的第一阵营。苏穆棠和一点咨询的老大相识，所以也希望有人脉可以拷贝同样的成功模式。很久以后我开始反思这种思维方式：一家公司的成败应不应该依赖于某位贵人？一点资讯是因为见了雷军才牛逼还是因为本身牛逼所以吸引了雷军，这是个需要考虑的问题。打铁必须自身硬才是最硬的道理。自身强大了，自然有巨人愿意让你站在他的肩膀上，自身不够硬，站在哪里都会脚软摔倒。

我当时虽然不赞同，但是没有出声，因为他声音一下子就变得很大，记忆中这是他第一次对我暴走。我和他合作时间还不算太长，而依据我自己的生活习惯，我一般只和很熟的人同步暴走，想到这里，我觉得算了，这次先厌了吧。半年以后，他即使进入暴走状态也吓不到我了。

不过我心里默默地想：雷军不会这么傻吧，让他看一个搜索APP，他会问为什么不做个输入法？按照这种逻辑，他也可能会问为啥不做个操作系统，为啥不做个手机，为啥不做个iPhone8，为啥不做个富士康？但是我又不是雷军，我不能百分百肯定地说雷军肯定不会这样问，否则将来如果真问了，我岂不是成了背锅侠，想到这里，我就闭嘴了。

"现在的输入法是全拼输入法，用户需要输入完整的拼音字母才可以打出所需的汉字，平均一个汉字需要四个点击。随着机器越来越快，我们要做出的输入法平均打出每个汉字只需要一个点击。"

"数学上验证过可行性吗？每个字一个点击就真的可以猜出要打的汉字吗？"

"那当然验证过了，肯定没问题！"

"我们用Language Model来做，现在的输入法都没有使用Language Model, Google Translator用到了Seven Gram，我算过，我们用到TriGram就一定可以实现需要的效果！"（关于Language Model到底是什么东东，推荐去看一下吴军老师的数学之美，或者去问百度。因为涉及语言处理的一些专业知识，实在是有点深奥复杂，这里就不解释了）

苏穆棠自然语言处理方面的知识和技能可以碾压我，所以我也提不出什么太有建设性的意见，只好败下阵来。

> 如果我们再考虑上下文的相关性，对汉语建立一个基于词的统计语言模型，我们可以将每个汉字的信息熵降到6比特左右，这时，输入一个汉字只要敲6/4.7=1.3次键。如果一种输入方法能做到这一点，那么汉字的输入已经比英文快得多了。
>
> ——《数学之美》吴军

多年以后，当我读到这段话的时候当时就吐血了。只敲首字母就想打出一句话肯定是不可能的。想起当时见的一些VC，他们也没有质疑这个问题，应该也是像我一样没有好好读书。

输入法项目一路上遇到的质疑比达普数据大多了，刚开始的时候我质疑过。一位业界前辈大牛在我们这里做consultant（顾问），他第一次来公司转悠的时候看到我们在做输入法，本着一个consultant不应该有的责任心，直接就质疑上了，还和苏穆棠进行过激烈的争吵，声音大到吸引了一小撮围观群众。

"我们十年前就在微软做过这样的输入模式的尝试，但是最后用户体验并不好，因为随着输入字符的增加，之前已经输入的句子变动太大，用户会非常confused（困惑）。"

"微软之前做不好，不代表我现在做不好。核心的点在refine（提炼），只要refine设计得好。"（这个特殊输入法用户体验目标是：用户只需要输入拼音的首字母，就可以打出一句话，但是同样首字母的句子有很多，我们只能按照概率来出一个列表，用户需要在列表中进行选择，选出自己想要的那句话。Refine就是指这个选择的过程。）

"XXXXX XXXXX！"

"OOOOOOO！"

两人吵得面红耳赤。

后来确实出现了这位前辈所说的这个问题，也确实为难了我们好一阵，核心难点也确实是refine。因此我们不得不花了相当长的时间去优化这个过程。

微软加速器的各位也表示不赞同："创业公司一定要focus（集中），focus, focus。"

苏穆棠表示："谷歌一开始也同时做了很多个项目，gmail，谷歌文档。"

"那是因为搜索成功了以后才开始的吧。"

"不是，很早期就同时做了。"

"……"

后来这句话变成了苏穆棠的杀手锏，长期以来一直成为我心里的梦魇。每当他说"我们在谷歌就是这样做的"，感觉就没有办法继续聊下去了。事实上也确实，这记杀招使出，对方无一例外丢盔弃甲，落荒而逃。

想起一个思维实验。

假设有100万只猴子在股市上投机，它们纯随机地买卖股票，会发生什么事？一年后，约一半猴子的投资都赚钱了，另一半亏钱了。第二年这帮猴子又是一半赚钱，另一半亏钱。长此以往，10年后大约只剩下1000只猴子，它们的每次投资都是正确的。20年后就只剩下1只猴子每次投资总是正确的——它成了亿万富翁。我们就叫他"成功猴"吧。

媒体会怎么反应呢？他们会冲向这只动物，去阐述它的"成功原理"。他们会找到某种原理：也许这只"成功猴"吃的香蕉比其他猴子多，也许它坐在笼子的另一个角落里，也许它是头朝下吊挂在树枝上的，或者也许它捉虱子时思考的时间很长。它一定拥有某种成功秘诀，不是吗？否则它怎么会有这么出色的表现呢？一只20年来总是做出正确投资决定的猴子，怎么可能只是一只无知的猴子呢？不可能！

猴子的故事说明了结果偏误：我们倾向于以结果判断决定——而不是当时做决定的过程。

和轻鼎智能联系最紧密的几位MBA[1]也表达过类似的concern（担

---

1 MBA：工商管理硕士，MBA培养的是能够胜任企业高层管理工作需要的高层次管理人才。

忧），争论的焦点在于输入法这个市场已经结束了，现在去和搜狗打输入法战争是不明智的。

苏穆棠表示："搜狗刚开始做输入法的时候，大家也认为输入法结束了，市场上有微软输入法、方正输入法、王码输入法等，但是搜狗凭借更加智能的表现获得了成功。"

苏穆棠成功顶住了各种压力，以一己之力在推动输入法。

输入法的两个核心人物，斯干泥和耗耗也很争气，克服了重重困难，随着时间的推移和资源不断地投入，输入法的demo做出来了，然后持续快速迭代，眼看就可以上线了。

一般人认为，消费者想要什么就给他们什么。但那不是我的方式。我们的责任是提前一步，搞清楚他们将来想要什么。人们不知道想要什么，直到你把它摆在他们面前。正因如此，我从不依靠市场研究。

——乔布斯

需求只来自你对用户的了解，不来自调研，不来自分析，也不来自讨论。

——张小龙

第二个战略方向

达普数据是另一个在公司正常运转前就启动的项目。

当时还没有一起办公，苏穆棠用微信给我发了一下BHData的网址，让我研究一下功能怎么实现的。BHData是硅谷一家创业公司，达普数据所用到的核心技术其实是BHData原创的。达普数据的目标就是山寨一个国内版。不得不说，这种做法其实很保险，过去这么多年来，凡是硅谷出一个新创业公司，国内一定可以找到一个山寨版的。而且两边的好基友公司几乎会同步融资，发展，壮大，上市，或者死去。当然最近几年也开始有反过来的现象，硅谷公司也开始山寨国内创业公司了。这样也好，大家谁都别笑话谁了，谁都别指责谁了，坐在一起心平气和地互相山寨，其乐融融。

> 过去，互联网时代是"拷贝到中国（*Copy To China*）"，包括BAT最早的商业模式，也是模仿国外的，但是我们现在看到，有些变化，有些中国原创的，被美国等国模仿，行业内说这是"KFC（*Copy From China*）"（"从中国拷贝"）。
>
> ——马化腾

第一次研究BHData的时候，我也觉得很神奇，然后我给BHData团队发了封邮件，邮件里猜测了实现原理。BHData很快回信，并对我所说的做出了一些纠正。

通过几个回合，技术原理很快就被我摸清了。我邪恶地笑了，美国人还是比较天真和可爱的。

进入微软加速器后，苏穆棠说，我们两周做一个，我做服务器端，你做客户端。然后找两个小女孩去玩命推广就行了。

我说："两周！可能吗？"

苏穆棠微微一笑："two weeks（两周），还做不出来吗？"

计算机科学家侯世达（*Douglas Hofstadter*）在其名著《哥德尔、艾舍尔、巴赫——集异璧之大成》一书中，提出了著名的侯世达定律："实际做事花费的时间总是比预期的要长，即使预期中考虑了侯世达定律。"

"我们确定要做这个吗？我们不是要做搜索吗？"

苏穆棠意味深长地看了我一眼："你看不懂达普数据和Search（搜索）的关系吗？"

苏穆棠嘴炮放完，并没有参与做服务器端，他去搞他喜欢的人工智能了。（我们到底做了多少项目？！）我水平有限，用了两周时间才勉强将服务器端粗糙的原型做出来。

芙洛和周稳双双入职后，苏穆棠专门把我们叫到一起开了kickoff meeting（项目启动会议）。苏穆棠主持，给我们描绘了达普数据美好的前景。我记得印象最深刻的一句话是："我们如果能把这个项目做好，其他什么都不用做了！That's enough，足够了！"

会议圆满结束，最后结论是："我们现在全职一共有四个人，一起把达普数据好好搞一搞！"然后芙洛接手服务器端，我负责安卓和iOS，周稳负责运维。

后来没想到，达普数据整个发展历程中，短短一年多时间，经历了三起三落，一次比一次精彩纷呈。

一起一落

两个月后，demo搞了出来。

苏穆棠满怀信心地去找人使用，最开始找了在3W认识的几个公司。

大家都说不错不错，但是没人用。我们受到了一百点伤害。

然后又去找了微软加速器同期的一些公司。

大家表面上也说不错，但还是没有人用。很快我们受到的伤害增加到了一千点。

这样拖拖拉拉半个多月，用户方面没有任何进展。我去找了一个做CEO的哥们，威逼利诱下，他最终同意使用。我先坑的是哥们。

但是，上线后达普数据的客户推广还是非常不顺利，又过了半个月，苏穆棠暂停了项目开发。

这是第一次暂停。

二起二落

过了一个月，我们每次想拉人进公司的时候，都会有意无意提起达普数据。有些人偶尔会感兴趣，问这东西真的有用吗？我们想了想，反正是小白鼠客户，其实可以在他们身上试试看数据怎么样。

结果小白鼠客户们反馈的数据出乎意料的好，用户转化率超过10%。

苏穆棠看到我画在黑板上的数据后，欣喜若狂地说："他们应该付我们钱啊。"

于是达普数据又重启了。

这是第一次暂停后重启。

回头来看，这个付钱的判断有些牵强。

他们应该付钱吗？这个问题伴随着达普数据，终其一生。

从开发者的角度来说，你做了优化，体验是好了些，但是体验不好的时候也可以用啊，你又不是很直接帮我刷了量。增加新用户是刚需，但是达普数据是工具，无法直接带来下载率的增加；如果因为用户体验优化而自然带来了新用户增加，这个说法也可以，但是感觉难以服人，有点牵强。

很久以后，今日头条也试验了达普数据，而且很认真地做了

AB Test[1]，我觉得比我们自己做的测试都要好。

结果是用不用达普数据对最终结果其实没有什么屁大的影响。

这个结果直接宣布了达普数据不是刚需，换句话说，达普数据死亡已经是大概率事件了。

功能继续优化了一些，但是第二家用户迟迟没有进展。碰到用户问得最多的问题是："微信封了你怎么办？"

苏穆棠觉得需要解决这个问题。于是动用了谷歌朋友圈，找到了一个在微信工作的前谷歌同事。这个同事职位高得吓死人，直接report张小龙。

苏穆棠飞到广州拜访，希望可以和微信合作。

回头复盘来看，当时想得太简单了。微信为啥要合作，微信自己要开发的话，其实是很快的事情。微信根本不在乎其他APP的感受，微信认为开发APP就是渣，全都到我的碗里来才是开发者应该摆出的姿势。

这次拜访，结果确实没有什么卵用。

苏穆棠后来委屈地向我抱怨："你写的那个代码在微信总部开会演示的时候，当着一屋子Director（总监）的面出bug了。被前同事一通训，说'来微信演示拿这么个东西，脸都被你丢光了'。"

我心里一沉，然后飞速脑补了一下现场苏穆棠起尴尬癌的惨状。赶忙连连道歉，跪求谅解。但是转念一想，又给自己打了打气，给自己做了一些心理安慰。微信没有合作，其实和这个演示失败没有什么直接因果关系，微信是真的没有必要和我们合作。微信后来做了小程序，说明微信认为APP这种东西应该尽可能消灭掉。帮他们提升用户

---

1 AB Test：一种分离式组间实验。

体验？做梦吧。

这个问题始终无解，一直保留到了一年后达普数据分离出来去找投资的时候。后来发现投资人比用户更喜欢问这个问题，每每问到这个问题，都觉得自己像是被扒光了衣服一样，无处遮掩。

这是个悖论，当达普数据不赚钱的时候，微信或许懒得封你；但是当达普数据赚钱的时候，微信为啥不封了你自己赚呢？

还有个有趣的现象就是轻鼎智能每逢演示必挂的魔咒。从此以后，所有轻鼎智能的项目，不管平时如何好使，只要去对外演示，必挂无疑。这个魔咒一直持续到现在。

从广州的打击中回来后，一周内，苏穆棠做出了停止达普数据项目的决定。

达普数据整个团队开始做应用内爬虫。

我并没有反对，我在当时确实还是个纯粹的技术管理者。我对商业方面完全没有判断，既看不清未来趋势，也看不懂达普数据是否真的符合移动互联网的发展潮流，我完全脑残似的同意苏穆棠的任何商业决定。多年以后，我也在怀疑当时自己作为一个纯粹技术管理者的价值到底有多大，我的角色和体现的价值对比拿到的股份到底是赚了还是亏了？每每想到这里，就感觉一阵头痛恶心，像是刚生吞了一只死去多日的青蛙。

后来我们很快换了个项目开始做，反正我们项目也多。

三起还未到落时

青皮这个时候恰巧出现了。一切都是命，如果青皮没有出现，整个轻鼎智能的历史应该不会是现在这个样子，达普数据大概率就不会再启动了。我感觉自己命运的随机性还是大了一点。

一位投资人朋友介绍青皮过来的，青皮当时还在做一个O2O项目，不过已经决定暂停了。

青皮的履历看起来不错，清华毕业（后来发现其中有诈），学校很符合苏穆棠的胃口；毕业后在BAT做了一年程序员；然后自己出来创业，三个月换个项目，不到一年，已经成功晋升为连续创业者了。

O2O做不下去，青皮在寻找新的项目。我们全是做技术的，也在找第一个非技术人才加入。我们恰好是王八看绿豆，对上眼了。

青皮来到轻鼎智能，挨个看了所有项目：输入法、搜索、XXX、YYY、OOO……后来看到达普数据，眼前一亮。

青皮同学越看越喜欢，他做了一个决定：把所有代码拷出来，跑了。然后把我约出来。

"达普数据这个项目有前途，但是继续在轻鼎智能里面做没有前途，我们不妨自己出去搞一个。而且你在轻鼎智能那么低的股份，还没有工资，你细想想，没觉得亏大了吗？出来一起弄吧，你占大头，拿55个点，怎么样？"

"我如果不加入，你接下来会做什么？还会去做一个达普数据吗？"

"肯定不会。我有很多选择，现在有两个项目正在接触，一个是做卫生棉条，国外女用卫生棉条非常普及，其实这会是一个趋势。我其实是很懂女人的，一看你就不太懂。来来来，我给你上一课。你不理解，其实卫生棉条很舒服很舒服的，开始的时候放心大胆地试试，习惯就好了。将来这个行业一定会有大的发展的。第二是儿童摇摇车，你不要小看那个小小的儿童玩具，其实非常赚钱，每摆出一个就不需要人管理，会自动地源源不断地赚钱，简直就是印钞机。这两个项目我都在积极接触。当然还有其他很多项目，也有人很多人找我做，但我没有时间每一个都去搭理。"

后来我没有加入青皮，不过青皮继续做了一个达普数据。

青皮的这种行为对苏穆棠造成了很大的刺激。

知道代码被盗的当天晚上，苏穆棠黑着脸，进入青皮拷走文件的那台服务器，一个接一个文件夹查看。

话说回来，这件事的起因还是自己贪心。青皮说他有几十个G的聊天数据，是以前在BAT工作的时候拷出来的，可以拷给我们。这个数据对输入法还是非常有用的。所以当青皮要求给他开一下服务器权限时，很快就获得了所有权限。话说回来，青皮还是很人性和善意的，没有删掉任何东西，只是复制了一份。

这件事情发生以后，轻鼎智能对代码的管理权限变得非常严格。苏穆棠一段时间不再愿意相信人，有些反应过度。

他后来常爆的一句粗口是："国内真是什么都有。Fuck！"

半年后，青皮作为CEO融到了钱，我自己带着豪华团队却没有融到。不管怎么说，我挺佩服这哥们。

一个和其有过接触的投资人对我说，青皮和他们讲，他是看了谷歌发的几篇论文带来了灵感，然后自己深思冥想了好久，终于顿悟出来这套东西。我听完也是醉了，真是好演技啊，可惜没有亲眼看到青皮飙演技。

忽然觉得投资人这个职业真是很好玩，每天都能看到各种非职业演员飙演技，然后要从中去伪存真，实属不易。每每受骗，估计也会欲哭无泪，感叹世风低下，人心不古，防不胜防。

青皮事件的另一个作用是所有人没料到的——达普数据暂停一段时间后又开始启动了。

过了两天，苏穆棠找我谈话："Do you think（你认为）达普数据有做的必要吗？"

我说："有的。"

于是乎，达普数据项目再一次重启。

当时我心里隐隐猜测，苏穆棠做的这个决定有些赌气的成分，而不是完全基于商业前景判断。至于我，则完全没有商业概念。我自己挺高兴，继续做挺好的，要不我以前那些就白做了。

苏穆棠咬牙切齿地说："So let us（所以让我们）就把它做死！让青皮这种人没有活路！"

我也很高兴："好啊好啊，让这种没有道德底线的人感受到正义的力量！"

当时的意思是，把它做到极致。

没想到，一语成谶，最后做到自己死了。

虽然出乎意料。

也算是说到做到。

第三个和第四个方向

我们还有两个主方向，自然语言理解和应用内爬虫。

自然语言理解本来是一个起辅助功能的子方向。为了输入法可以更加智能，苏穆棠把很多自然语言理解的内容融入了进去，显得和别的输入法很不一样。当时人少，我就被苏穆棠拉着做了几个月，学了一肚子的自然语言理解的知识技能。这为我很久以后喜欢并从事这个方向打下了坚实的基础。

当自然语言理解在输入法的使命完成后，苏穆棠把这个方向独立了出来，又结合他之前在谷歌做的很多技术，发展成为公司一个新的战略方向。

这其实是苏穆棠最有信心的一个环节。这种自信来自苏穆棠自己设计的一套算法。这套算法有两个点是远远优于现在市面上所有算法的。不论是MIT还是斯坦福，统统会被秒杀。

有一次，苏穆棠拍着我的肩膀说，"放心吧，我还有一些看家本领呢。出来创业，没有绝招是不行的。"当时他指的就是这个。

这套算法有两个特点。第一个是速度，分析速度上比市面上的快1万倍。第二是完整性，这个算法会保留每一次分析的中间可能性，最终得出的结果是一个可能性的合集，而不是简简单单的一个结果。

比如说"南京市长江大桥"这句话，会保留"南京市|长江大桥"和"南京|市长|江大桥"这两种可能性，并将每种可能性赋予一个概率。这样有利于结合上下文做整体分析。

我曾经问苏穆棠："为什么不在谷歌内部做这个算法。"

"我的Director不认同我的这种方式，他一直不怎么喜欢我。所以他不认可我的这种想法。But，I am sure this is the best way.（但是，我确定这是最好的方式）"

后来我因为全情投入到达普数据，苏穆棠自己带着几个大牛博士继续做。

这个方向很潮很拽很酷炫，唯一的问题就是不太明确做完能干啥。主要是不知道有啥商业价值。我经常参加他们的内部小组会议，参加完后就发现，确实都想不到有啥商业价值。

因为这个也和苏穆棠有过争论："如果我们不清楚这个能干什么，为啥还要费这么大劲做呢？"

苏穆棠说："很多东西都是最开始的时候看不出有什么价值，但是做着做着就有了；但是如果你完全不做，等发现价值的时候再去做就晚了。而且，这个方向技术含量很高，你看我们找那么多清华北大的，为什么他们愿意来，还不是因为我们这里可以做最前沿的技术？如果我们想一直找最好的人，我们就需要有最前沿的技术方向。"

我一想，也有道理。

第四个方向是应用内爬虫。

这其实也是一个很难的方向，后来听说很多大公司投入了大量人力物力在这个方向上，最终都折戟沉沙。主要的原因是，跑通一条路做个demo是可以的，但是想爬取所有的应用，工作量就会呈指数级提升。

大部分人看到这里，第一反应都是：创业公司做了这么多方向？怎么如此不专注？

不过，良心点说，苏穆棠的智商、资历和经验其实是秒杀大部分人的。他怎么会想不到这个问题？答案其实很简单，他看到身边的人类似这样试探过好几个方向，并且取得了成功。

趣店的罗敏也是做了很多个方向，也没有那么专注，但是也成功上市了。

专注有专注的好处，专注可以在一个领域挖掘得很深，可能会达到愚公移山的效果；灵活也有灵活的好处，灵活可以避免钻牛角尖，可能会达到柳暗花明又一村的效果。

从公司战略的把控角度来说，到底是专注一个战略方向更容易成功还是灵活多变更容易成功？我的看法是，运气好更容易成功。

第七章

蓬勃发展：

山穷水尽，柳暗花明

这段时间公司开始进入一个朝气蓬勃的上升期，公司开始膨胀，运营费用激增。各个项目虽然总是麻烦不断，但总的来说也是欣欣向荣、一片大好之势。

加速器Demo Day

转眼间，微软加速器要毕业了，我们迎来了加速器Demo Day[1]。

微软加速器的Demo Day每半年一次，是创投圈传统的节日。这一天微软加速器当仁不让霸占各种创投圈头条。

创投圈媒体、创业者、投资人全体聚焦于此。

当然，这也是加速器的头等大事。

很久以前，当我第一次看别人家的Demo Day的时候，一度震惊于台上各位CEO在台上的意气风发。他们有着无可挑剔的演讲能力和熠熠生辉的成功者气场。直到了解后才发现，没有什么是天生的，这些气场都是玩命练出来的。

---

1 Demo Day：硅谷文化之一，指"孵化器"为旗下初创公司演示自己产品特点举办的活动。

提前两个月，加速器和孵化的各个公司就开始为Demo Day忙碌起来。

要满足加速器薇妮莎姐的要求，对于一帮演讲能力接近于零的菜鸟CEO来说并不是一件容易的事。

演讲所需PPT早已在三个月前准备好。加速器成员会给每一位CEO逐字逐句地斟酌，反复修订，然后要求流畅背诵。每位CEO会随时接到电话，然后任意指定一页PPT内容，CEO需要当即进入演讲状态，前后会有七次。

想想你可能在开车，在开会，在写代码，在大保健，在洗澡，在吃饭，忽然收到电话就要开始说："我们的团队极其豪华，是由硅谷顶级科学家和华尔街超十年经验的投行VP（副总）携手组建，星光熠熠……"看起来真是太像神经病了。

可惜的是，苏穆棠早早退出了这场盛会。

苏穆棠平时开会口若悬河，滔滔不绝，然而到了公共演讲的场合就歇菜了。之前给他报名参加一个创业比赛，上台演讲的时候，苏穆棠手握两页纸，用夹杂着中文单词和山西方言的英语发表演讲。刚开始声若洪钟，不到一分钟就进入了死亡沉默。然后看着他一脸慌乱地翻手稿，我坐在下面都连带也犯起尴尬癌。那次没有被轰下去实属侥幸。

所以苏穆棠心里对公共演讲是发怵的。

苏穆棠宣布放弃："如果是个face to face（面对面）的会议，我可以convice（说服）任何人！Public Speech（公共演讲）我是搞不定了。"

本来苏穆棠这次怀有一定积极性想改进自己这个心理缺陷，兴致勃勃参加了薇妮莎姐的白金级演讲培训。但是一对一辅助练习的时候，因为老是中英文混杂，被薇妮莎姐打断并纠正了几次，苏穆棠感觉非常之不爽。

然后苏穆棠就愤然退出了。

我试图劝他坚持试一下，因为这门课可是微软加速器的钻石招牌课程，无论你平常是不是语无伦次漫天胡说八道，上台是不是浑身颤抖紧张哆嗦，都可以被培训得特别像乔布斯。苏穆棠教育我："这些东西其实没什么用，做很多PR，每天去各种地方演讲，看起来很风光。但是实际上没有什么实际东西拿出来的话，其实根本没有什么用。所以，不去讲也没啥太大损失。"我一听，觉得说得也对。

康涂公司

康涂公司是我们在微软加速器的校友，它是其中最闪亮的那颗星。

斯坦福和投行VP光环加持的耀眼闪亮的CEO和青年天才科学家的CTO组成的双子星豪华团队，顶级风投和顶级门户网站带来的巨大线上广告市场。

他们立刻宣布要IPO我也不会太奇怪。

结果一夜之间这家公司天翻地覆。

这让我深深认识到了创业公司的风险。

真是有一万种死法。

除了有些兔死狐悲的感受外，康涂公司的这次变动意外给我们带来了"好处"。我和苏穆棠睡觉时都要笑醒过来。

康涂裁掉了一大拨人，所有的非技术人员裁了个干净。我们正好在招非技术人员的道路中历经坎坷（费劲心力却断然被阿九拒绝，我和苏穆棠足足伤心了两个月），彼时正是求才若渴。所以这次事件对我们来说意义非凡，真是瞌睡的时候送了枕头，两周时间，苏穆棠没有干别的，将康涂拆出来的人有一个算一个，一个一个拉进会议室马拉松式长聊，只要对方愿意，全都纳入囊中。

瞬间，团队就冲到20人以上了。所有职能部门的拼图完整了，技术、市场、商务、设计、行政全都有专人负责了。一个大公司的模子呼之欲出。

郦诗：第一个加入的非技术女孩。强大的亲和力，与任何人第一次相见都有让人如沐春风之感。青春活力无限，负责BD和HR，后来很多合作都是因为对方对郦诗第一印象太好，爱屋及乌觉得这家公司很好。

一直到前两日，一个素未谋面的微信聊友约我见面谈谈。见到以后聊起来才发现，他是郦诗女神（经）的崇拜者。说他自己当初和郦诗聊了几句，听了郦诗对公司的介绍，一下子就对轻鼎智能满怀热情，觉得这家公司的精气神就是自己最仰望的那种类型。虽身不能至，心向往之。

所以，我每每想起郦诗，都觉得她其实是个天才的HR。不过如果她看到我这么说她，一定会生气。因为她很讨厌把自己定位成一个HR，可能是因为HR听起来没有商务、市场这些更高大上和更具核心价值。所以我重新想了一下，觉得郦诗其实是一名努力做好商务的天才HR。

青青姑娘：青青姑娘的画风是一个安静的少女，长发飘飘。中央美院毕业，美术功底深不可测。

青青姑娘画风如人，平面设计清新脱俗，恬淡雅致，尤其擅长做视频。达普数据所有视频皆出自青青姑娘之手，融资时做的产品介绍视频，每每拿出来给投资人看，都让对方印象深刻，瞬间提升公司逼格到一定的段位之上，碾压屌丝团队于无形。

彼得大帝：一个霸气整天侧漏的富二代Boy；开特斯拉；养一条专人从意大利带回来的拉布拉多；全套奢华办公装备，嫌公司椅子不舒服，自带一把超豪华办公椅，此椅子滑动阻力几乎为零。

从此公司的一个娱乐项目就是大帝下班后，用大帝的椅子做道具，发明各种玩法。比如让公司最轻的女孩青青姑娘坐在椅子上，男生们比赛谁推得远，然后将视频发给大帝取乐。

大帝还是个有才华的男子，知乎大V，摄影比赛获奖无数（单反毁一生这个规则被大帝浑厚的财力无视了），PPT写得逼格逆天。

大帝负责BD（商务推广）和市场。

虽然这家伙每天吊儿郎当的，早上11点才到，晚上7点就跑了，周末不加班，上班时间一直在网上瞎逛。但是其实他的加盟给达普数据带来了实质性的突破。

达普数据之前一直头疼如何发展早期用户，阻碍重重，完全没有人愿意加入试用的行列来当小白鼠。大帝加入后，利用前公司的资源圈，获得了几个重量级B轮APP用户的集成。从此达普数据推广难度大大降低，后来的目标客户看到有这些已经入坑的同行，大大地放松了警惕。

SOHO 3Q孵化器

2015年创业行情火爆，孵化器遍地开花，中关村孵化器普及程度一夜之间超过了沙县小吃。创业者明显要不够用了。

在这种市场供需明显不平衡的行情下，显然到了我们占便宜的大好时机。尤其是像我们这种贴着微软加速器金字标签的创业公司。

我们拿到了SOHO 3Q孵化器的三个月免费试用期，一听到免费，苏穆棠简直要开心死。

于是，我们从微软加速器毕业后正式转战SOHO 3Q。SOHO 3Q是个标准的办公场地，装修还不错，其他则乏善可陈。最为痛苦的一点是它在地下一层，整天暗无天日。苏穆棠还挺高兴，"这样加起班来就不知道时间了"。

最具吸引力的是SOHO 3Q有一台桌上足球，整个公司都被疯狂吸引，比做项目的吸引力大多了，核心玩家是四小强中的三个加脏脏，每天花很长时间战个天昏地暗。中午吃完饭，干两局；晚上吃完饭，干两局；下午代码写累了，干两局；有时候上午刚来还没醒，干两局。

两个月后，这几个核心玩家技术突飞猛进，开始钻研国际冠军比赛的视频了。

苏穆棠也经常玩两局，看得出这段时间他心情也还不错，对此也没有太多干预。

其他公司就倒霉了，足球桌旁边有家公司投诉孵化器说，门口老有一群人鬼哭狼嚎地怪叫。

后来桌上足球成为轻鼎智能的文化之一，这个习惯一直保留到我们离开SOHO。到了下一个孵化器。我们还展开了公司间的竞赛，桌上足球碾压其他公司是我们公司在为数不多的竞争中干得最爽和提升士气的事情了。

极酷孵化器

我们在SOHO 3Q没有待太长时间，免费期一到，我们就搬走了。默默替3Q感到伤心。

然后我们入住了极酷孵化器。极酷孵化器是大土豪公司开设的，奢华得不像一个孵化器。而且租金很便宜又有三个月免费期，我们一眼就相中。苏穆棠最大的乐趣就是蹭免费，看到免费的东西可以笑出声，毫不掩饰高富×的外表下一个屌丝的本质。对于VC（风投）的每一分钱，他确实认真负责精打细算深思熟虑，很尽心。

极酷刚装修好我们就搬了进去，前几个月偌大的孵化器就只有我们一家公司，我们和一堆绿萝一起净化了一段时间空气。

我们控制运营费用的一大法宝就是混各种低价孵化器。中关村确实是创业的风水宝地，孵化器的租金要比正常的商业写字楼租金低一大截，硬件环境还都学Google那种高大上，真是没的说。

强人加盟和大客户

在SOHO 3Q那段时间，达普数据迎来了一位重量级加盟者：迈克老狼先生。

迈克老狼毕业于著名的顶级学府哈佛大学，而且不是在哈尔滨的那所。毕业后蛰伏在麦肯锡多年，是真驿站[1]中最耀眼的一位。当了解到我们团队需要做商务的高手的时候，真格人力资源总监帮忙在真驿站的人才库仔细搜索了一番，然后隆重撮合。

顶级的人才带来的是顶级的人脉，迈克老狼先生找了一个哈佛同学，一炮打到了京东的一个VP（副总裁），达普数据在超级客户面前第一次亮相。我瞬间就有了一种翻身农奴把歌唱的气魄。

---

1 真驿站：真格基金为海外留学人员回国创业提供的交流平台。

和京东的会议安排在了上午，我早上开着车，早早接上苏穆棠和郦诗，彼得大帝和迈克老狼分别自驾，一行人浩浩荡荡进入京东总部。

　　坐在京东宽敞明亮的会议室中，不由得豪气冲天，仿佛离登天只有一步之遥了。

　　会议室坐满了人，大家自我介绍以后，我发现一屋子京东人全是做产品的。大公司真是大气，随便做一个项目，就能先派出几十个产品经理。

　　开始由彼得大帝做主要发言人，这厮完全不怯场，每隔两分钟擤一个惊天大鼻涕，擤完还解释一下："不好意思，鼻炎犯了。"大帝鼻涕擤得都这么有气势，让我们整个团队都显得霸气十足。只是由于次数太过频繁，声音太过嘹亮高亢，很快大帝的面前就高高堆起一小堆卫生纸。在小山般高的鼻涕堆前，大家神情都开始变得不自在，濒临崩溃。

　　所以换了迈克老狼主讲。

　　我心里美滋滋的，之前去推广的时候，我只能一个人讲得口干舌燥。现在真是爽飞了，专业BD，倒下一个还有候补。

　　讲完后到了交流时间。

　　"达普数据能给我们带来最核心的益处是什么？"一位产品经理问道。

　　"从京东的角度来讲，推广APP是核心价值和目标，但是其实对于用户来说，APP对他们并没有意义。"

　　我停顿了一下，把背得纯熟的段子重新包装，拿出来显摆："用户关心的是什么？用户关心的是京东APP里的商品，每一罐奶粉，每一件衬衫，每一台彩电，用户是被京东平台上的内容所吸引，然后才去下载APP的。"

我又停顿了一下，装逼要保持好节奏："为了推广APP而去介绍APP，错了！这是一个很严重的根本性的错误！正确的方式是应该去宣传，去推广每一款平台上对用户最有吸引力的商品，从而获得用户的关注，从而带来用户对APP的下载。而有了达普数据，这一切将会变得非常自然和简单。这就是达普数据可以为用户带来的核心价值！"

"嗯。"对方几位产品经理同时重重地点了点头。

我在心里默默地给自己鼓了鼓掌，并且默默地给自己叫了声好。

会议进展得非常顺利，由于有老板推荐，又有团队上佳的装×表现，合作意向顺利达成。

接下来开始进入了走相关流程阶段，由郦诗负责对接京东法务方面。

京东的各种流程很规范，发来的文件里有这样一句话："如果由于乙方的服务问题造成京东的损失，问题包括但不限于服务器宕机、服务器不稳定、网络通信不稳定……而造成京东损失的，京东有权追究乙方责任，并有权利要求上限不超过100万元人民币的民事赔偿。"

我们看到这个条款，心里有点发毛。讲真，当时的服务，那种不稳定程度，照这么个赔法，估计没几天公司就赔得底掉了。

我们没日没夜地开会讨论，最后做了个艰难的决定，重新写新一版后端程序。

第一版后端是我写的开头，然后由芙洛接手。之前我没有做过高并发的服务器端，因此问题很多。首先一个问题是不稳定，不过不稳定可以通过迭代优化；第二个问题是大并发问题，我那种写法好像没有办法适用高并发环境，小打小闹可以，来个十几万的并发估计就受不了了，而像京东这种量级的用户，一下子就会把服务器烧个底掉。

如果按照合同来赔，再来两轮千万级融资都受不了。

于是，达普数据迎来了2.0时代。

日后复盘，我才发现，当时其实改bug就可以了。一直到达普数据死掉，用户量都没有我们设想的那么大。我们过高估计了自己的发展，在太早期就开始用Google类似的工程架构来预先解决上亿并发的情况，导致开发龟速，付出了巨大成本。

OKR

达普数据2.0因为有京东这个大客户在后面追着，公司内部讨论结果被要求在三周内完成。

对于这个时间，我是有异议的，如果完全重构一版，三周是不现实的。换个想法，如果三周能做出来，京东干吗不自己做一个？

对此，苏穆棠有自己的看法。

公司在大概两个月前，引入了OKR管理体系，即Objectives & Key Results（目标与关键成果）。

> Google的每个员工，每个季度都会给自己定一个或者几个目标Objectives，并且衡量目标是不是能达成关键结果Key Results，这几个词合在一起被称为OKR。每个人的OKR会放到自己的网页上，大约半页纸长，大家都可以看到。到了季度结束时，每个人会给自己的目标完成情况打分，完成了得分是1，部分完成的话，得分是0到1之间的一个数字，没完成的得分就是0。Google强调每个人制定的目标要有挑战

性，所以如果谁完成目标的情况总是1，并不能说明他工作好，而是目标定得太低。

——吴军

OKR是个好东西，这也是我和苏穆棠学到的一个很有意思的自我管理的方法。习惯了以后，OKR变成了我的思维方式，深入骨髓。现在，无论什么时候，我心里都会默默地订一个自己的OKR。如果没有，就会觉得不踏实，浑身不自在。订了的话，生活好像就变得有了目标，有了计划，而且可以衡量。

我们这里改进了一下，时间粒度改成了每个月。每个人每月都要制定一个Objective。我第一次定目标的时候，定了一个八成可能可以完成的目标。苏穆棠看了后，给我打了回来，说是unchallenging（没挑战）。我只能增加工作量，反复几次以后，我觉得这个工作量肯定完成不了了，然后苏穆棠说：差不多可以了。

"我觉得这么定目标没有意义啊，反正肯定完不成了，月底考核肯定不及格。"

"我知道，但是目标就是要定得高一点，这样的话，做起事情来，就像有一条线在前面牵着。如果你目标本来定得就低，很容易完成，那样做起事情来就会很慢。"

"不会啊，我们定的目标，目的是为了要完成任务并且可以判断结果，肯定完不成的任务定之何用？如果OKR的考核大家都是五六十分，很伤自信心。下一次任务也会觉得懈怠，都会觉得反正完不成，差不多就行了。长此以往，任务下达后，所有人都会觉得随便做即可，反正习惯完不成了。大家就没有一个底线，不知道什么东西在什么时间一定要做完。其实长期来看，这是对纪律性极大的伤害。"

苏穆棠摆了摆手，又祭出他的杀手锏："我们在Google的OKR也都是六十分，也没有什么坏处。"

"哦。"

然后这个任务目标就这样定下来了。

> 枪泥给布置的任务，看起来都可能搞定。苏穆棠给布置的任务，一看就吓尿了。
>
> ——茶茶

第二年二月，大年初二，我又提交了一版PR（Pull Request，提交代码的一种方法），然后微信通知正在巴黎旅行的周稳说，帮忙发布一下吧。至此，达普数据2.0版本趋于稳定。

对于目标应该定更高一点还是更可行一点，一段时间里一直是我和苏穆棠争执的焦点问题，团队里很多人都快被我们搞得精神分裂了。

> 先定一个小目标，挣它一个亿。
>
> ——王健林

> 当目标既是未来指向的，又是富有挑战性的时候，它便是最有效的。一个"跳一跳，够得着"的目标最有吸引力，对于这样的目标，人们才会以高度的热情去追求。因此，要想调动人的积极性，就应该设置有着这种"高度"的目标。
>
> ——洛克定律

第七章　蓬勃发展：山穷水尽，柳暗花明

强援支援

达普数据2.0版的架构引入了两位服务器端大数据的大师级人物。

这俩90后哥们是卡内基·梅隆大学的硕士同学，一位是硅谷某高科技公司的前五位员工翔；一位是知名分布式应用程序ZooKeeper的核心成员红茶。这两位大师都有大规模高并发后端编程经验，苏穆棠可以拉来一起设计并开发实在是达普数据的幸运。

他俩在美国生活，于是我们的工作流程便具有了跨国公司范儿，公司就像拥有了加州分部。北京提交代码后下班睡觉，加州分部的同事开始Review（检查代码），加Comments（修改建议），提交新的代码；加州分部的同事下班后，北京分部开始Review，加Comments，提交新的代码。Github（代码仓库）有一种24小时不停被更新的感觉，工作进度有飞一般的速度感。适应新的编程理念的整个过程先是很痛苦，之后就变得相当愉悦。我慢慢学会了翔和红茶这种编程模式，Micro Service（微服务模式）加Restful API，开发起来越来越爽。有这些小朋友前辈的指引，我在服务器端开发方面的功力也有很快的提升。

摩擦摩擦

达普数据1.0时代苏穆棠没怎么管，软件设计人机交互等所有方面全由我说了算；2.0时代苏穆棠来了兴致，每个细节喜欢亲自过问，而且都要亲力亲为。由于对用户的理解不同，我和苏穆棠的摩擦不少。

我们是9月初开始重新设计2.0版本的，由于那年十一我早早定了出行计划，只能陪家人一起去海南，没法待在公司加班。但是十一假期七天我每天身在海南心在办公桌，一天都没去海边晒太阳，每天在房间工作12个小时以上。

由于苏穆棠当时恰巧回美国，我们只能在微信和电话里沟通。意见相同的话，通过微信就可以愉快沟通；意见相左的话微信里聊两句就聊不动了，很快就一个越洋电话打过来开始吵架。

一次，为了一个链接应该是长的还是短的问题，我们很快进入越洋开撕模式。

苏穆棠："长的好！"

我："短的好！"

苏穆棠："我们应该提供最简单最核心的功能，把链接变短的功能不是我们的核心，我们不需要做。"

我："我们应该提供完整的用户体验，这个功能是达普数据服务的一部分，一定需要！"

苏穆棠："原始的就是最好的，我们本来就长，为什么一定要变短呢？我们应该给用户不加修饰的，最原始的长度。"

我："为什么原始的就是好的？我们应该提供给用户他们需要的。"

苏穆棠："你怎么能知道用户想要的是什么？我们不应该主观猜测用户想要的是什么。我们就应该提供最原始的，用户想要什么就让他们自己去加就好了。有那么多可以把长的变短的服务，如果用户想要的话，总是很容易做到的。"

我："我肯定用户都一定想要短的！没有任何人想看到那么长的东西，太恶心了。"

苏穆棠："我们不应该假设用户喜欢长的还是短的。你喜欢短的，但是不一定所有人都喜欢短的！我们提供最核心最基础的，剩下的事情，他们想要什么，应该自己去解决。"

我："问题是用户想要的时候，必须再去依赖别人，他会觉得很麻烦，就不会再来我们这里了。我们的服务本来就很简单，如果连这个都做不到，怎么能让用户对我们满意？"

苏穆棠："你怎么就知道用户会不满意？"

我："你怎么知道我不知道用户会不满意？"

苏穆棠："你不是用户，不要去猜测用户。"

我："我不是猜测用户。最简单的例子，如果用户想转发微博，微博是有字数限制的，长的肯定直接就超出了，你让用户怎么办？"

苏穆棠："他们需要就自己去加一个变短的服务啊！"

我："分享肯定躲不过微博这个渠道，所以百分之百要变短。既然如此，为什么我们不替用户多做一步？"

……

很快苏穆棠声音变得很大，进入暴走模式，感觉像是要掀桌子吼了。我理性地考虑了一下，因为是电话吵架，所以苏穆棠要掀桌子的话也是掀的他们家的桌子，于是这次我不甘示弱，没有完全让步，坚持己见。

刀来剑往。

后来一看表，足足撕了四个小时。

最终的结果是双方各让一步。

服务同时支持长短链接，提供控制开关，用户可以通过开关来选择最终收到的是长链接还是短链接。

不过默认是短链接，因此凭良心说我认为自己最终取得了这次争吵的胜利。

我这里再发一记马后炮：达普数据从开始运营到最终企业用户超过一千的整个过程中的实践证明，我的判断是对的。我并不是想黑苏穆棠，也不是刻意在炫耀。

事实上每个人对产品的理念和对用户需求理解所需的同理心不同，从而导致的观念争执不可避免。但是在我看来，苏穆棠当产品经理会是很奇葩的事情，他的想法和正常人完全不同。如果你看过《生活大爆炸》这个美剧，你可以想象一下谢耳朵做产品经理是一种什么样的感觉。学霸的世界屌丝不懂，屌丝的世界其实学霸也不懂。科学家的思维模式应该和产品经理是完全相反的两条路。科学家做研究，一定不能是正常思维方式，越是奇葩越是容易独辟蹊径，获得更高的科学成就。而做产品经理，则需要像张小龙说的那样，可以一秒钟变成白痴。显然，苏穆棠不行。当然，我自己变白痴也有很大难度。所以，我们都不是合适的产品经理。达普数据当时强烈需要一个产品经理来解决这些问题。

当时没有斩钉截铁拿下一个高质量的产品经理，是达普数据的一大损失，这大大拖延了达普数据产品发展的速度。因为老是纠结类似长短链接这种细节，做了不少无用功，有限的人手和精力被分散了。对于什么应该做，什么不应该做，什么应该现在做，什么应该将来做，没有很好的规划，使得整个团队有些混乱。

虽说如此，这些其实也不是大问题，至少不是方向性的问题。跌跌撞撞几个月后，达普数据2.0也逐渐稳定下来。

加班

很早以前，苏穆棠就和我商量，说讨论一下要不要让大家周六来上班。苏穆棠希望大家有个努力拼搏的气势。因为OKR本身制定得比较激进，所有人都面临Object无法按时完成的窘境。这样一来，996或者007的工作时间就应该顺其自然地发生。然而，事实上这种情况并没有发生。虽然OKR没有办法按时完成，但是大家的作息时间还是正常的。于是苏穆棠找我商量，要不要强制执行周六上班。

我第一份工作是在一家法国公司的中国分部做码农，作息时间堪称地狱级。正常下班时间是凌晨1点，通宵加班是常事。但是我们的工作效果真的就比正常上下班要好么？其实也不见得。很多人白天无精打采，一过晚上9点就像打了鸡血一样开始工作，过了12点，大家又开始组队打游戏。看起来很拼命，有效工作时间并不长。上有所好，下必甚焉。主要是因为当时的中国老板希望看到我们加班，我们加班的话法国总部就会看到，这样的话他就可以去总部炫耀剥削成果。于是我们就拼命加给他看，希望有天能被他看到后升职加薪。

这件事情是这样变得不可收拾的。很多人前天晚上加班多了，第二天就会晚来；因为第二天晚来了，Manager会说，今天来晚了，晚上多加一会儿班吧。然后形成了一个恐怖的正反馈。最后很多人到达一种状态，晚上8点来上班，早上8点回家。如果有人第一天入职，会看到一个不可思议的景象：早晨自己刚精神抖擞地来到公司，就发现一伙儿眼圈发黑的青年码农纷纷背起包摇摇晃晃夺门而出。他可能会觉得碰到了贼，说不定会报警。

所以我基本上是不赞成这种作息的，但是我也不是完全反对加班。我认为加班不是长久之计，加班相当于在法定休息日要求大家额外工作，但是工资并不多发。所以其实就是变相剥削他们嘛，员工自己可能不会说，但是员工的家里人会问起这件事情，无形中会带给员工压力。时间长了，这种剥削会积累成一种势能，如果公司的发展速度和给予员工的成长回报不够强大到足以抵御这股势能，就会出现崩塌，员工就会纷纷离职。所以强制加班做不长久。

　　苏穆棠也认同这点，但是我们又觉得应该尽量剥削员工剩余价值，否则就白当一次黑心老板了。

　　于是我提供两点建议。首先，我不入地狱谁入地狱，我俩自己应该以身作则，先加他几百天班。于是我们自己先实行每晚和周六加班，有时周日也加班。期望大家看见后会觉得老板那么努力，自己要提高觉悟一起加班才对。然而依然没有什么卵用，大家该干吗还干吗。于是苏穆棠又用微信拉斯干泥和耗耗也来一起加班。慢慢地，有些人不用提醒也跟着过来加班了。我们很得意，这是自觉加班而不是强制加班了。

　　其次，用事情驱动加班而不是用命令。比如说，有客户反馈说出了问题，那就和大家说，我们是做互联网的，用户体验高于一切。出了问题不可怕，考验我们的是应对速度。而客户三天两头就会有这样或者那样的问题，所以，通过这种方式，大家也加了不计其数的班。有一天晚上，芙洛和我为了解决一个bug，一直工作到了晚上12点，当时我有点慌，人家一个小姑娘，家住得很远，半夜三更一个人回家可别出事。苏穆棠那时候也很心疼员工，打电话说："你们还没回去？别加too late，没有效率！"后来我们把加班时间线基本控制在10点以前。我觉得差不多就可以了，太狠容易折寿。

山穷水复

和京东的合作被终止了。

京东方面说暂停了这个产品线，将整个产品线融合到京东的主APP中了。

预想中的标杆大客户没了，团队士气降到了冰点。

做了很多的合同、法务、客服、对接的工作，一夜间全白忙活了。

现在回想起来，如果当时拿下京东的话，后来达普数据的发展可能会完全不一样。谁能想到，命运如此轻易地就改变了。

一命二运三风水，四积阴功五读书。在命运和风水面前，读书和积德都是渣渣。

迈克老狼又找了老同学、老同事、老上级，我们踩破了各大APP巨头的门槛，但是收效甚微。

一直在帮忙

真格的各个部门也都在想方设法提供帮助。

人力资源部门来探望得最勤快，先是帮忙引进了麦克老狼先生，之后每隔一段时间定期来问我们是否碰到了人力资源方面的难题。

有次在一起聊，我们问到公司发展的过程中，如果碰到老员工自身能力发展跟不上公司发展的时候，公司应该怎么办的问题。

经验丰富的丽萨[1]认真回答道："先要诚恳地聊一聊，提出他具体哪方面需要提升的要求，并尽量提供帮助，给出至少三个月的周期来考察。如果还不行，试着聊一下可不可以转岗。最后实在没办法，只能请他离开了，但是应该给的待遇和补偿一点都不能少，而且态度一定要很诚恳。其实这也许对他是好事，如果不适合，尽早离开对双方都是最优选择。"

说到这里，我抬眼看见被我们内部定义为"自身能力发展跟不上公司发展的老员工"在认真记着笔记，不禁出了一头汗。

被真格投资的公司也被我们仔细研究了一遍，发现了很多潜在用户。因为是同一只基金的portfolia（拿到过同一家基金投资）之间的信任是很天然的。对接业务可以直接找到对方的CEO。当然，对方是否认可我们的产品是多种因素决定的，但是至少来说敲进门还是很容易的。而且一段时间以后，真的有几家很厉害的公司接受了我们，然后毫无疑问地成为我们再去做市场时拿来吹牛的标杆。

PR（公共关系）总监雷哥来得也比较多的。雷哥以前在全球PR最顶级的公司任高管，简直就是一个行走的PR百科全书。

有一次雷哥帮我们定义达普数据的PR策略，提到一个产品人格化的概念。问苏穆棠，如果把达普数据这个产品看作一个人，你脑海中浮现的这个人是什么形象的？这个如果想清楚了，就可以不断去向客户植入这种感觉，达成植入用户心智的目的。

苏穆堂沉默一下，说："像是枪泥或者周稳这种让人信赖的中年男人形象。"

---

1 丽萨：真格的人力资源总监。

我：“……"

（对中年这个字眼很敏感）

柳暗花明

目前，整个达普数据还是只有一家客户使用，还是我最早坑的那个哥们。

某天，我忽然看到微软加速器的一家校友企业新出炉的APP，然后我眼前一亮，这真是最天然需要达普数据的APP了。

第二天，我纠集了麦克老狼、彼得大帝和郦诗，一行人浩浩荡荡杀到他们公司去了。

CEO杰复是个出身时尚界的台湾型男，公司布置得也格外有情调，有四分之一的员工是时尚美女编辑，看得我一阵眼晕。

而且意料之外的是，杰复和麦克老狼居然一见如故。

“哎，我们是不是见过。"

“是啊是啊，我看你也很眼熟。"

“肯定见过，肯定见过。对了你在哪里读的书。"

“我在哈佛和UC Berkeley读的，你也是在美国读书的吧？"

“我在伊利诺伊香槟分校读的。哦哦，对了，你认识那个谁谁谁吗？"

“认识啊，我们很铁的，你认识那个谁谁谁吗？"

“认识啊认识啊，他是不是……"

我们剩下的人默默看他俩装×，攀了半天亲戚，终于进入正题。

完全出乎意料的是，杰复非常认同达普数据的价值，简直一拍即合。当场叫来了产品总监和程序负责人，要求尽快集成。

一次愉快的BD过程，我们的第二家客户。

屋漏偏逢连夜雨

美国的翔和红茶忽然之间不再更新代码了，也不提comments（修改建议）了。问他们问题也不回复了。

麦克老狼说回美国探望家人，离开几天。哪里料到，麦克老狼一去不返，不知道是不是追兔子去了。

好在，彼得大帝君临天下，临危受命，拉起了BD的大旗，贡献了私人朋友圈。在彼得大帝的威风笼罩下，我们一家一家啃，一次一次上门，居然连下四城，获得了四个B轮公司的接入。

早期To B的业务做起来非常不容易，经常是不分昼夜，客户一个微信，我们就像狗一样跑过去跪式服务。手把手教程序员如何接入，解决各种问题。记得有一次服务器Down（宕机）掉，我们带着两箱防雾霾口罩上门道歉，恳求谅解，然后拍着胸脯说不会再出问题，我们的技术实力其实很强的。

现在回忆起来，很为自己的东莞式服务精神所感动。

可惜，年底，彼得大帝也退出了。

彼得大帝每天开着特斯拉，日复一日，对钢铁侠马斯克的崇拜之心油然而生，一发不可收拾，然后就屁颠屁颠去面试，顺利拿到Offer，然后过来辞职。

BD团队只剩下郦诗一个全职员工了，剩下四五个实习生人心惶惶。

屋漏偏逢连夜雨。郦诗，之前休学出来创业，忽然说年后要回学校写论文，答辩，毕业。

一瞬间，BD市场团队全军覆没。

守得云开见月明

我慌慌张张找苏穆棠商量该怎么办，他也有点慌了。

苏穆棠启动他的三寸不烂之舌，几个来回，意志不坚定的郦诗被说服了，留了下来，放弃了这次毕业答辩，打算延迟毕业一年。

接下来还接触了几个日后发挥了重要作用的重量级人物。

卉烟，氧气少女，北大元培学院大学霸、香港中文大学硕士。有着惊人的无可挑剔的多线作战能力和管理一切细节的天才头脑。

卉烟是一位来自北大的实习生推荐的。后来我总结了一下，我们招人渠道主要靠实习生互相推荐和郦诗的逢人就挖。

于是，当时还在豌豆荚的卉烟过来聊了聊天。她在豌豆荚负责过应用内搜索，于是战略性地对轻鼎智能的发展提出了若干意见，苏穆棠惊讶于她清晰的思路和对行业的深刻理解，下定决心要挖过来。

日后卉烟成为了达普数据市场商务负责人，是达普数据客户从20家发展到1000家最关键的狠角色。

芯蕊，纯偶像剧般的逆天人设，年轻、美女、外企、霸道总裁（中国区负责人）。这家公司恰好也是做数据市场的，所以她和我们目标客户的负责人都有良好联系。后来和一个VC聊投资的时候，VC听到当时就跳了起来，说这种人市场价值至少几千万元。

芯蕊在做一次推广演讲的时候被花痴郦诗一眼相中，然后上前搭讪，没想到两人一见如故，很快就成了无话不说的闺密。虽说郦诗不负责HR，但是她的HR天赋在潜移默化中居然让芯蕊动了心。

"HR总监"苏穆棠知道后，发起了疯狂的追求。此时，芯蕊已经开始动摇，苏穆棠几次激动地和我说几乎就要拉过来了。

苏穆棠后来私下和我说："世上没有容易的事，拉每一个人进来都是花了九牛二虎之力的，比如芯蕊，你只看到她入职，你知不知道我怎么拉来的，我甚至还陪她去看了场话剧！"

我一阵心悸："你这种沧桑猥琐男大叔，陪个美女看话剧，这么委屈吗？她亏还是你亏啊？"想到这里，就和他说，"哦，真是不容易啊。创业太难，我希望可以分担这样的重任。以后如果需要陪看话剧，一定要让我来！"

从此天涯是路人

在美国的翔和红茶为什么消失，我一直不知道确切原因。

苏穆棠说翔没有从原公司成功离职，因为他负责的产品的另一个核心员工先一步离职了，翔如果再离开，那个产品可能就完蛋了。所以翔最终决定留下来维护这个产品。当然这可能只是表面原因。

至于红茶，据说他之前和苏穆棠合作过，两人价值观上有冲突。苏穆棠说红茶的工作模式是表面沉默，经常一周没有一行代码提交，但是其实在背地里在憋大招。一言不合在周末提交好几千行代码，这种大招直接会把苏穆棠震晕。

在这个时候，苏穆棠心底总是泛起一个声音："Fuck啊！"然后开始和颜悦色地和红茶争执起来："我们没说过要这么实现啊！能不能删掉？"

"我这么辛苦这么完美的代码，为什么要让我删掉？"

据苏穆棠的描述，最终争执结果都是红茶服输认错删代码。

但我对苏穆棠的自恋表示深深怀疑。

之前苏穆棠和红茶是以朋友的身份合伙做一些大家感兴趣的开源项目，但是现在地位不一样了，苏穆棠是公司CEO，红茶虽然没有正式入职，但是很可能以后会加入。而红茶还是天不怕地不怕的性格，苏老板开始不耐烦了。

频繁互怼，吵得很厉害。苏穆棠说，红茶对他已经非常非常不客气了。苏穆棠布置红茶做什么事情，红茶经常很不高兴，对苏穆棠说："让我干这个？我可是做分布式大数据的！"然后苏穆棠就觉得气不打一处来。苏穆棠后来暴脾气上来，在我面前痛骂红茶一顿："他觉得自己很了不起吗？还做大数据的！做个shit（大便）吧！"

麦克老狼过来两个月后，和苏穆棠谈正式加入的条件。之前他完全免费打黑工，属于无职务、无工资、无合同的三无人员。类似结婚前先同居一段时间找找感觉，终于，开始逼婚了。苏穆棠纠结了很久。其实这个职位有两个人选，苏穆棠更加倾向另一个。麦克老狼催了几次，苏穆棠给出了他深思熟虑后能给出的股份点数。

然后就没有然后了，麦克老狼退出了。

很久以后，我和麦克老狼又聊起这段往事。他说，我当时可以提供的资源对那个阶段的达普数据来说还没有办法完全匹配上。达普数据还处于很初级的阶段，如果对接太高级的资源，对方做决策会很有压力，就很难达成真正的大交易。这样的话，其实我的价值已经不大了。如果我继续留在达普数据，做从零到一的工作，当然也没问题。只不过对我来说风险就会比较高，因此我自然会要求比较高的股份，如果你们给不了，我只能选择离开。

还有彼得大帝。有一次他跟我聊天，说："进公司的时候，说了三个月谈股份，这都六个月了，苏穆棠一句不提，不知道是忘了还是怎么了？"

我问苏穆棠："是不是忘了？"

苏穆棠说："没有忘，这是有意的。"

苏穆棠解释道："彼得迟早会走的，他心思就没有在这里。First（第一），他在公司没有圈子，你看他每天吃饭都是自己一个人，这样的话，时间长了他肯定待不住的。第二，他每天来那么晚，公司所有人都看着呢，公司的风气都被他影响了。他要不走我都会把他开掉。"（我们当时采用的是弹性上下班制度，彼得大帝把弹性这两个字用到了极致）

很久以后，我一直在反思，对于彼得大帝这样的员工，应该如何对待。

马云说：" '野狗' 式的员工，这种人虽然能力很强，但是态度很差，严重影响公司的团结，必须清除。"

当然，对于阿里这样的公司，这样管理无可非议；但是对于创业公司来说，人才难得，招人不易，如何利用管理的弹性，使每一个员工尤其是"野狗"式的员工发挥出最大的价值，是一个非常值得琢磨的课题。

我们在彼得大帝的身上没有下任何功夫，我深以为憾，如果当时卉烟早来几个月的话，应该会有很不一样的结局。

组团队不是一件容易的事，即使是像我们这样豪华成员和顶级风投的公司来说，公司找人的成功率也一直在30%上下。当然，这和苏穆棠的高标准和需要对方低要求有一定关系。但是对于任何一个CEO来说，这都是一个必然的过程。如果低标准，活干不好；如果答应对方的高要求，公司蛋糕很快就切完了，发展没有后劲。

对于苏穆棠这样在国外待了很多年的CEO来说更加不易。苏穆棠晚上睡不着觉，一直在评估每一个人的价值；评估员工的价值和他的贡献是否匹配；时时在摸索是否还有性价比更高的人选来替换。我想想就觉得是件相当耗心力的事情。

辛苦了。

第八章

进击的CEO：

完美如梦幻泡影

苏穆棠这段时间越来越勤奋了，本来他就比我们凡人勤奋很多，现在更甚。

首先是工作时长已经超过一般人的极限。苏穆棠到底是不是住在公司和到底会不会睡觉变成了一个不解之谜。每天除苏穆棠外最早来公司的人和除苏穆棠外最晚回家的人纷纷表示苏穆棠一直在。而且大部分人都见过苏穆棠在男厕所小便池后面端着杯子刷牙的样子。

其次是苏穆棠在每个项目上都深入参与进去。上午讨论完达普数据的工程目录结构应该把A文件放在B文件夹的问题；中午就研究输入法refine（改善）的用户体验应该怎么再优化一下；下午变身HR和候选的某位牛人推心置腹聊三个小时；晚上化身码农在电脑前奋力敲着自然语言处理的代码。

近乎癫狂的工作状态让人很容易联想到《老人与海》中那个不向命运屈服的老人。

试错

精益创业（Lean Startup）是美国硅谷流行的一种创业方法论。精益创业提到的三个特点是："最小可用品""客户反馈""快速迭代"。说人话就是用最快的速度做出一个产品，然后推给客户，看用起来怎么样，根据用户反馈再反过来修改产品。

苏穆棠深度认同这种创业模式，而我们做得更加极致，如果用户反馈不好，就干掉这个产品，换一个。甚至大部分产品，用户都没见过，自己觉得不好，就干掉了。

轻鼎智能一年半的时间一直在前仆后继地试错：输入法，达普数据，某NLP（自然语言处理）实验性项目，应用内爬虫，APP Search（应用搜索），分布式机器学习框架，某基于Go语言的Map Reduce（一种编程模型）项目，微信抓取聊天机器人，还有一些实验性项目。后来还有名为"MO"的新母项目所引发的语音识别子项目，聊天机器人子项目……直到今天，试错还在继续。

终于把这个公司做成了有些Google的特质，虽然没有Google的规模和那个赚钱的广告业务，但是只看这种做生态的感觉，还挺Google的。

我这样讲听起来有些酸气，但其实并不是在讽刺自己和苏穆棠。轻鼎智能好几个员工都私下向我表示过，这是他们经历过的最快乐的一份工作。因为我们的企业文化和其他很多个方面都像极了Google。除了Google赚钱但我们不赚，还持续赔钱以外。

如果我们看到一个人买彩票中了500万，我们去研究他为什么会中500万，进而去模仿他的穿衣、饮食、作息时间和生活习惯等各个方面，甚至模仿他说话的口气，上厕所的频率。我们可以模仿出一个一模一样的人，但是即便如此，再去抽一次彩票，我估计中的概率还是不会提高的。

还有一个问题：精益创业的道理大家都懂，但是每一条路通不通的决定其实是很难做的。每一个方向都充满了艰难坎坷，你觉得这条路有问题，你怎么知道别的路没问题。要不要再坚持一秒钟，一分钟，一小时，一天，一个月，一年？没人能给出答案。

8848试错了互联网电商，得出的结论是在中国不适合做电子商务，果断停止。但是后来的阿里巴巴做下来了，中间当然碰到了无数的艰难困苦，也一度活不下去，但它还是坚持做下去，运气也到位，最后成功了。

首席架构师

团队里有苏穆棠这样的技术百事通是一件幸事。

苏穆棠年纪大，经验丰富。尤其是后端技术方面，没有哪方面不精通。家有一老，如有一宝。

比如说我们讨论用哪种流行的大数据框架，"Hadoop"还是"Spark"，苏穆棠说都不好用，自己写一个吧。

比如说log处理，团队开会说要不用消息系统"Kafka"吧，这是最流行的。苏穆棠说Kafka不好，有ABCDE等问题，我们应该用×××。

比如通信格式，我们说用json，苏穆棠说过时了，应该用protobuf。

比如在Kubernetes还没有发布正式版的时候，我们就拍板开始用了。

后来我们都习惯有任何技术问题都去咨询苏穆棠，因为后来坑多得自己实在填不下去了。

其实拍板的人不容易，事实上无论采用哪种技术方案，坑都很多。一个产品想打磨得溜光水滑，都需要时间来积累。苏穆棠虽说是世所罕见的技术大牛，但是实际的坑还是得团队每一个人一点一点地填，还是需要有足够的时间和耐心。很多技术公司希望空降一个技术大神，一股脑儿解决自己所遇到的所有技术问题，多半会以南柯一梦收场。

人力资源总监

苏穆棠深信《How Google works》这本书。苏穆棠也深信，做公司最重要的就是人。

苏穆棠常常讲："做公司第一层就是铺人，就是把厉害的人拉进来，然后给他们服务好，让他们爽就可以了。厉害的人自己会有self-motivation（自我激励），每一个人把自己做到最好，Our company would become the best。"一年时间，据我估计，苏穆棠61.8%的精力都用在了挖人上，苏穆棠其实就是公司的HRD。

有些人确实是厉害，一个关键岗位放上牛×的人，带来的效果用天翻地覆来形容也不为过。这点从卉烟来了达普数据以后爆炸似的用户增长可以证明。

苏穆棠说："过去一年我们做得Best的地方是招人，做得Worst的地方也是招人。"

苏穆棠很喜欢我们招的一些人，比如说四小强，比如说卉烟，比如说脏脏；苏穆棠很不喜欢我们找的另一些人，比如说青青姑娘，比如说后来加入运维的小伙伴米菲。苏穆棠对人的喜好明显写在脸上。对喜欢的人，可以让他感受到春天般的温暖；对不喜欢的人，苏穆棠很容易情感外露，开始时只是眼神表情不喜欢，后来发展到大声呵斥，再后来就会经常暴跳如雷，像严冬一样残酷无情。

苏穆棠慢慢习惯了这种对员工的方式，而且有愈演愈烈的趋势。因为被骂者是员工，所以只能做出"人在矮檐下，怎能不低头"的理智选择。但这并不代表对方就没有怨气。

我一直很理解苏穆棠，他并不是小人得志，因为当上CEO就想显摆一下，就想颐指气使，就想大发淫威。这个阶段的他是因为内心滋长的怀疑和恐惧深深侵蚀了灵魂。焦虑的心情将他的情绪推到爆发的临界点，所以一点就爆。他不仅是对员工发脾气，他也是在对自己发火。

但是员工不这么想，到后来有员工被裁的时候，把在他这里受到的气一股脑儿发泄出来。被裁的人在公司里大吵大闹好几天，弄得鸡飞狗跳，不得安宁。我相信，那个时候苏穆棠一定是后悔的。

评价一个人是否厉害确实也是件需要深入研究的事情。尤其是面试的时候，短短一两个小时其实很难看出来他之后的表现会怎么样。再说，同一个人不同时间的工作表现也会有变化。比如茶茶同学，刚来的那段时间，苏穆棠对他评价非常高，但是中间有段时间简直是深恶痛绝，恨不得开掉一百次，最后那段时间却又爱得不要不要的。茶茶要走的那段时间，苏穆棠一度陷入深深的痛苦。他一脸哀怨地说："好不容易培养一个人，刚出师，就要走了。唉，That's the life（这就是生活）。"所以，我个人觉得，如果团队有个很厉害的管理者，可以把所有人的工作状态调动得很好，那总体的工作效率就会呈几何级倍增。

当然，如果团队方向错了，也没有什么卵用。茶茶状态最好的时候，一鼓作气解决了很多CUDA（由NVIDIA推出的通用并行计算架）的难题。但是很快自然语言处理的项目被干掉了，所以其实也没太大意义，相当于锻炼学习了，社会价值跟上大学时做一节课程设计差不多。

苏穆棠评价一个人厉害与否的标准简单粗暴。主要看他的背景，背景里最重要的是毕业学校，而且是本科学校；其次看之前工作过的公司。如果你的学校够好，不用面试，直接来。

四小强来公司没有经过任何面试。最早只有我和苏穆棠两个人的时候，苏穆棠就和我说，我们招人就只找清华北大的计算机小孩就行了。我翻了翻白眼："其实北航也还不错的。"苏穆棠哈哈大笑："是是，北航也还行！Not Bad（也不错）。"这让我感觉受到了一百点嘲讽伤害。

我之前总是嫌苏穆棠学历歧视太厉害。不过后来也逐渐发现，这确实是成本最低的一种招人方式，要在面试的一两个小时内看出一个人到底牛不牛实在是太难了。市场上还流传着很多面试题库，面试技巧之类的东东，防不胜防，让人很容易就招到一个面试的巨人，行动的矮子。而反观实际效果，苏穆棠招来的这些北大清华人大的毕业生们无不天赋异禀，实力强劲，经常让人惊喜连连。

再后来反思自己，当初决定加入苏穆棠创业的时候主要也是看苏穆棠学校好，公司好，职务高，title亮。我们潜意识里会觉得一个人已经成功了一辈子了，再做下一件事情应该也能成功。

达普数据项目刚开始的时候，我们计划找一个BD，当时相中了3W孵化器的阿九。这个小女孩活力四射，一会儿接待领导，一会儿安排会议，一会儿接受记者采访，一会儿和孵化团队讨论项目。我和苏穆棠一致认为她很适合去做达普数据的市场推广。

然后开始各种拉，和追女孩差不多。

最后阿九同意加入，苏穆棠说发个简历看看吧。

简历发过来，苏穆棠说："这他妈是个什么University（大学）？"

实话说，学校并不差。不过在苏穆棠眼中，学校分两种，一种是北大清华加西安交大，另一种是"他妈的什么学校"。

所以，给阿九安排了各种面试。阿九一路艰辛小心翼翼地通过了。然后谈待遇的时候，苏穆棠觉得有点高，怕被骗，要求阿九报以前的收入，还需要打出以前工资的银行流水。

这个彻底激怒了阿九，然后，就没有然后了。

后来有个做设计的女孩来面试，我一看：北大毕业的，很不错，符合标准。

苏穆棠说："硕士北大，本科这他妈是个什么University（大学）？"

女孩简历里写的应聘职位是UE，但是她还可以写前端代码，HTML和CSS。

当时我们找前端和UE已经半年了，没有找到合适的。

我说："不错啊这个，设计同时可以做前端，自己可以调网页，还不用出效果图了，少了一步沟通。"

面试的时候，我先面了一下，觉得确实不错，极力推荐。

苏穆棠皱皱眉，然后又安排了两轮面试，美术先面了一次，然后让斯干泥面她JS（Java Script）。

斯干泥回来后说："代码一般吧。"

我说："废话，人家一个美术，你一个ACM金牌去面人家算法，好意思吗？"

苏穆棠并不满意："让茶茶去面一个智力题，我们要确保每一个人的智力没有问题。"

"……"

茶茶是奥数金牌，去出了一道奥数竞赛题。

我有些看不过去，赶忙跟上去解释："说说想法就可以，不是非要做出来的"。

那女孩面有愠色："我不是美术吗？怎么净是这种奇怪的面试。不会！不做了！"

后来还是在茶茶的引导下，一步一步说了想法。女孩后来私下和我说，本来当时就想掀桌子暴走了，但是当说了"不做了"以后，看到茶茶的脸一下子红了，觉得这小孩好可爱，就克制了一下。

面完这几轮以后，苏穆棠觉得不甚满意，说可不可以让她过来cowork（一起工作）一天。

女孩就来cowork了一天，布置了一些任务，完成了一部分。

苏穆棠还是觉得不甚满意，说再出个题吧。

然后给她出了一个家庭作业，做一个前端H5动画。我感觉她已经到了暴走边缘，于是我又不停地解释。过了三四天，动画发过来，效果满足预期。

苏穆棠说："太慢，不要，Too slow（太慢）！"

我因为这件事情劝了苏穆棠好几天。

我说："我明白你是比较理想主义的，但是现实是这个职位已经找了半年找不到人，因此前端开发工作一直在拖后整体进度。符合你条件的人可能都不是很喜欢做前端的，大部分都是做后端和算法的。我们应该审时度势，做最有利的决定，而不是被标准所束缚。"

苏穆棠："我们需要找the best（最好的）。"

"这已经是半年内最好的人选了。"

"Except you（除了你）给她打了4分，其他人都是3分。如果所有人都觉得他是3分，我们不应该收。我觉得我们去年做得最好的和最差的都是招人。我们今年绝不能放低标准。"

然后开始飙英文，真是炫酷。

"We will not hire 3, We can not hire average person. If it is not good, we have to fix it. Not to find some average person deal with it." （我们不能招一个只得到3分的员工，我们不能雇用平庸的人。如果我们哪部分做得不够好，那就自己去改进。而不能找一些平庸之辈帮我们处理。）

"一个人设计，数学，js代码，算法都能拿到3分，说明综合实力非常强。"

"We ask whether we should hire her, not based on math, design......, you think she is good at design, does not mean that other will also be impressed by her design abilities." （我们不是基于数学、设计……来决定是否应该雇用她的。你认为她擅长设计，但是并不意味着其他人也认可她的设计能力。）

"文无第一，美术来面美术肯定会有设计理念上的争执。"

"That's fine（很好），斯干泥is also（也是）3。"

后来过了几天，我忽然想起什么，然后问了几个面试女孩的人，他们说以为3分是可以录取的。

我直接无力了。

后来这个女孩被Aico Design录取了，Aico Design是业内第一的设计公司，对员工设计能力的要求高得离谱。

然后剧情又反转了。

苏穆棠听说她被Aico Design录取后，开始重新努力去挖她，各种请吃饭，然后对方感觉不好意思，勉强说周六可以来指导一下。

女孩周六见到我说："我也很懵逼，当时我那么想来，你们不要；后来苏穆棠来找我，不停地请我吃饭，但是我在新公司刚待了不到一个月，也不能再跳过来啊。"

这个故事教育我们，光环和镀金是极其重要的。有了光环，你说什么都是对的，即使不是对的，也是有分量的。

睡眠问题

苏穆棠后来出现了很大的睡眠问题。

轻鼎智能的人几乎都有凌晨三四点收到苏穆棠邮件或者微信的经历。

当年李开复说凌晨两点还在回邮件，和苏穆棠一比简直弱爆了。

苏穆棠有次和我说："每晚躺下，我都要把所有人过一遍。斯干泥如果走了，我们怎么办；耗耗如果离职，what we should do（我们应该怎么办）？

"我要一个一个在心里过一遍，每个人的需求是什么？每个人的状态怎么样？哪个我需要留，哪个我需要赶走！"

第一次半夜3点收到苏穆棠的微信，他发的是："你想要么？"我吓了一跳，以为收到不法分子的招嫖短信了，后来定睛一看，写的是："你想要什么？"

后来就习惯了，经常半夜3点多收到苏穆棠的微信，都是哲学问题。

"So why you do this？"（你为啥做这个？）

"做什么？"我有点懵逼。

"This is time you need to think what is it you are after?"（此时此刻，你需要考虑什么才是你追寻的事？）

"你指哪件事？我有点晕。"我继续保持着懵逼状态，而且真不是装的。

"Startup. I think this will be a test for us. Depending on what you are looking for: money, fame or just experience, we might choose different route."

（创业。我想这对我们是一个考验。根据你所追寻的不同目标，比如金钱，名誉，或者仅仅是经历，我们可能会选择不同的路。）

"……不太明白你的意思。"我有点抓狂了。"要不打电话吧。"

还有次在地铁里聊起来："每晚你们安心睡觉了，真格的过桥贷像一座山一样压得我睡不着，你们每天过得很happy，我其实一直都背着这个。"

"可是过桥贷这种事情，公司做不起来也不会让你还啊？"

"他始终保留让我还贷的可能，失败了你们都可以开心地find another job（找下一份工作），我的下半辈子可就背上这笔贷款了，我只能打工慢慢还。"

"不会的，真格这种逼格高大上的VC，怎么可能做这样的事情？如果做这种事情，那就不是风险投资私募股权投资了，那岂不是成了黑社会高利贷了？你打死我也不信徐老师是黑社会，难道我们见到的是假的徐老师？"

苏穆棠忽然就爆了怒气槽："我这一年和安娜问了好多次债转股，她说No！她说No！我们如果融不来A轮，债转股就肯定做不了！这笔账一直背在我个人头上的，你知道么？你知道么？？"

CEO都是很有压力的。

拿到投资的表面风光，冷暖自知。表面看上去活蹦乱跳，玩得很high，其实是脚下踩着烧红的木炭，停不下来。

不过我直觉上认为，虽然苏穆棠担心得要命，但其实这个担心应该是杞人忧天了。

结果导向

苏穆棠是极度的结果导向型的人。我和他搭档这么久，也被他传染了这种思维习惯。做任何决定，都不会跟风或者盲从，都会去想一想为什么要做，会去想一下这么做要达成的效果是什么。我渐渐被苏穆棠感染，也养成了这种做事风格。创业的过程中大部分时间都是两眼一抹黑，有太多的事情可以做，也有太多的事情可以不做。尤其是我们这种没有方向的公司很容易就像一叶扁舟一样在市场的大海上被吹得七摇八晃。凡事想一想目的，至少可以稍微靠谱一点。

大多数时候，这种行事风格都没有问题，或者说这其实是非常正确的一种做事方式。但是苏穆棠经常把这个原则做到极致，让我很头疼。

苏穆棠给了我很大的空间，可以说，整个达普数据项目从头到尾都是我在Drive。但他也会永远保留一只眼睛在这里，会冷不丁过来问一些问题。比如："上上周为什么举办了这场活动？上周为什么要开始做这么个new function（新功能）？"其中最有争议的一个问题是："为什么要做dashboard？"（dashboard就是我们所说的后台，用户如果用了我们的服务，可以通过这个dashboard查看我们服务的使用情况。）

"这个还需要问吗？我们要做企业服务，企业用了我们工具，至少要看一下这个工具背后的数据吧，这个要求很正常。"

"我们不应该企业需要什么就去做什么，他们今天会要这个，明天就会要那个，最后我们疲于应付，会做越来越多useless的东西。"

"这怎么是无用的东西呢？如果没有这个基本功能的话，客户就不会用了啊，客户很感兴趣甚至最感兴趣的一个点就是数据了，有了数据才可以量化管理内容。"

"我没有说对他们没用，this is just（这只是）对我们没用！我们永远要想一件事，为什么要做达普数据，是为了Search需要的数据！我们只要对我们有用的数据！做dashboard和这些数据没有关系。We should not do that（我们不应该做那个）！"

"dashboard是产品的一部分，我们不可能让用户用一个服务，但是却不告诉他们使用情况，有了dashboard才是完整的产品。"

"我就怕你说完整，why we must（为什么我们必须）完整，为什么怕不完整，我们提供对我们有用的部分就可以了。"

"那样的话，将没有客户或者很少有客户会使用我们的服务了。竞争对手有的话，用户会毫不犹豫流失过去，嗷都不嗷一声。"

"走就走呗。我们把最核心的一个点做到极致，让他们获取新用户的时候拥有最好的体验，让他们用到最爽。其他愿意用dashboard的就让他走吧，用其他家的去吧。People come, people go（人来人往）。Let it Be（就这样）。"

我无言以对。

最后我还是做了dashboard，苏穆棠一直不满意这一点，时不时会过来唠叨两句。

老实说，这个决定是对还是错，夜深人静的时候，我也常常怀疑。

无用之用，是为大用。

——庄子

知错就改

苏穆棠说："There is no reason that just because（没理由因为）我们已经投入很多，就继续投入，我们需要每天都判断这条路是不是最正确的道路，如果不是，just fix it（赶紧停下它）。"

所以，苏穆棠始终没有被沉没成本所束缚。

> 我们的设想，有可能兑现，也有可能落空。任何时候我们都可能离开选取的小道，并承担后果，比如中断项目。这种不确定情形下的权衡是理性行为。然而，在我们已经投入特别多的时间、金钱、能量、爱等因素之后，沉没成本令人难以放手、难以释怀。于是已经投资的钱就成了继续做下去的理由，即使客观来看坚持下去毫无意义。投资越多，沉没成本就越大，将项目继续做下去的理由就越充分。
>
> ——《清醒思考的艺术》罗尔多·多贝里

苏穆棠在这一年里想得最多的一件事情就是，要不要把达普数据cancel（停）掉。他一直在审视达普数据是不是一个错误，几乎每天都可以感受到他的挣扎。我们对此进行过长时间的讨论和交换意见，通常是今天刚达成共识，明天又开始患得患失。

这种感觉就像在一个漆黑的山洞里寻找出口，面对多个岔路口的时候，犹犹豫豫选了一条，选的时候有很多理由说服自己这一定就是通向光明的那条道路，但是一步一步往下走的时候，心也在一点一点下沉，走到中间的时候才是最无助纠结彷徨的时候。心底的一个声音越来越强大："我一定是选错了，这是一条死路！"

苏穆棠最终做了一个对所有人都痛苦的决定，这个决定到底对不对其实还需要时间验证。但是不被沉没成本所束缚，努力做到理性思考和判断，及时回到正确的道路上，是苏穆棠对自己不懈的要求。

Cost & Benefit（利弊）

苏穆棠贡献了这个公司所需要的所有方面。一个好的CEO做到"找人、找钱、找方向"就已经足够了，苏穆棠明显已经远远超出了这个范围。

找钱就不说了，每一分钱都是苏穆棠找到的。

找人也不说了，每一个人都是苏穆棠拉过来的。

找方向也不说了，我们找了五六个方向，每一个方向都是苏穆棠找的。每一次转向也是苏穆棠决定的，虽说过程有点婆妈，但是决心还是挺坚决的。

技术路线是苏穆棠指定的，所用到的技术架构都是他拍板的。代码审查也是需要苏穆棠批准的。

测试过程是苏穆棠定的，每次都是发版本我们人肉测。当然究其根源，是苏穆棠舍不得花钱。

产品细节苏穆棠基本上也会深度参与。

每一个美术设计都需要经过苏穆棠认可。

营销过程方面，苏穆棠会深度研究每一次所举办活动的意义，所希望达到的效果，所花的经费。——我一直耿耿于怀的是当时可以出钱把我们的产品植入一本技术畅销书，五万元的经费，和苏穆棠争执了一个月，最后我惨败。

Team Building（团队建设）的方式也是苏穆棠来制定。

显示器和绝大多数电脑还有一些办公用品都是苏穆棠从美国背回来的。

公司T恤是苏穆棠设计并联系工厂制作的。

好像只有盒饭和办公室零食可以由行政人员来决定，当然费用需要苏穆棠来定上限。

其实达普数据项目最后也给了我不小的管理空间，通过吵架，我获得了越来越多的掌控感，在此表示感谢。

所以本公司可以说其实就是苏穆棠人格和生活习惯的各种放大。

从这个角度来看，所有的决定都是苏穆棠来做，所有的大活都是苏穆棠来干，所有的压力都是苏穆棠来扛。他还需要分股份出去给团队其他人，确实也是没有道理的事情。

苏穆棠也不是没有认识到这个问题，从公司成立第一天开始也在不停找人分担。遗憾的是，目前这个人还没有出现。

偶尔，我看到他日渐苍老的容颜、微驼的后背，会有一丝丝心疼。

第九章

09

危机潜行：

盈利不是目标？

2016年开年，达普数据逐渐稳定，卉烟到位并开始负责市场和推广，达普数据开始起飞了。

市场营销

运营分为两大块，市场营销和商务推广。

市场营销的目标是寻找潜在目标用户。之前我们各种市场推广，各种活动，收效甚微。因为我们认为，对于我们来说，营销就是找到开发APP的程序员。先和他们混个脸熟，然后像狗皮膏药一样黏住他们，一而再，再而三地不停被他们看到，同时不停地碎碎念："我可以帮你提高效率……我可以帮你提高效率……"

于是我们在开发者出没的论坛发软文，去参加开发者研讨会，过了一段时间发现，基本上没什么用。

后来我们反思，程序员应该不怎么喜欢我们，集成我们相当于增加了他们的工作量。程序员看到我们应该会装作看不见才对。对于程序员来说，能做完头儿给的活儿交差就好，至于APP有没有人愿意用，则事不关己。

所以，我们转移了阵地，开始对APP运营和推广人员下手。达普数据的作用就是提升APP的效率，能帮运营人员完成KPI，所以我们对于运营人员来说更有意义。

我们又不停地碎碎念："我们可以帮你增加流量转化率……我们可以帮你增加流量转化率……"

然后我们找到各种APP营销推广人员出没的地方，从SEM/SEO/门户展示，到移动营销，再到ASO/微信大号/热门公共号/头条号/各种号，花样发软文。

于是，我们开始有了缓慢增长的自然流量用户。

除了做市场这样撒网营销，另一种推广方式就是比较招人烦的直接扫客。

比较高大上的叫法叫BD，直白地说就是去App Store排行榜人肉搜索并试用各种APP，筛选出适合使用我们服务的潜在客户。然后通过各种不择手段的方式找到相关负责人，推销我们的服务。

最开始我们的实习生小糖给客户打电话，电话接通后里面传出一阵狂暴的男声："你他妈谁啊？还要不要脸了，以后不要跟××联系了，她有老公了。"小糖同学试图解释："我是××公司的商务合作伙伴……"对方根本不听，"突突突"继续开喷："都他妈这么说，都说是商务合作伙伴，每天哪来那么多合作伙伴，商务你妈×，你们全家都商务合作你妈×。"小糖被骂得狗血淋头加一脸懵逼。

然后小糖对打电话这件事情有了心理阴影，后来只通过QQ勾搭客户。

不得不说，小糖还是很有天赋的。他在QQ上装软妹搭讪男客户。为此专门装饰了整个QQ门面，起了个温柔可人的网名，并且花心思定制了头像、QQ空间，改变说话语气、聊天习惯。天衣无缝，毫无破绽。男客户们都聊得神魂颠倒的，成单转化率大幅提升，颇为有效。

有天晚上小糖收到了客户打来的电话。一个陌生号码，接通以后是一个男声。对方怯生生地问了一句："是×××吗？"×××是小糖的QQ软妹网名。小糖反应如电，说："哦，不是，我是她男朋友，她在洗澡。"事后小糖和我们聊起来，颇为得意："她在洗澡"这四个字用得最为巧妙，当时仿佛能从电话中感受到对方欲哭无泪的气息。

运维问题

客户经常反馈的一个问题是：你们的服务干吗老死，如此不稳定，是不是外包做的，被骗了吧。

第一次收到用户抱怨的时候，当时还是麦克老狼主管市场和商务。麦克老狼很紧张，说出了这种客户事故，我们应该积极道歉，争取客户谅解。然后找我商量说，我们手写一封道歉信，买两盒巧克力、鲜花，给对方公司送过去吧。

我说："等一下，这样不行，这是第一家出事故，以我对技术的理解，如果照这个标准道歉，我们很快就得融下一笔了。"

果然，服务事故源源不断。

之前运维工作由不懂运维的周稳负责，他只能从零学起。苏穆棠坚持用谷歌出品的Kubernetes，我们刚开始做的时候，Kubernetes只是Beta版本，达普数据作为小白鼠用户，从前到后踩了无数的坑。Kubernetes一直只支持谷歌云和亚马逊，不支持微软云平台，周稳无奈自己适配了一套。现在想想，周稳从技术岗位退下来十几年后，又重新捡起了和他当年的时代相比进化了十几年的技术，他的表现是远超预期的。

微软加速器另一个专门做运维服务的CEO经常吐槽我们：你们做这么底层的事情干什么，你们专注去做好自己的业务好不好。

苏穆棠有自己的理由。他之前到处做过一个演讲，内容是对比雅虎和谷歌。他从事后诸葛亮的角度看雅虎为什么做成今天的白痴，谷歌为什么做成今天的牛×。这个talk（演讲）最后得出的结论是：雅虎的软件底层基础架构不行。根据蝴蝶效应，这种最底层的细节导致雅虎变成了今天的雅虎，谷歌变成了今天的谷歌。所以苏穆棠从第一天开始，就推动公司做出类似谷歌的底层构建。他这套理论，其实有些道理。苏穆棠常常鼓励我们："We will be there（我们终将实现目标）。"意思是坑是暂时的，前景是光明的。他还说："Everything we have done today（任何事我们都要在当天搞定），我们都会看到他的意义in future（在未来）。"

我觉得他说的都对，建立一个类似谷歌那样的底层服务架构，是做成一家那样伟大公司的基础。我们当时也都笃信我们将来会成为谷歌那样伟大的公司。

问题在于，我们没想过还有一种可能是我们会死在离雅虎都还很远很远的路上。

补足拼图

这段时间，我们补足短板，终于每个板块都有专门负责的人了。

达普数据从第一天开始，我一个人做服务器端，芙洛加入后，服务器端扔给她，我开始做客户端；后来茶茶借调过来，iOS端扔给他，我做安卓；后来脏脏加入，iOS和安卓扔给脏脏，我开始做市场和商务；卉烟加入，市场和商务扔给她，我专做客服了。

我们就是这样的工作方式，找不到专人之前，我全负责，找到专人之后，我完全不管。

苏穆棠经常挂在嘴边的一句话是："人是最重要的，The most important（最重要的）！"开始我是不信的，卉烟的到来，确实证明了苏穆棠的正确。

以前做运营，我们完全摸不到头脑，东一榔头西一棒槌，逮着哪里打哪里。

卉烟来了以后，制订了详细的运营计划，将运营这件事情科学化。就像一个打野架的流氓忽然学会了降龙十八掌。

卉烟有可怕的多线程任务发布、追踪及管理能力，她很快把整个市场团队的工作抓了起来。她按照需要推广的渠道来划分，每个人负责若干条渠道，预测、执行，并分析渠道效果。她总体负责，并且时时追踪每个人的进度。就像一个大脑中枢，统一指挥行动，打得有招有式。

我感觉她好像还有余力，就把产品的一些事情也交给了她，她也管得有声有色。

后来，我把周会的组织主持工作也安排给她，发现效果比我自己来搞要好得多。她会把每个人已经做的和下一周需要做的事情都列出来、分配好，做好追踪。我每周去看着，去听听就行了，格外轻松惬意。

几个月后，卉烟送了我们组每人一张话剧的门票，是她这段时间作为制片人组的团队做的话剧，现在在剧场商演，请我们去看。知道这个消息的时候，我心里一震："我擦，亏了，应该再给她加一倍的活去干才对。"

芙洛最开始是主力后端程序员，人设属性为细心到永远不会出错的她一个人把所有问题全搞定。后端逐渐稳定后，稍微分给他一些前端的js（脚本）相关任务，发现前端的bug（漏洞）她也能改得很好。然后前后端她就都可以负责了。再后来，发现她对客户端部分也有兴趣，然后我就把所有程序都交给她负责。果然，在她的掌控之下，技术工作每天都可以按部就班持续推进了。

现在技术方面唯一的问题就是运维了，不过运维也在周稳和后来新加入的米菲的不断努力下一天天趋于稳定，需要重启服务的平均时间慢慢由一天、两天变成接近一周。

新加入的米菲具有十年以上运维经验。从公司成立第一天开始我们就在找运维，找了一年也没找到苏穆棠满意的人。米菲面试非常惊艳，一年来没碰见一个像他这样熟悉docker、熟悉Kubernetes、熟悉Mesos的人。他之前在另一家类似的公司做运维，非常对口。苏穆棠、周稳、我接连面试都很满意，无论哪个领域，米菲都说得头头是道。苏穆棠还找人从美帝远程面试了一把，也是高分通过。

这时米菲收到了另外一家知名C轮创业公司的Offer，股票和工资都不低。关键时刻，苏穆棠亲自出马，晓之以理，动之以情，居然以远低于另外一家给出的工资将米菲收入囊中。日后没想到，米菲是个优缺点都很明显的哥们，一段时间是轻鼎智能继茶茶之后最有可能被开掉的人。当然，这也得两说，可能是我的管理做得太烂了。

每家公司都有很多脏活累活体力活，做这些事情对公司来说是必须的，但是对个人成长来说没有特别大的意义，员工做一次两次可以，做多了就会以各种借口推来推去。于是我们开始招收实习生，天赋异禀的HR郦诗很快挖了一堆过来，全部清一色的名牌大学大四生，上面提到的女朋友在洗澡的小糖就是其中之一。

这帮人一个一个都惊才艳艳，体力活都能干出花来。有两个文笔甚好，写PR文稿生动脱俗，幽默感十足，读之令人忍俊不禁，后来逐渐包办了几乎所有的PR文章。两月后还有人甚至点亮了管理技能树，开始有模有样管理组织几个人一起完成一件任务。

他们毕业后全都被欧美顶级名校录取，估计若干年后又都是一条条职场好汉。

这段时间是自我幸福感最高的一段时期，各个板块补齐，一时间兵强马壮，我有跃马提枪、可以一战之感。

而且，我觉得我好像很快就可以没啥事干了，几乎可以每天坐着喝茶了。

按照这个趋势发展下去，剩下需要我亲自做的事情，可能就只剩下亲自去上厕所了。

比较惨的是，在这最美好的那天到来之前，我还需要做一段时间专职客服，团队封我为首席客服CCO，而且24小时在线。

以前从来都没有料到，对于技术服务商来说，客服是一个很难的事情。因为客户可能会问到产品的各个方面，比如技术、商务、使用场景等等。团队其他人每一个都只知道全局的一部分，只有我是个万金油。因此，我做客服是效率最高的。我有意培养同样是个万金油的脏脏做客服，经过一段时间后，脏脏的表现也越来越好，我几乎可以放手了。可惜的是，快出师的时候，脏脏被苏穆棠拉走去做别的项目了，我的如意算盘再一次落空。

公共演讲

创业者们的理想之一就是装乔布斯曾经装过的×。乔布斯所有装过的×里，穿着黑色毛衣+蓝色牛仔裤+白色运动鞋跑步上台，在硕大的屏幕前踱来踱去，指点山河，简直就是创业装×的标配。

苏穆棠应该是有舞台恐惧症，之前勉强试了一次，铩羽而归。之后就决定自己不再出马。达普数据装×的重担就压在了我身上。

第一次演讲是在微软加速器，和另外两个做开发者服务的团队一起，加速器帮忙攒了个场子。

上台的时候腿抖得厉害，本来安排好的台词忘了一半，PPT翻得很快，安排了半个小时的演讲15分钟就着急忙慌地讲完了。

我是第一个，第二个没想到我搞这么快，刚从厕所出来，拎着裤子就上台了。

后来，我找到加速器的弗朗西斯，让他帮忙给些建议。弗朗西斯仔细研究了我的演讲视频，提出一些让我受益匪浅的建议（而且免费）：

1. 你太紧张了，你双手交叉放在胸前，从行为心理学角度来讲，这是一种防御性的姿势，说明你内心在恐惧。

2. 你台词不熟，这是你紧张的一个主要原因，你担心中间忘词所以你会很紧张。而且你频频回头看PPT，这样所有观众也会发现你在紧张，你在想词。我们演讲时最容易改进的一个过程就是这里，你看到的那些从容的演讲者，其实在台下可能已经背了一百遍了。所以台词一定要背得滚瓜烂熟。从中间任何一句开始都可以无缝接下去。

3. 台词背熟了，你才有可能进一步改进台风。你可以对着镜子练，手可以插兜，不要交叉放在胸前。身体不要晃，不要学乔布斯溜达来溜达去。不动如山，可以显得很自信。

4. 可以安排三个托，坐在台下最后一排左中右，什么都不干，就是对你微笑，叫好。你的目光就循环落在他们身上，和他们对视，获取能量。

后来，我反复练习了一遍又一遍；PPT调整了一遍又一遍；实战演讲了一遍又一遍。我表现得越来越从容，越来越装×得体。

后来参加一个高逼格的全球创业大赛，凭借这一次次的练习，居然大场面装×成功——我在国家会议中心主会场慷慨激昂了一番，一举夺得大奖，也享受了一下当创业圈新闻人物的滋味。

每天网上那么多演讲，宣传起来都叫干货分享，其实现实世界哪有那么多闲人整体没事就分享干货，大家还是有底层的商业诉求，究其根本，核心都是为了做广告。

后来看《罗辑思维》的演讲，罗振宇每讲一个概念，我就不由自主地联想，这个概念和"得到"的商业化有没有关联，体会它的广告点在哪里。然后每每有所得，都会情不自禁地笑出声。

我自己为了推广达普数据，准备了很多干货，这些干货大部分其实都是夹私的广告。

举个例子，我会说："公司业务不应该将平台完全依赖于微信，依赖微信公共账号和之后的小程序，因为微信是不可靠的。

"首先，微信封了你怎么办？大家有没有看到Uber，Uber什么都没有违反，微信说封杀就封杀，还有王法吗，还有法律吗？所以，如果你的用户完全依靠微信传播而发展起来的话，当你壮大了，你只有两条路，投靠腾讯或者被腾讯封杀。

"所以正确的出路是利用微信传播来吸引用户，当用户到来后一定要用最快的速度将其拉回原生APP中，只有APP中的用户才是自己的用户。"

这样说，当然是因为达普数据就是帮助APP提升用户体验，所以我希望创业公司都去做APP，这样他们才会使用我们的服务。

刚才这种话表面上说起来冠冕堂皇，其实我心里明白，微信一共也就封过这么一两个。每年上万个创业公司，这种概率比你去纳斯达克上市或者买彩票中500万的概率还低，完全没必要杞人忧天。

第二是因为现在有一个趋势，很多长尾的交易都在微信里直接完成闭环，长尾APP的活路越来越窄。但是我需要达普数据成为一个可以支撑一定估值的公司，那我就需要这个市场非常分散，每天都有新的Hero APP冒出来。如果整个APP市场死水一潭，用户手机里总是那么几个头部APP，他们就不需要我了，我也就没什么用了。所以，我会拼命鼓励创业公司把重心放在APP上，玩命搞APP而不是去做微信公众号。

可悲的是，我再玩命鼓吹APP也于事无补，效果顶多和蚍蜉撼大树类似。历史只会按照自己的规律前进。事实上APP市场越来越呈现死水一潭的局面，用户越来越不喜欢下载一个APP了。APP推广一个用户的成本很快从20元涨到50元，然后一骑绝尘居然到200元。在这种环境下，APP创业公司的成本已经高企，长尾APP在加速死亡，所以事实上，给APP做服务的公司也会慢慢像枯水期的鱼一样，奄奄一息。

钱一直烧

公司搬到极酷孵化器后没多久，苏穆棠压力越来越大，丧失了之前的那份自信和从容，情绪开始不稳定起来。

一天晚上，苏穆棠脸色阴沉地把我叫到极酷的大会议室，狠狠地说这次要把茶茶Fire（辞退）掉。我能感觉出他浓浓的焦虑感。看到他这副模样，我不禁感叹：可惜他不抽烟，这个样子，如果叼上一根烟，这个忧郁范就完美了。

半年前的一天，我问苏穆棠："我们的钱还够多久？是不是需要准备融资了。"

苏穆棠说："没事，还能烧好久，我们的burn rate（烧钱率）很低。"

当时burn rate是很低，可后来员工达到20人的时候，burn rate已经开始高起来了。

苏穆棠急躁的压力应该来源于此。

以前每次谈起这个话题，苏穆棠都是满满的自信。压力他会扛下来，留给大家一个温暖的肩膀。

"No Problem，Everything is on track（没关系，一切都在轨道上）。使劲招人就行了，每个方面都招best person（最好的人），钱的事不用慌。就是这样一个规律，钱没了找钱，人没了找人。"

"我担心我们产品没有太大进展的话，找钱不容易。"

"No worry（别担心），我们这么多清华北大的人，清华北大一年毕业就那么几个，我们搞了这么多进来，就凭这帮人，什么都不用做，也能拿到钱。前两天刚见了徐小平，他就问我一句话，现在多少人了。会做公司的，其他方面都不看，都不重要，最重要的就是人。"

现在想来这个观点有些清奇，当时我糊里糊涂的恍然大悟了一番："原来公司是这样做的！"

后来，苏穆棠开始试着找钱。他让彼得大帝写了漂亮的BP（商业计划书），接触了一些VC。不过这次融资搞得神神秘秘的，每次都是他自己一个人去接触，谁也不知道发生了什么。

不过可以感觉到的是，很不顺利。现实和苏穆棠预想的不一样。

后来我自己试图去融钱，才了解到，找钱哪是那么容易的。苏穆棠之前认为，整个团队可能也都是这么认为的，我们这种公司应该出门一张口，一堆投资人都会过来排队跪舔。

然而，事实上却不是这样。

但是当时除了苏穆棠，没有一个人感受到他的这种压力，即使是身披合伙人头衔的我。惭愧。

我们还每天嬉笑、打闹。闹着要更高标准的午餐，更多的Team Building（团建）。苏穆棠听着这些要求，憨厚地呵呵直笑，压力都是他一个人扛。

苏穆棠半夜3点发微信跟我吐槽达普数据的进度。我当时想："哥们真拼命，大半夜不睡觉来Push（推进）。"事实上，苏穆棠已经经常性地夜不能寐了，焦虑和压力在不停地摧残着他的精神能量。

后来A轮投资已经敲定，但是对方一遍一遍做DD（尽职调查）。有一天，员工在一起吃蛋糕，庆祝一个小伙伴的生日。苏穆棠和我坐在一起，他说："不知道为什么，对方一直拖着不打钱，如果再有一个月还没有Close，我们就要关门了。"

当时外面的伙伴们正在嬉戏打闹，一片快乐祥和。屋里的苏穆棠一片低沉。我抬眼看着窗外明媚的阳光，感觉世界无比撕裂。

账户上的钱就像定时炸弹一样嘀嗒作响，倒计时为零的时候如果没有融到下一笔资金，那就是公司瞬间轰然倒塌的日子。

VC不算融洽

A轮融资启动的时候，我们讲的还是搜索的故事，不过还是只停留在讲故事的阶段，相当于一年半时间，没有做出真正的搜索，但是做了不少周边产品。给人的感觉像是在下一盘大棋。

苏穆棠给VC按顺序讲了这一堆产品以后，对方没有不晕掉的。结果当然是微笑着表示继续保持联系。当时和我们走得很近的一位MBA觉得这么个讲法肯定有问题，于是编了个故事出来。这个故事串联起了差不多所有我们在做的项目，让所有子项目显得那么的自然，那么的天衣无缝。我们听完后直拍大腿："就是它！就是它，原来我们想做的是这个！"

这个故事是这样的。不同于成熟的PC端搜索，移动端的应用内搜索难点很多不在于其本身。有几个问题需要解决，首先是移动端输入成本过高；其次是移动APP内的内容难以爬取；第三是移动端内容难以进入；第四是移动端内容难以排序；最后是输入的语言的多义、歧义、模糊指代的问题。

我们认为这几个问题是移动端APP搜索这个市场没有做起来的罪魁祸首。

因此，我们从以下几个方面来解决这个问题。

1. 做一个输入法，可以使用户用最少的输入得到想要的句子，降低输入成本。

2. 做应用内爬虫，这点没什么好说的，所有搜索都得做爬虫，我们可以吹的点是我们做的不是传统网页爬虫，而是应用爬虫。

3. 通过达普数据的服务实现无缝的用户体验。无缝就是说不管你手机是什么状态，不管你有没有安装过这个应用，我都保证你有直接搜索而且用完即走的体验。一年以后，我们发现微信小程序就在主吹这个卖点。

4. 用达普数据的服务产生的数据可以实现一个排序算法。这是苏穆棠觉得最机智的一个点。苏穆棠之前问我："你看不懂达普数据和搜索的relation（关联）吗？"指的其实就是这个。我也觉得这个点很牛，我们一度认为这是轻鼎智能的核心variant perception（变式知觉）。后来每加入一个新的大牛，我们就用这个点来考他，看他能不能猜透。看着这些大牛一脸迷茫和懵逼的样子，我们觉得自己好机智。

5. 用自然语言理解来更精确地理解用户意图。这个解决的问题是，你可以像和人对话一样和搜索引擎交流。

遗憾的是，我们这么大的一个愿景，VC却不买账。这也难怪，我们确实做了很多东西，但是哪一个都不怎么拿得出手。

1. 输入法。给一个VC演示的时候，对方很喜欢，拿起来把玩。VC输入"jtzwnclsm"，本来想敲出"今天中午你吃了什么"这句话，结果出现的是："今天中午你吃了屎吗"。VC看到后直接一口饭喷了出来。Language Model是耗耗写的，如果说有谁可以和"脏脏"媲美"脏"这个字眼的话，公司里就非耗耗莫属了，结果这个输入法活脱脱就是个电子版的耗耗。

2. 应用内爬虫推进得不顺利。我和苏穆棠的分歧是要不要建立针对不同类型的APP采用不同的爬取策略。苏穆棠坚持要建立统一的策略，但是进展一直比较缓慢，经常是调好这个APP，换一种类型就不行了。后来随着资源向达普数据倾斜，爬虫就没有人继续推进了，又是一个放着半天不动的项目。

3．达普数据。可以拿得出手的唯一一个项目，可惜当时用户只有个位数。VC认为这种用户规模很难有说服力。

4．自然语言理解。理解用户的意图这个美好的愿景不是那么容易实现的。大部分时候，机器还是一脸迷茫和懵逼的状态。当时做了很久之后，只做出过一个demo网页。功能是输入一句话，将这句话的句子结构，主谓宾定状补标识出来。准确率还可以，但是从这里到完全理解人类的意图还有很远的距离。demo网页做的比较糙，我们自己看着也有点虚，所以没怎么给VC演示，只是简单得吹了吹牛。

苏穆棠当时和我说："没事，不用理这帮人，VC其实know Nothing（什么都不知道）。实在不行的话，最后让岳风投一笔就行了。还有，咱们的达普数据你加紧推广，要是现在有20家客户，我看他们不过来抢？"

很久很久之后有个人来面试，听完公司人物介绍和项目介绍（MO）后说："哇，你们这么多牛人加在一起就做了这么个玩意儿啊。"我心里默默地想，年轻人太肤浅，你只是看到一个MO而已，要是把所有项目说出来，都怕吓死你。

有一个VC是我的一个师弟，他来公司看了一次，然后听了苏穆棠的路演，也被我们的愿景和格局所感动，说回去尽快上会。

当然后来上会被拒掉了。

我私下问他上会为什么没有被认可。他说，目前这个市场环境下，我们这套东西，即使做出来了，即使做得很好，流量成本已经高不可攀了。所以，他们的判断是运营不起来。

柳暗花明

忽然有一天，苏穆棠见完一个VC回来，春风满面。

苏穆棠和我说："这次见VC的感觉对了，和第一次见真格的感觉一样。"

"他什么都没问，就问background（背景），然后就是喜欢我这种background的人。这就对了，理念一致了，其实管我做什么呢，做什么都可能会变。其实都无所谓，看人就对了。"

"他还想尽快close（完成），着急签TS（投资意向书）。"

然后苏穆棠很激动，兴奋地召集所有人宣布，A轮搞定了。

我们都很高兴，其乐融融，但是都没有像苏穆棠那么兴奋。我们心里都有坚定的信念，搞定A轮是迟早的事情。

就像大家当时都很相信，输入法早晚会干掉搜狗一样。

大牛加盟

没多久，苏穆棠就带着搞定A轮的好消息回了美国。

A轮好几个million（百万）的US dollar（美元），算成人民币有好几千万元。我长出了一口气，快死的时候抓到了救命稻草，没想到居然拉出一艘大船。有了这笔钱，公司可以活好久好久好久啊。

没多久，苏穆棠带着搞定岳风老师加盟的好消息回来了。

公司上上下下都洋溢着喜气洋洋的氛围。大家私底下讨论：我们天使靠刷脸，A轮也靠刷脸，有了岳风老师强力加盟，这下可以刷脸刷到E轮了。这样确实做什么都没关系了，即使每天干坐着，公司也可以卖人卖个好价钱，公司的商业模式可以改为找牛人，刷脸，拿VC投资了。

不过搞定牛人也是需要代价的，岳风老师是有要求的。

很久之后我才了解到，岳风老师的两点要求是：

1. 股份。这个好理解，没股份和你玩个屁啊。
2. 最终决策权。任何事情岳风老师都拥有最终决策权和解释权。当时我没有理解这条意味着什么，后来发现，这条要求表明，苏穆棠已经正式退出了他作为一把手的历史舞台，岳风老师变成了CEO背后那个真正的男人。

苏穆棠说这是没有办法的事情："岳风出去就能空手拿5个million，一点问题也没有。所以他凭什么要来我们这里，凭什么啊？主要就是因为我，因为和我合作习惯了，他不需要适应了。如果我不听他的，他第二天就会走，半点犹豫都没有，他以前也不是没干过这种事情！"

重切蛋糕

所以问题来了，公司需要重新切蛋糕给岳风。

这个时候只有看苏穆棠的了。他一下就痛快地切了20个点过去。这是一个岳风不觉得多，苏穆棠不觉得少的数字。

岳风觉得不够，以他这种江湖地位出来创业，融钱不过千万美元，股份不过半，横向对比他的前同事、前学生，好像是件有些说不出口有些丢人的事情。

苏穆棠觉得凭岳风的名头，这个点数其实也不多。但是对他来说，这已经是非常大的一个数字了，他需要向周围的人充分解释。"我老婆一听要切20个点给岳风，直接说'凭什么？'But this is the only way，我只能一次把他拍死，如果我说了10个点再多加，估计这次拉他过来就没戏了。"

一天晚上，苏穆棠拉我聊天。

"Let's 谈谈你的股份问题。"

"股份问题？什么问题，不急的话，我去处理用户反馈了，好像一个服务又挂了。"

"是这样，"苏穆棠搓了搓手，"我们当时说好的，我说给你3或者4个点。Of course（当然），你肯定不会选3，So I think that should be（所以我认为那应该是）4个点了。"

"哦，"我心里一寒，"你不记得是5个点了吗？"

"记得记得，我记得是agree（同意）的，就是那次在微软食堂的时候吧。"

我长出一口气，没有赖账还是有救的。

"我们公司铺的摊子不小，作为CEO，I have to think over（我应该预想）在哪个摊子上放多少资源，we only have（我们只有）100点股份，达普数据应该放多少股份需要有个规划。"

"这是什么意思？"

"既然你要全身心投入达普数据，那你的option（点）就算在达普数据的股份里，达普数据在公司战略的比重就reflect（反照）出多少option（点）。”

“那就是达普数据的股份是4个点了？”

“呵呵，也不是的。其他的人工作在达普数据上的，他们的股份也会show在里面，所以总的算起来还挺多的。”我看到苏穆棠抽搐了一下嘴角，可惜的是我不会分析微表情。

“哦，所以，你是什么意思？”

“要不这样，你的股份拿出一个点来，我们做个对赌，如果你年底可以把达普数据发展到1000家客户，这个点可以再给你。The only reason for this is（唯一的原因就是这样）……你可以更有动力地工作。”（当时客户不到20家，没想到卉烟来了以后，不到5个月就发展到1000家客户。早知道当时就直接答应苏穆棠了，费那么大劲撕扯这1个点，还伤感情。）

“这是什么意思？”我感到受到了一万点侮辱性伤害。“我很有动力了吧，每天加班都差不多到最晚，周末都来加班。正常人还有谁比我更有动力吗？当然，准确地说，你还是要除外的。”

“嗯嗯，I know it, I am not mean by（我知道，我不是那个意思）……要不我们都可以再想想，其实都是为了公司好。”

过了两周，苏穆棠又找我聊。

“我算了一下，给你4个点的话，actually（实际上），你是赚的。”

“为什么？我从5个点到4个点应该是变少了，怎么会是赚的？”

“岳风来了以后，我已经从50个点降到30个点了，你也需要一起降，把股份收回到option pool（期权池）里，我们需要有足够大的option pool，这样我们才能吸引到好的人不停加入进来。”

“期权池不是还有不少呢，干吗非要回收我的股份？”

“岳风来了以后，我拿出option了！股份你是第二多的；周稳的股份我暂时不想降；斯干泥他们的股份不多，他们有人想走，我还得拿出来一些股份再砸一下，一次把他们砸死，你明白吗？你的option需要拿出来，不过通过这个变化你也要看到，就是我们俩的股份对比变低了，之前我们是10：1，现在只是30：4了。"

"哦，所以我赚了？"

"不是，岳风加入我们带来的是估值的增加，这样算下来，你实际的身家是增加的。岳风如果不来，我们A轮是5个million，出让20点股份，估值是25个million post。你5个点股份，算下来身家是1.25个million。岳风来了，我们A轮变成5个million，出让15个点股份，估值是33个million post，你4个点，算下来身家1.32个million。当然是赚了。"

"等等，我消化一下。"我使劲想了一会儿。

"你数学学得真好！"过了一会儿，我不禁由衷地感叹。

A轮重构：

幕后的大手

重构（Refactoring）是一个软件方面的技术词。官方解释就是通过调整程序代码改善软件的质量、性能，使其程序的设计模式和架构更趋合理，提高软件的扩展性和维护性。说人话就是代码写着写着觉得越来越烂，写不下去了。于是决定动个大手术，重新调整调整结构，重新改改名字，该删的删，改挪的挪。

岳风老师来到这个公司后，应该是很有重构的冲动的。

岳风老师

第一次听到岳风老师的名字是刚刚和苏穆棠在一起不久，当时还没有找到投资，也没有开始在一起办公。

苏穆棠说："岳风老师下周要回国，我在想是不是找下清华，让他去做个talk（演讲）。"

我当时刚和苏穆棠在一起，感觉这个fell（体验）好高端，好像清华是他们家开的一样。"哦，这个啊，好弄吗？去清华做talk，是不是需要挺高级别才行啊？"

苏穆棠说："那可是岳风，清华哪是那么容易就能请到来做

talk的。"

瞬间觉得逼格满满。

这个事情后来不了了之了。直到一年多后，岳风老师正式加入轻鼎智能时，果然去清华做了一次talk，场面火爆，当时主讲人不少，但是最耀眼的明显是岳风老师，相当给轻鼎智能争面子。

岳风老师讲话总是有种温温暾暾的感觉，声音不大，没有力量，也没有激情。他会花时间讲些比较简单的道理，通俗易懂。还会夹带一些美式幽默，比如在PPT里加一段搞笑短视频，往往能把人逗乐却不失高雅。和他的高大上背景搭配在一起，给人一种平易近人、温文尔雅的大神形象。

岳风老师确实是个神级人物。上古时代的清华计算机系毕业。出国在MIT（麻省理工学院）任大教授，论文被引用超过2,000,000次，后来跳到Google研究院，是研究院的元老人物，而且一干这么多年。最牛×的光环是他是一个顶级人工智能元老会的Fellow（董事），算是学术圈里拥有了终身成就奖。

有段时间找A轮不是很顺，我去找苏穆棠："会不会找不到A轮啊，我感觉有点担心啊。"

"Don't worry（别担心），实在找不到就找岳风投一轮就好了。"

"不是吧，他这么有钱，个人就能投个公司A轮？"

苏穆棠："你想他什么时候去的Google，他Vest的Money投一下我们还是没有任何影响的！"

所以，岳风老师简直就是学术圈高富帅，各个方面看起来都无懈可击。

公司初创时，我和苏穆棠闲时扯了不少淡，基本上都是关于岳风老师的。我一度认为苏穆棠之前十年的社会关系可能就只有岳风老师

第十章　A轮重构：幕后的大手

一个人。

"岳风会用各种语言说'我不会讲××语',而且极其流利,有一次我们在纽约街头,跑来一个日本人问路,叽里呱啦说了半天,然后岳风居然也一样叽里呱啦和他对话。我大为惊异:'你居然还会日语,没听你学过啊。'岳风很得意地说,我和他说的是我不会讲日语。"

私下里,苏穆棠也会消遣一下岳风老师。早期他闲时经常自夸,惯用的套路就是通过吹牛和吐槽岳风老师变相抬高自己。我在内心对于这种不堪的行为进行过深刻批判,当然表面上还是一脸谄媚的倾听和接话茬拍马屁。

"岳风编程速度快,但是东西其实经常don't work(不能运行),当时和我在谷歌的时候,同一个东西我们都各自做一份,最后实际采用的,Always! Always(通常)是我做的。"

实话说,苏穆棠写的代码确实道行很高,雍容大气,很有章法。

"那是为什么?"我装出好奇的样子问道。

"他喜欢编程,写代码写得也快,但是写的代码当demo还可以,实际中就不怎么work,实际工程中还是我写的更work。"

各种吐槽多了,我一度误认为岳风老师是学术界纸上谈兵的骗子。

现在回想起来,当时苏穆棠对自己还是有着充分自信的。和后来抓岳风像抓救命稻草的那个样子相比,我还是更喜欢之前睥睨一切的苏穆棠。所以说创业毁自信,尤其是之前一路成功的人,没有经历过像样的失败所带来的心理挣扎和打击。一旦发现事情开始不像自己预想的那样发展,就容易从极度自信走到极度自我怀疑的极端。而且是短时间周期性高频的自我怀疑,给人以惶惶不可终日之感。

牛人创业

这样的大神为何要从美国回来，加入一家创业公司呢？

我们每天看新闻里国家欣欣向荣，屌丝却在互联网上比惨比得不可开交，感觉这个世界很割裂。

进入创业圈后，不管是看到每个孵化器兄弟公司的生生死死，还是参与到自家公司的运营后，才发现割裂其实无处不在。

公司PR的文章说是为了梦想："对于在学术界备受尊重的岳风而言，这是又一次将研究成果转换成实际产品的尝试，也为自己的研究找到一条实践路径。"

苏穆棠是这样说的："岳风的父母年纪大了，所以他需要回国常住。他这个年纪，也不想去企业，也不想去学校，这辈子没有做过startup（创业公司），有我给他搭的这个架子，正好试一次，他不需要管乱七八糟的事，I can do whatever he（我能做一切他）不喜欢做的事，And he can make all decisions（他能做所有决定）。"

苏穆棠缓了一下，接着说："他如果做startup只能和我一起合作，因为他没法和别人合作的。"

我觉得这里好像有八卦可以挖，于是问："为什么？"

苏穆棠没有接我的茬，继续说道："他之前一直只做research（研究），没有做过产品。所以这次他要自己来完全决定一个产品，他觉得还挺有意思的，这也是其中一个加入我们的reason（理由）。岳风加入轻鼎智能的条件就是，he want to make all decisions. And we cannot 不听岳风的，because if he is unhappy, he will go definitely（他想做所有的决定，我们不能不听岳风的，因为如果他不开心，会很干脆地走掉），他干过这种事，他以前曾经加入过一个公司，因为unhappy（不高兴），两天就走了。他走了的话，随随便便还是可以拿到投资。So（所以）我以后的job（工作）就是让岳风老师爽。岳风为什么会来，你以为那么easy（简单）吗？一年多来，你拉到过什么人来？"

"好像确实没拉到什么人，不过我一直在很辛苦地埋头带领大家做项目啊。"

苏穆棠这样总结自己这一年的创业："这一年，什么都没有做，搭起一个架子，把岳风老师请进来，that is（那就是）我做的唯一正确的事情！The only right thing（唯一正确的事）！"

由此可见苏穆棠对岳风老师的看重。

我问："那我们一年多每天起早贪黑，紧赶慢赶做的那些项目，输入法、爬虫、达普数据是为了什么？"

苏穆棠回了我一个凌厉而肃杀的眼神："我只是为了锻炼队伍，It's just for practice（仅仅是为了锻炼）。"

这句话对我触动很大，当时直接被震撼到了，半天没有回过神来。我想我可能需要时间好好消化消化这句话的含意。感觉就像当我们雄心万丈地去征服世界的时候，在拼杀得热火朝天的时候，忽然被导演告知，你们只是用来暖场的，可以去死了，主角就要登场了。

不过后来又觉得，苏穆棠这么说，只是为我们的一系列失败决策找一个借口。然而，这个借口的效果未免太差，还不如直接承认"我错了"比较好。因为大家很容易接受和理解失败，人孰无过，但是很难接受在一个局里被愚弄，因为一旦接受，就相当于承认自己傻。而做局的人还一本正经地说，本来就是这样，这你都没有看出来，是不是傻。这样会让人更难接受。

记一次亲密接触

我和岳风老师有过一次交流谈话，长达两个小时，这也是仅有的一次。好像之后他就再也没有理过我。

这一天，他突然来找我，拉我到窗边一个舒服的沙发坐下。沉默半晌，突然开始聊我负责的事情。

他的话始终比较少，基本是问我问题。当时不懂他为什么要问这些问题，后来慢慢反思，可能就是这些问题导致了达普数据被踢出公司。当然，这些理由也都是没有根据的猜测。

在一家早期公司，沟通已经如此不顺畅。我们需要去揣摩和推测伙伴做的每件事的动机，信任缺失到这种地步，公司如何不完蛋？

岳风："你对达普数据这个项目的前景怎么看？"

我："我认为达普数据在现在和未来两三年对APP都是一个刚需，因为流量越来越贵，开发者需要任何一个可以刺激提高流量的方式，刚开始达普数据声音还小，很多APP开发者看不到，不过随着越来越多的开发者看到，使用量会是一个加速的过程。"

岳风："嗯。"

"但是长期来看，APP的前景不明确，所以存在比较大的风险。"我还是挺诚恳的。

岳风："嗯。"

"退一步说，即使达普数据真的可以赚钱，或许苹果和Google或者手机厂商会意识到，可以直接在系统层级支持类似技术。技术方面对于他们来说没有任何门槛，就看他们怎么理解这个事情的意义了。"

岳风："嗯。"

我又说了一堆看法，岳风不说话，只是时不时嗯一下。

我想，这种尬聊真是费劲啊，然后出了一身汗。之前一般是我让别人觉得费劲，真是风水轮流转。

最后我问了最想问的一个问题："我觉得'MO'这个项目很好，是未来的趋势，因为从人性角度来讲，有个全能的秘书是最舒服最没有学习成本的事情。土豪老板们发达了都是先配一个秘书，为什么？因为直接和人沟通最人性化。所以MO一定是一个方向。问一句，您判断一个可以通过图灵测试的AI还有多久？"

岳风老师沉默了一会儿后说："很久很久，现在还看不到那一天。"

从此苏穆棠也是渣

MO是岳风老师主导的新项目，是一个类似于私人秘书的手机系统，可以做秘书能做的绝大部分事情。用户和手机用语音进行交流，提出一个需求，MO负责解决这个需求。比如，用户可以和手机说："打车回家。"然后手机会自动启动滴滴打车，将目的地设为自己家，叫一辆出租车。

MO刚开始做的时候，苏穆棠施展全局大视野，通盘考虑整个产品可能遇到的所有问题。他认为，对话系统是必不可少的。于是提前谋划，兴致勃勃地开启了聊天机器人子项目，自己亲自带队，拉出几个人成立专项组，踌躇满志，开始攻克技术堡垒。

"很多事情我都需要提前考虑，sometimes（有时候）岳风想不到，但是肯定绕不过去的东西，我都要提前做布局。Until one day

（直到有一天），一旦需要的时候，他会忽然发现，做好的东西已经在那里等着了。"

"嗯嗯，你布局的能力确实得赞。"我不禁叹服。

过了一个月，我问："聊天机器人进展怎么样了。"

"Cancel（终止）了。"

"为啥？"

"岳风不让我做了。他说 I should focus（我应该集中精力）。"苏穆棠有点委屈。

"那一条指令找不到执行的APP怎么办？总要继续和用户交流一下。"

"岳风说，Just tell them（只需要告诉他们）找不到就好了。"苏穆棠显得有些委屈。

"那样体验岂不是不够友好？"

"岳风说，最重要的是要 Focus！"

苏穆棠的天赋是同时开10个项目，而岳风可以斩掉9个，剩下一个专注 Focus。某种程度上说，这对创业公司应该是件好事。

唯一让我觉得有点惊悚的事情是岳风老师的 title（头衔）其实是程序员。他每天坐在你对面，在厕所碰到总是会微笑着点头打招呼，和蔼可亲，平易近人。他不会参与管理，不会去布置任务，不会去和人沟通具体问题，好像就是一个普普通通的码农，只在努力写着属于自己的那一点点代码。但是在背后，岳风老师瞬间变身大 Boss（老板），指点山河，掌控一切。整个过程平滑切换，无须技能冷却时间，而且对公司其他人不可见。知道这些以后，我对岳风老师有遥不可及的感觉。

轻鼎智能有了新的核心决策层。有了岳风老师后，其他人对苏穆棠来说都是外围男女。

我其实有点酸。

这种心理状态和正室被小三篡位后的心理应该是一样的，还是武则天似的强力小三。

诛心是不对的，自卑也是不对的，但是禁不住会有种感觉：岳风老师其实是看不起我们这帮渣渣的。

苏穆棠说："岳风为什么不想回中国做startup（创业公司），The main reason is（最根本的原因是）中国的学生太差了。我们在谷歌的时候，实习生都是Stanford（斯坦福大学），Princeton（普林斯顿大学）的。回来中国只能找清华北大的。我这一年做的很多work，只是想告诉他，中国的学生也不差，清华北大的学生也是可以用的。他看了一段时间，觉得确实也还行，这样他才同意试试的。"

苏穆棠这么解释，我就明白了。"天地不仁，以万物为刍狗"，岳风看我们这些学渣渣估计就像是在看刍狗一样。所以他可以雷厉风行地做任何决定，我们的想法和感受对他来说并没有意义和任何卵用。如果像我这样的渣渣还经常对每个决定指手画脚，评头论足，刷刷存在感，那就更不招人待见了，因为这就不是一个合格的渣渣应有的态度！

但是苏穆棠自己到底怎么看我们这帮人，是不是也是一样的上帝视角？我感觉或多或少也有一些，毕竟他们以前的圈子是如此高大上，回来一看国内这群人这么low（低端），不免会有俯视众生的万丈豪情，也是人之常情。

看不见的手

岳风老师加入以后，很多次，苏穆棠和我商量事情，比如说拒绝一些人或者拒绝一些事情，但是又不想得罪这个人，他想到的方法就是："嗯，I can just tell him（我只需要告诉他）岳风老师不同意。"

惨痛的是，就是"岳风老师不同意"这句话后来也把我和整个达普数据踢了出去。

苏穆棠说这全是岳风老师的主意。岳风老师不喜欢做达普数据，因为他必须听岳风的，所以身不由己。我认为这个理由一大半应该是真的，而不单单是拿岳风做挡箭牌。我自己也说不清楚为什么会有这样的感觉。

> 谈判的时候告诉对方，我后面还有一个"没有露面的人"，他是最终的决策者。虽然他给了我足够大的谈判权力，但如果谈判条件超出了我的权限，我还是需要向他请示。受限的谈判权力，才会有真正的力量，比全权谈判者，更处于有利的状态。
>
> ——权力有限策略

如果商学院方面读的书少，一旦被花样实践各种谈判策略，就会不知所措。所以还是需要努力补课才可以做到知行合一。

消失的输入法

做了一年多，在快做出可以上线产品的时候，输入法被干掉了。

岳风老师加入说："输入法别做了。"

然后输入法项目就关掉了。

苏穆棠一脸委屈地说："Actually（实际上），岳风是看了输入法以后被打动才 join us（加入我们）的，没想到他刚来就对输入法下手。"

"我们投入这么大，为啥一声不响就干掉了？你他妈争一下啊。"我有点恼火。

"唉，岳风说以后就全都是 speech input（语音输入）了，需要手动 input 的输入法会慢慢消失掉。"

给一个理由

我不太认可这种观点，至少我自己就不是一个纯语言输入的用户。首先用户惯性是一个很重要的因素，大家习惯了键盘输入，很难一下子转变过来。第二，我觉得内向的人其实不太喜欢语音输入。第三，如果做些坏事，比如商议去抢银行，也不太适合语音输入，那么这部分市场也会丢掉的。

看每件事情都有不同的角度，不同的侧面，有一万个理由支持一个决定，也有一万个理由否决同一个决定。

每个人的基因、家庭、文化和人生经历不同，对这些因素的思考也不同，由此导致了不同的价值观系统——送你一根蜡烛，有人想到晚餐，有人想到皮鞭。

所以，观点一定会有不同。但是在轻鼎智能做决策，也不是根据观点的争辩来进行的。在轻鼎智能，一个决定是否会通过并且执行，主要看决定是苏穆棠来做的还是岳风老师来做。而且完全没有办法动摇。

如果苏穆棠赞同一个决定，其他人反对，那么决定通过。

如果苏穆棠赞同一个决定，岳风老师反对，那么决定不通过。

如果岳风老师赞同一个决定，那么决定通过。

此法则永远有效。

我有次问苏穆棠："为什么岳风老师这么任性？大家有事情做决定总得好好商量一下吧。"苏穆棠想了想，然后摸摸头，笑了一下说："他就是任性，你有什么办法？！Actually（实际上），没办法。"我觉得这样的回答和耍流氓没有什么区别。

当然，如果岳风是乔布斯或者马云，那这种决策逻辑肯定是最好的最有效率也可能是唯一可能获得极大成功的方式。

对于身在其中的我们来说，就是要自己判断一下他到底是不是乔布斯或者马云了。因为这种完全服从的过程会很折磨人，如果他是乔布斯或者马云，那我忍了或许值得，如果不是，那简直是亏大了。

还有潜规则

后来我还发现一个潜规则。

有段时间，运维问题最焦头烂额的时候，苏穆棠来找我，说Github上的公司名要改，你这边安排统一改下包名。我当时就崩溃了。"不作不行吗？十几万行代码，几千个配置文件，每天几百万次客户调用，每个文件都改包名，这肯定会出无穷多的bug（漏洞），客户一定会恨不得把我们碎尸万段。你让不让我活了？"

"因为我们公司也要改名了。"苏穆棠一本正经地说道。"岳风老师的女儿不喜欢这个名字。这个名字有点俗，在湾区已经烂大街了，太多公司叫这个，他女儿都不好意思和人讲。而且这个decision（决定）已经made（做）了，下个月要更改完所有代码。这个不是找你商量，just let you know（只是通知你一下）。"

再给个理由

很长一段时间，我都惊诧于苏穆棠对岳风的顺从。之前已经熟悉了他的坚定和固执己见，这种三百六十度的大转弯真是让人大跌眼镜。因为以前问他一个决策的时候，他会耐心地讲这个决定是基于什么逻辑，讲得自成体系有理有据，大部分时候挺让人信服。即使有时候有些细节不靠谱，但是也是可以争论的。现在好了，理由很单一，全是"岳风说必须这样做"。我感觉一下由民主社会移民到了帝制社会。

之前有一次，有个团队找我们合作。他们做一款APP桌面启动的产品，其实和搜索很像，只是表现形式不同。他们的产品日活百万，创始人是做产品出身，很喜欢我们这边的技术感，希望发挥各自优势，一起合作。他们的产品设计得很人性，而且有一定用户基础。

我觉得轻鼎智能最缺的就是产品人员，而且我们连半个实际用户都没有，如果可以合作，可以快速验证自己的技术，对双方都是件很有价值的事情。所以我很努力劝苏穆棠，希望可以促成合作，实现共赢。

苏穆棠考虑良久后说："合作不是看有没有价值，而是看谁具有不可替代性。他那个产品，我们花two weeks（两周）就可以copy一个出来。而我们的技术，他们靠自己很难获取到。所以，they need us，but we don't need them（他们需要我们，但我们不需要他们）。我们具有不可替代性。"

我一想，虽然两周时间这个判断有点过分，但是这个逻辑确实有道理。于是，这个合作就没有然后了。

苏穆棠的价值观中一直在计算的一个东西就是不可替代性。岳风老师明显在这个团队中是不可替代的，因此完全听岳风老师的意见、建议和决定就是很合理很自然的事情。至于剩下的人，其实谁都不是不可替代的，因此时时计算一下cost（付出）和benefit（回报）就好了。Easy（多简单）！

公司战略

做技术的公司就应该专注做技术，像Google，Facebook一些部门那样，搞些"TensorFlow""caffeToGo"这种底层框架的项目出来，目标就是让尽可能多的人来用，而不是学人家做C端产品。

做产品的公司就不要非自己做底层技术，而是把技术当作一种手段，尽可能做系统集成，能找到开源项目可以满足要求就用开源，千万别什么都想自己做。

比较怕的是技术驱动的公司专注做产品。

没有明确的目标，什么都觉得可以做，任何东西做一段时间又会觉得没什么效果，怀疑是不是方向错误，于是就会考虑再换个方向。方向就这样不停换来换去。轻鼎智能做的输入法就是一个典型例子。

还有一点，技术人员做任何东西都觉得应该自己做，达普数据的开发过程中就没有很好地利用已有技术和服务而快速开发，这其实是个问题。比如有次我说我们花点钱买点testin的测试服务吧，苏穆棠说"why not（为什么）我们不自己做auto test system（自动测试系统）？"

"自动测试我们已经在代码层做得很完整了，这个是用户对于UI的测试，自动测UI如果要做好太不容易，不如买点服务，让第三方测试团队来测。"

"we should not just because（我们不能仅仅因为）不容易做就不做，If we need it（只要我们需要），就去做。"

"很多用户需求还没有解决，花人力做这个效果也不好，时间还长，综合考虑，不如花点钱买个服务。"

"If we need it，then we have to do it（只要我们有需求，我们就必须去做），花钱请人来测是不work（行）的，人总会犯错的，只有机器才不会犯错。我在谷歌已经无穷次验证过这个真理了。"

……

后来的结果是服务没有买成，我也没有花人力去做自动化测UI的子项目（我当然没这么蠢）。于是，每次更新版本，我只好自己人肉去测试，但是我没有精力覆盖太多的测试用例。再后来，事情一多，我自己也懒得去测了。有时候收到用户抱怨说服务早已不可用，我们才后知后觉。

如何制造一把大宝剑

苏穆棠虽然工作了很长时间，但他没有做过完整的产品。这是轻鼎智能的一个核心问题。

他在谷歌做的是高级科学家，虽然做了八年，其实都是做算法demo（模型）。本质上和我们本科毕业做的那种东西类似，不是产品，不是产品，不是产品。

他可能两周就能做完一个demo，然后扔出去，有做产品和工程的把demo应用在项目里。

慢慢地，这种工作方法和心智模式已经深入骨髓。

我以前在一家外企的时候，接过一个总部研究院的项目，就是这种类型。

研究院觉得我们一起造一把大宝剑吧，我已经做完了最重要的部分，剩下的零碎不值得做，你们这些做工程的渣渣做完就行了。

我们这些做工程的会觉得，一起造大宝剑，你做了一个剑穗给我，剩下的由我来，荣誉和利益你来拿，锅我来背。然后两边就暗斗起来，最后结果就是狗咬狗，一嘴毛。

真是一不科学，二不合理。

最开始做输入法，苏穆棠说，咱俩做半个月，剩下的扔给那几个小孩做呗。

后来做达普数据，苏穆棠很想把一个在百度有很高职位的同学拉进来。苏穆棠对我说，他进来，就可以把达普数据扔给他，然后你去带爬虫团队。

这个心智模式不变，轻鼎智能还会一遍一遍重复输入法的故事。

投资人觉察不到这个问题，所以并不影响我们拿到投资。

这也是投资者的悲哀。

输入法项目消失了

很快就会被大家遗忘

大家会忘掉当时做输入法的时候那坚定的信念

大家也会忘掉做输入法所烧掉的那些投资

大家也会忘掉做输入法的时候加的那些班，那些周末和不眠的夜晚

那些放弃陪伴家人的时间

那些绞尽脑汁的代码

就像从来没有过这个项目一样

话说回来

话说回来，我自己后来反思，关掉还是对的，这种模式的输入法其实也不会有前途。

我们的用户体验目标是用户只需要输入拼音的首字母，就可以打出这句话。因为我们分析过所有的话，所以我们知道首字母代表的是哪句话。这种判断逻辑上的问题是，句子越长猜得越准；句子越短，相同首字母但是句子不同的可能性就越大。

但是，移动互联网给人们的交流带来一个新的趋势：因为输入法确实不好用，大家确实需要花很长时间才能输入一句话。所以我们已经进化出用短句解决问题的能力，我们聊天中的每一句话已经越来越短了。微信上就经常是5个字以下的交流。比如：

甲："你哪里人？"

乙："我是贱人。"

甲："……"

乙："错了。"

乙："我是吉安人。"

甲："哦。"

乙："坑爹输入法。"

如果都这种交流，我的输入法一定歇菜。我们的优点是长句，因为句子越长，同样句子组合的可能性就越小，我们就会猜得越准。而句子越短，符合同样首字母的句子越多，提供的选项就越多，用户可能需要在一大堆备选语句中选出想要的那一句，很容易眼花。而大家使用输入法最重要的场景就是微信和QQ聊天。这都是短句霸屏的地方，这也是专门做表情的输入法开始占有不错市场份额的一个主要原因。

所以，即使不被取消，输入法项目用这个姿势来做应该也没有什么卵用。

只不过觉得，最后连屁都没有放一个出来，有些太憋。

第十一章

业务分拆：

我家沉舟侧，别家千帆过

开局

某天晚上，苏穆棠忽然找我聊天。

"我们这边有lots of work（大量的工作），没有人做，I need（我需要）脏脏过来帮我。"苏穆棠全身心扑到新的MO项目中去了，开始调动资源。

"不行，脏脏负责所有客户端的东西，还有很多乱七八糟的地方，他刚把所有地方都摸熟了，效率正是最高的时候。你把他调走，我之前这几个月岂不是白忙了。还得换人来重新熟悉一遍。"

苏穆棠瞬间开启了狂暴模式："你不能什么都是达普数据、达普数据！我这边也有lots of work要做！"

"脏脏这边有很多事情，我们每天有客户催着，你那边连demo都还没有，现在应该集中力量把达普数据的服务做稳定了，等以后上了轨道再转移资源。"

"If you want engineer, you should（如果你想要工程师，你应该）再去招人，脏脏是我招的！"

"可以，我去招，但是你总得容我几天时间，不能立刻抢人啊。我们还有竞争对手在赛跑，你这样釜底抽薪，岂不是亲者痛，仇者快。"

"也行，给你couple of days（一段时间），你尽快去招人吧。"

没过几天时间，脏脏和我说，苏穆棠给他一些任务，他可以两边兼顾着。

刚过几天，脏脏说，不行了，苏穆棠那边任务满负荷，没有多少精力分过来了。

大概一个月后，有客户iOS的集成出了问题，这块以前是脏脏负责的，我拉脏脏去客户公司帮忙调试。我和苏穆棠说了一声，他一脸不快。

当天晚上苏穆棠给我打了个电话，直接进入暴走模式："This should be the last time（这是最后时限）！"吓得我魂飞魄散。

很久以后，他问我："Is there any step along the way that I force anything（有哪个环节是我强迫你的吗）？"

我想起了这件事，但还是说："没有，没有，你不太需要force（强迫）。"

动手写这篇小说时我惊讶于自己惊人的记忆力，很多细节都栩栩如生，历历在目。究其原因，可能就是苏穆棠在这个过程中经常启发我，让我各种花样回忆any step along the way。回忆多了，就很难忘掉了。

何患无辞

达普数据独立的事情，苏穆棠考虑了很久。第一次半夜3点发微信问我哲学问题"what you want（你想要的是什么）？"时，距离达普数据真正独立尚有半年时间。

有一次达普数据开会的时候，本来他已经很久不参加这种会了，这次忽然插进来坐下，然后问了一个和我们会议主题完全无关的问题："你们觉得达普数据应不应该继续做下去，能分拆出去单独做成一个business（项目）吗？"这个问题虽然让所有人瞬间完全摸不着头脑，但是看到老板坐在这里，怎么能显示自己对公司所做事业没有信心呢？于是大家纷纷表示没问题，相当看好公司的发展方向。

第一次听到分拆时候，大家的内心感受是诡异的，不明白苏穆棠的用意是什么。后来问了几个人，纷纷表示："分拆是什么鬼。"但是当时那种情况下，老大苏穆棠发问，而第一个人做了肯定的答复，剩下的人就纷纷选择从众，纷纷跟进表示分拆也可以做成一家好公司！"

苏穆棠扭头对我说："枪泥must（必定）也是这样认为了，So（所以）我就不问你了。"我心里想："别啊，不问你怎么知道。"但我犹豫了一下，并没有出声。大家都看着呢，我要是开始胡说八道的话，把大家惊吓到也不好。

很久以后我反思：如果老板确实想知道员工心里对公司的战略看法是什么，应该换一种方式提问。比如说，让大家自己去想一想"达普数据最有可能的死法是什么"。然后再一对一开诚布公地和每个人探讨一下，一定能聊出一些东西。

我也在想苏穆棠自己对这个问题是什么看法。答案应该不是肯定的。一直以来，他都会时不时会找我问："should we（我们）是不是应该把达普数据stop掉？"

我说："我们已经做了这么久，停掉就全白费，坚持下来才是对的。"

"We should not just because（我们不该因为）投入了所以继续做。The only reason that（只有一个原因促使）我们继续做下去，就是这件事is the right thing（是正确的事），就是它有巨大的value（价值）。"

自从上次苏穆棠从美国探亲回来后，这种否定的倾向愈发明显。他在美国的时候和BHData的CEO深入聊了一次，这次聊天他心里哇凉哇凉的。BHData的CEO说从这条路去做搜索是完全不可行的。因为大厂不会使用这种第三方服务，而如果大厂不用的话，就只有长尾的内容。用户第一次搜索就会发现，得出的结果不是最高频的内容，那样用户体验大大降低，也就不会再用第二次了。这个逻辑彻底击碎了苏穆棠一直以来引以为傲的轻鼎智能的搜索业务底层商业逻辑。我不知道他有没有因此而痛苦挣扎进而确定了要分拆出去的决心，不过他和我讲的时候，对这个观点表示深度认同。

> 据悉，初创公司BHData完成了6000万美元的C轮融资。由于可访问的应用程序和服务之间的互动，BHData的工具产生了大量数据。有了这些数据，公司可以创建一个与Google和其他搜索引擎类似的应用程序生态系统索引。
>
> ——36Kr

一年后看到这条新闻的时候，我一口老血喷了出来。BHData讲的故事居然是他们之前否定的事情。我猜他们一定也没想到，当时他们的否定击溃了苏穆棠看似坚定的心理防线。我猜苏穆棠看到这条新闻的时候也会是一个大大的黑人问号脸。

当然，国内市场和美国市场还是不一样的，而且差别还不小，BHData能在美国做的事情，国内不一定能做得成。我对移动搜索会不会是和PC搜索高度类似的服务模式这件事深度怀疑。不过还是期待BHData继续打我脸。

第十一章　业务分拆：我家沉舟侧，别家千帆过我也不知道苏穆棠更多是从大家的反馈中得到的分拆的勇气，还是更多从达普数据的数据不适合做搜索的逻辑中坚定了分拆的信念。只知道这时候离正式分拆只有一个月了。这一个月，苏穆棠用他的耐心来对我进行了密集的心理攻克。

苏穆棠劝说我要把达普数据独立的原因有几个，其实听起来都挺不靠谱的。

首先，对外好Present（展示）。这个理由听起来挺奇葩的，仔细想一想，更觉得奇葩，以这个理由居然要拆分个公司出来，玩过家家吗？

对外好Present的意思是，当我们和别人说轻鼎智能是一家做什么产品的公司的时候，我们可以更聚焦，而不用说自己做了太多东西，这样不好。

我心里在吐槽："我当然知道这样不好，但是当时不是你硬要坚持同时做这么多项目，而且你说Google一直都是这样的，所以完全劝不动吗？"

很多投资人对这个理由也是不信的，有个投资人说："腾讯、谷歌做了那么多东西，也没有每一个产品就拆一个公司出来啊。"

所以，这个理由其实很牵强，苏穆棠说了几次，后期主要用语气来增加这个理由的分量。

因此，这个理由没有打动人，我几乎不为所动。过了半个月，苏穆棠卷土重来，气势汹汹地带来了第二个理由。

第二个理由是需要有人full engagement（全力参与）到达普数据中，必须破釜沉舟，必须all in（尽心竭力），必须没有退路。如果做达普数据的人还有别的退路，那他就不会把状态调整到极致，创业这种事情，如果有退路，就只有死路一条。

这个理由让我有些触动，觉得好像确实是这样。电影、漫画、小说都不止一次告诉我们，濒临死亡的赛亚人才能变成超级赛亚人。我开始有些动摇，如果拆分可以增加达普数据成功的概率，确实想试一试。

不过，我还是舍不得退出轻鼎智能。

我把心里的想法毫不隐瞒地和苏穆棠说了，这种坦诚的态度让我自己也很感动，因为我还一直坚持着最初的约定，赤裸裸地想什么说什么："第一，达普数据单独出来风险太大；第二，轻鼎智能我也是很有感情的，我并不想离开；第三，从我个人趋利避害降低风险的角度来讲，我还指着抱岳风老师这棵大树到E轮呢。"

苏穆棠说："那是你看问题太表面，我觉得轻鼎智能的risk（风险）一点也不比达普数据小，你看看你的竞争对手都是什么档次的，你干掉他们很easy（简单）。但是在语音助手这个领域，都是什么玩家，苹果、谷歌、微软、亚马逊、百度。我们需要和他们竞争。就我看到的，谷歌有上百个Stanford（斯坦福大学），Princeton（普林斯顿大学），Berkeley（加州大学伯克利分校）的PHD在做这件事情，我们太容易死了。"

"嗯，你说的也有道理，不过即使产品竞争不过，这个团队也是很有价值的，肯定可以卖个好价钱。如果产品实在没什么大发展，最后也找类似百度这样的大巨头卖了，大家也都可以赚到钱，说不定就财务自由了。所以，我现在就这样退出自己的股份，我是不是傻？"

"理论上当然可以，but（但是）其实这个不是岳风的目的。首先，talent acquirement（团队收购）都要不上什么价钱，而且他又不缺钱，他不会卖team（团队）的，他创业主要为了自己体验做商业产品，他在enjoy（享受）这个过程，所以无论如何，都不会把团队卖给百度的。"

在我犹豫的这段时间，苏穆棠杀气腾腾地带来了第三个理由。简直是杀手锏。

"岳风不想做。So you need to make the decision（所以你需要做决断了）。"

"不需要他做啊，我做就行了。"

"岳风要make all decisions（做所有的决策），达普数据如果留在轻鼎智能，岳风免不了要参与。如果达普数据要招人，岳风就需要去想wether it is worth（是否有必要）去花这个钱。他不喜欢去想。"

我很无语。

"如果不分出来，岳风就会把达普数据shut down（叫停）。"

"好吧，你赢了！"

"And what are you worry about（你到底在担心什么）？为什么不敢去试一试。"

"我就是想不通，发展得好好的，干吗自己搞自己玩？"

"岳风不想做，That is the reason（这就是原因）。你不要有什么担心，放心吧。"苏穆棠拍了拍我的肩膀，呵呵一笑。"If you answer is money（如果你的答案是钱），我是不敢让你去做这些的。你说了想要的是experience（经验），所以其实没有什么好担心的，所有的一切都是experience。"

"我如果说要的是钱，你会怎么样。"

"嗯，我早想好了，我会给你准备一个比较decent（体面）的number（数字）的补偿。"

"啊！"我心里大叫一声，"妈的，早说啊。"

苏穆棠事后给我发微信："Is there any step along the way that I force anything?"回想起来，苏穆棠确实算是没有逼我，至少没有拿枪指着我的头吧。所以是自己选的路，含泪也要走完。

天下熙熙

一天晚上10点多，苏穆棠忽然打电话给我。

"既然我们一致agree（同意）决定要分出来了，我们讨论一下股份怎么处理一下吧。"

"好吧，怎么忽然这么急？"

"既然我们已经决定了，就快速推进，There is no reason not to discuss this（没什么理由再讨论了），拖着没有什么用。"

"那好吧，好吧，我正在做客服，客户等着回信呢。"

苏穆棠没有理我的茬。"At first, we need to come to（首先，我们需要达成）一项共识，轻鼎智能会作为公司在达普数据占股。你是否承认，轻鼎智能at least（至少）应该占50%以上的share（股份），因为截至目前，我们轻鼎智能已经在达普数据这个项目上有巨额投入，几乎超过了80%的公司资源都投入到了这个项目里。"

我毫不迟疑："好的，要不轻鼎智能占99%，我们占个1%就可以了。"

苏穆棠毫不犹豫："No! No! 那样没有意义了，那不还是我在run（操作）吗？我们want to split off（需要拆分）就是因为我不想run（操作）了。"

苏穆棠缓了一下说："当然，Another reason（另一个原因）是需要有人全心全意地扑在达普数据上，所以你在轻鼎智能的股份需要置换出来，置换成达普数据的股份。我认为，你只在轻鼎智能保留一点点股份就可以了。"

"好吧，那你说多少？"

"这个过程一直都是我提出proposal（建议），股份其实是你应该自己考虑的事，so for this time（所以到了这个时刻），你来提出。"

"我没想这件事。我一直在想刚才那个客户我还没有回复，他是不是要怒了。"

"You should think, now！（你需要思考，就现在！）"

"我需要置换大部分股份出来吗？"

"Sure.（是的。）"

接下来是死一般的沉默，长达20秒。

"好吧，本来我有4个点的轻鼎智能股份，那我留0.5个点吧，我们团队占达普数据35%的股份，可以吗？"

"我本来觉得你应该少留一点option（股份）。But（但是）现在我又想了一下，你应该全力以赴，不留退路，这完全是为了达普数据好，也是为了你个人考虑，所以我现在非常确信，你那0.5个点也不应该留着。而且，我还可以在达普数据给你更高的利益，我给你在达普数据整整40个点，我们只占60个点。You should be happy with such a high number.（这样高的比例，你应该很高兴才对。）"

我心里有些犹豫：非要这样吗？这不就是完全退出了轻鼎智能吗？我感觉脑子短路，有点搞不懂。

然而转念想，到了这个地步，达普数据做砸了的话，我留0.5个点有什么用，难道还能回来吗？

于是一咬牙："好吧。"

第二天早上，苏穆棠见到我，满面春风地迎上来，伸出右手。

我一脸懵逼："要干吗？"

苏穆棠喜上眉梢："握一下手！"接着满面真诚地说，

"Congratulations（祝贺）！衷心地恭喜你！"

看着他阳光灿烂发自内心的笑容，我能感受到他的开心。但我心里还是有点沉重。

去留无意，漫随天外云舒云卷

同意分拆后，我在很短的时间里试探性约了两家VC。

VC没有表态项目到底怎么样。只看股份结构，就一致认为股份不合理。"轻鼎智能占60%，创业团队40%，这种股权架构就是个必死的局。"然后纷纷表示，这种股权架构不管做什么都不会投。

我问："怎么样才合理？"

"轻鼎智能打死也不能超过30%。"

我反馈给了苏穆棠。

"It took us so much effort（我们耗费了那么多经历）！这帮VC居然说最多只有30%。不分了！我们再做半年，等我们有了1000家用户，他们估计就不YY（意淫）了。"苏穆棠很激动。

我心里一喜："哦，这样啊，太遗憾了。也行吧，那就再做半年吧。"

当天晚上我睡了个踏实觉。第二天是周六，公司组织去奥森跑步，我直接睡过了头，等到了奥森，他们已经跑完了。然后大家一致决定去吃最近很火的潮汕牛肉火锅。

苏穆棠叫住了我："等一下，We need to have a talk again（我们需要再谈谈）。"

"昨晚上和岳风聊了两个多小时，岳风的意见是，30就30！既然决定要分，就不考虑那么多了，no matter（不管）有什么问题，都往前move on（推进）。"

吃火锅的时候，我的情绪很低落，本来以为这种糟心事要暂时画个句号了，没料到岳风铁了心死磕。

"怎么了，达普数据有什么事吗？"脏脏看出了我的不快。

我强颜挤出欢笑："木事，木事，都他妈好得很。"

苏穆棠说，岳风给出的条件是这样的。

1. 给你三个月时间，这三个月我们会资助你。三个月以后就两不相干了。你需要在这段时间找到新的投资人。

2. 股份我们要take（持有）30%。

3. 达普数据的所有data（数据）我们需要完全免费得到。

我当时没怎么想就全部答应了，后来很后悔。我完全不是做生意的态度，一般做生意的双方，一方提出要求，另一方不应该想都不想就全盘答应，总要讨价还价，唇枪舌剑，刀光剑影地来几个回合才像回事。

不过后来一想，我干想又能想出什么东西来？一年多创业，我只做内部的管理和产品技术方面，对外面的东西一无所知，就像《权力的游戏》里Know Nothing（什么都不知道）的囧斯诺。所以我看不出这里的条件是好是坏，是赚了还是赔了。我只能先接受，然后去试一圈才能看出有什么问题。这就是所谓的认知成本，也就是通俗所说的智商税。既然现在要做这件事情，这方面的成本和税避免不了，也只能自求多福。

很久以后苏穆棠和我说，从你答应分开的那一天开始，我就需要Protect（保护）轻鼎智能利益了。所以他肯定会提出对他最优的条件，在这个阶段，我们之间是个零和博弈，换句话说就是对苏穆棠最优就是对我这边最不利的条件。但是，我当时分不清怎样的条件是有利的，当我明白过来去找苏穆棠的时候，他说，你当初都答应了的，不要一碰到困难就来压榨我们的利益，你自己去想办法吧。

我感觉像被门夹住，然后不断挤压。

三个月的期限包含的是五、六、七月，在火锅店苏穆棠通知我这几个条件的时候是五月中旬，他说给你们三个月，截止到七月底。我当时没仔细算为啥抹掉了十几天，直接就答应了，因为我平时就是大大咧咧的，其实就是一点都不负责任。当时想这种时间限制应该没那么严格吧，差那么几天到时候再求他得了。这就是把商业当儿戏的态度，一点都没有做生意的认真和斤斤计较，所以最后活该倒霉，一点也怨不得人。

而且当时不知道哪里来的自信，觉得拿投资应该不是个问题，真是无知无畏。和团队中的人聊的时候，也没有人觉得投资会有问题。每天看了太多不真实的PR报道，都宣传一顿饭敲定几个亿，觉得好像大家都可以很轻松地拿到钱，现在回想起来，真是好笑。纸上得来终觉浅，绝知此事要躬行。

当时我也没细问股份是Pre（融资前）还是Post（融资后），苏穆棠后来说他的意思是这一轮Post占30%。Pre和Post其实差别巨大。到VC问我细节的时候我才知道这里的门道，然后回来和苏穆棠商量，他不愿意改。VC由此觉得我这个CEO好像不是太懂事，而且做不了什么主。

Post后轻鼎智能占30%，VC占15%，45%就没了。这么早期团队只拿50%多一点，现在做的事情离钱还早，如果再来几轮的话，创业团队肯定会失去掌控力。这种股权结构就像是那种放在投资教科书第一章的不能投的典型。

第十一章　业务分拆：我家沉舟侧，别家千帆过还有VC指出，你们所有数据还要被另一家公司免费得到。但是你声称自己是大数据公司，最有价值的是数据，你最有价值的东西白送了出去，我能投吗？（潜台词是：你是不是傻？）我去找苏穆棠商量，他说如果不是为了data，我怎么可能找岳风老师给你申请到这么优惠的条件？怎么可能给你这么长时间去拉投资？你怎么可以对我们要求这么多？（潜台词是：你是不是太精明了？）

时间长了，我也很困惑，我到底是傻还是聪明？

我家沉舟侧，别家千帆过

这段时间，我们的潜在竞品公司"美刻数据"改变了策略，推出了和我们一模一样的服务，开始获取客户。

我心里万分焦急。关键时刻，我们没有把注意力放在产品和客户上，而是放在内部利益的平衡上，我有一种腹背受敌的感觉：前线打仗正紧，后方粮草又被队友掐死。

我之前筹划很久，花很大力气找了个校友。他是一家超级APP的VP，我很希望这家APP可以成为我的用户。这样一方面我们的数据会漂亮很多，另一方面找投资的时候，有一个这种量级的客户对投资人来说会很有说服力。聊了几次后，突然发现他选择了美刻数据，简直气得要吐血。问为什么，他说看你最近没有怎么积极跟进，我们还是选择这个服务态度更积极的吧。

这辈子第一次开始晚上失眠，每晚睡觉前我需要默念"不着急不着急不着急"，但就是睡着也会经常醒过来。而一个月前我还每天睡得像死猪一样，早上需要三个闹钟玩命地闹才能把自己叫起来。

第十二章 12

团队重组:

人才是最重要的

人才是最重要的

独立运营一个公司和管理一个项目完全不同，我没有任何经验，一头雾水。

我当初答应分开的时候，没想到居然需要搞成这样，需要搞得这么深入。我一直以为，我们这次分拆只是场假离婚。就像所有的假离婚是为了经济利益欺骗政府那样，我们分出来只是为了忽悠VC投资。我觉得独立融资，就是为了钱，因为两个公司轮流融资，ABCD四轮融资就可以变成八轮。我没想到假离婚一开始就往真了做，直接进入分财产的阶段。

下次应该先弄清楚所有细节再答应的。太危险了，一旦答应分手，就像在水坝上钻了个小孔一样，后续各种事情汹涌澎湃而出，再也没有回头的机会。

这期间苏穆棠尽自己所能，给了我最大的帮助。

那天晚上分手的股份确定后，第二天上班，苏穆棠激动地过来恭喜我并和我握手。然后就迫不及待地拉我出去聊天，教我怎么做公司。

"Do you understand（你明白）开公司最重要的是什么吗？人，你must（必须）先把人搞定。"

"搞定什么人？"

"员工啊，你should（应该）把人hire（招）过来。"

"哦，我们人不是还挺全的吗？我觉得这个规模可以保持一段时间，就是客服人员有点不足。"我有点不解。

"现在他们是轻鼎智能的人，你有用得着的，需要把他们拉出来。我给你一个list，你去把list上的人拉出来，然后让他们把劳动合同转过去。"

"大家还保持原样不行吗？反正根子上都是一个公司的。我们新建一个公司，我放进去。这样的话，你之前说的那两个问题，一个是不好对外Present（展示），一个是需要有人All in（全力投入）就全都得以解决了！"

苏穆棠摇头："那样不work（行），那成什么话？你必须把人弄顺了，不可能合同在轻鼎智能，做着达普数据的事情，那完全不work！不make sense（说得通）！"

我有些懵逼，直到这时才意识到好像我想得简单了。分个手这么麻烦？需要搞得这么彻底？妈的，我应该问清楚再做决定。我心底掠过一丝不安。

"那我先去拿钱试试吧，万一拿不到，岂不是这堆事情白做了？"

"我一点都不worry（担心）你拿不到钱，我唯一worry的就是没有人愿意和你出来，这么长时间，你一个人都没有拉到公司过，我认为我们这次分拆最大的risk（风险）是你一个人都拉不出来。"

"我不至于混得这么惨吧。"

"如果斯干泥拉，我不worry，一定可以拉出一些来。但是你看看你，这么久，一直没有拉来什么人，你真不一定能把谁拉出来。"

"不信，我就给你拉一下看看。"

苏穆棠安慰我："让你先拉，也是为你考虑，你需要把一切都做全了，再去找钱。你现在去找钱，人家问你，你公司几个人，你说就你一个。那没有VC会投的。VC投就投人，你一个人都没有，VC怎么会投你，你见每一个VC的机会只有一次，不要因为自己工作没有做到位而waste（浪费）每一个opportunity（机会）。"

"如果大家都拉过来了，到时候拉不到投资，怎么和大家交代？"

"这个你有什么好worry的，这些人也是我辛辛苦苦一个一个招来的，你这边不成了，我当然会把他们再要回来的。我们只要把新签的劳动合同撕掉，其实外面根本没有人知道这件事情。"

"哦，所以主要是为了做给VC看。"

"Of course（当然）。"

名单

苏穆棠很快就给了我一份名单，说我可以拉名单上面的人。我一看，上面写的都是已经在达普数据项目上工作的人。

看了一下，基本上符合预期。除了两个人：脏脏不在上面而周稳居然榜上有名。

我找周稳谈的时候，能感觉到他只是礼貌地在听我讲，基本没啥回应。最后他礼貌地说回去想一下，结果第二天一早就礼貌地说不考虑了。原因是他的年纪也不小了，这次创业希望持续的时间长一点。我本来也没抱太大希望，也没往心里去。后来回想，周稳当时一副成熟稳重洞悉世事的样子仿佛已经看清了事态发展的趋势。

卉烟最开始在名单上面，后来苏穆棠又反悔了。

"卉烟不能给你，如果卉烟让你拉走，我们这边就没有一个可以做market（市场）的人了。"

"你现在MO刚刚开始，连阿尔法版本的demo（模型）还没有办法跑，完全不需要做市场的人。你拉卉烟过去坐着，白发她工资，其实你挺亏的。"

苏穆棠皱眉想了想说："你去try（试）一下吧，但是你不一定拉得过去。"

第一个

于是我第一个对卉烟下手了。

苏穆棠有些心疼："卉烟是我见过大局观最好的一个，这方面要比你强得多。她虽然年轻，但视野好，看问题的深度真是'啧啧'。拿下卉烟其实就成功了一半，你做技术，卉烟做市场，你这个团队就完整了。"

我想，我团队从20人到两人了，还完整，真是谢谢啊。

"你打算给卉烟多少option（股份）？"

"我也不太懂，应该给多少好？是不是应该多一点？"

"这是你自己需要decide（决定）的事情。你要自己想好，but I want to warn you（但我要提醒你），第一个很关键。"

我一拍脑袋："15个点？这样好不好，我先给10个点，然后设个对赌，年底到500家客户的话再给5个。"

"我拉岳风的时候，一次性给他的就是20个点，让他完全没法refuse（拒绝）。你要给就一次给完，你设这个槛，让她不舒服拒绝你的话，你再拉就不好拉了。要记住，一次性就拍死！让她没有办法refuse！"

苏穆棠这个建议很中肯，卉烟是我拉的第一个人，如果她拒绝，我就会面临很尴尬的境地，到时候进退维谷。再给卉烟加筹码的话，她会想，这是干吗？卖白菜吗？讨价还价的，为啥不先想好。放弃卉烟的话，团队所有人都会知道这件事情。下一个人会想，卉烟没有答应，哦，那肯定有坑。

想到这里，我出了一身冷汗。

于是我小心翼翼约卉烟一通忽悠，大饼画得又圆又油亮。然后趁机提出了我的筹码。为了保险起见，我又加了注，我提出了20个点的股份，卉烟愣了一下，皱着眉头开始思考。

我紧张得快尿出来了。

还好一切顺利。我出了一口大气。

首战告捷。好的开始是成功的一半。

苏穆棠事后专门找到我说："其实你自己拉不动的，the reason why（为什么）她能答应你，是因为我和卉烟保证了，如果达普数据不成，她可以回轻鼎智能。"

"哦，感谢帮忙。还是老大你出马厉害啊。"

"你以为呢？"苏穆棠哼哼一乐。

"嗯嗯，我感激流涕。"

这时候，我体会到了达普数据独立出来的又一个好处：可以重新拍大把的股份忽悠人。目前在轻鼎智能，苏穆棠给开出的股份都是零点几的数量级了。这种程度的期权让很多人已经完全无感了。所以达普数据分出来就又是一个新鲜的蛋糕了，抢起刀来使劲切，招牛人简直太容易。

接二连三

然后我又拉了芙洛，她表示愿意继续做达普数据，但是不同意变更劳动合同，因为她已经怀孕好几个月了，我表示理解，并劝她："其实也没关系，大不了再回去。苏穆棠说了，不用担心，主要是为了给VC看我们的决心。"

紧接着又拉了一位负责客户运营的小伙伴，他只问了卉烟什么决定，然后说卉烟去哪里他就去哪里，别的各种理由比如公司愿景什么的都是扯淡。我嘴里没说什么，心里觉得怪怪的。

我跟苏穆棠说："现在这个团队人也不少了，各个职能也都有专人了，我先去找找VC看看吧，剩下的人先留着别动了。"

"要拉就一次拉干净吧，别拖了。"

"不行啊，我哪有你那么能拉啊？一次拉太多我会很难受的，等我缓缓。"

第二天，苏穆棠一脸幽怨地把我叫过去："你必须在this week（这周）把所有人都拉一遍，你已经开始拉了，如果暂时stop（停下），剩下的人会认为他们不够重要，你need to（需要）迅速地找每个人谈，你别的什么都别干，赶紧一个一个拉吧。"

"你这么说也有道理，还是老大您想得周到啊！"好吧，我继续拉。这样拉下去，我八成是要虚脱了。

"而且，"苏穆棠面色一沉，"If（如果）青青和米菲你拉不过去，I will（我将）立刻把both of them（他们两个）开掉的。"

"不是吧？之前不是说大家还可以回去吗？"我心里一沉，这是翻脸不认账啊。这个头一开，以后互相信任的基础就要破裂了。

"青青这种人，我一分钟都不想让他留在my company（我公司）里了！两周前让她做的视频，现在还没有开始做！"

时间回到一天前，吃饭的时候，苏穆棠看到青青坐在对面，忽然想起来视频的事情。

"上次让你做的video（视频）怎么样了？"

"哦，上次只是说了做视频，但是没有给我具体的要求。"

"做了多少了？Can I take a look（我能看看吗）？"

"还没做，因为还没有具体的要求，也没有脚本出来。"

"What（什么）？！还没做！"苏穆棠瞬间进入暴走状态。因为在孵化器食堂，很快就有围观群众炽热的看热闹目光投射过来。

"What？！我说了那么久，你居然一点都没做！！不要给我找借口！the result is（结果）你居然还没有开始做！"苏穆棠完全不在意围观目光，旁若无人地暴走。

青青低头进入沉默模式。

我和很多公司同事坐在旁边看着，感觉很尴尬，所以我打算解个围，给大家一点台阶下。毕竟"扬善于公庭，规过于私室"，这大庭广众的，再说饭都要凉了。

"哦，最近达普数据要做个融资视频，所以青青最近正在忙这个。"我说的也是事实，青青最近并没闲着。

"你的意思是有达普数据，我们这边的事就不important（重要）了，就可以不做了？"苏穆棠决定不踩这个台阶。于是一扭头冲着我，眼睛已经全部瞪起来了，发着精光。一眼看过去，怒发冲冠的样子真是太男人了！

"那肯定不是，不过，嗯，怎么说啊，这个这个……我这边确实很急，马上就要去见VC了。"

"Let me tell you（我来告诉你），没有任何一件事情是达普数据重要而我们这边项目不重要的！"苏穆棠潇洒地一转身，饭也不吃了，一甩手站起来，冲青青姑娘吼了一句："我告诉你，你别做了，from now on（从现在开始），我再也不需要你做任何东西了！"然后大步流星地快步离去。

然后又折了回来，叫住我："以后你不要随随便便get into fight（介入冲突）。"

后来我找到冷静下来的苏穆棠说："青青做东西还是很厉害的，这个级别的美术其实很难找。她的问题也确实存在，需要有人drive，但是这个问题并不难解决，她平常比较内向，不善交流，你布置完任务后可以多去check一下。"

"我没这样多余的精力去check她，你要行你拉过去，你不要我立刻开掉她。"

"要要要！"

拉青青姑娘非常顺利，她很痛快地就答应了，连公司愿景大饼都不需要画，前后三分钟就完成了。她说："非常愿意去达普数据那里，不用觉得不好意思。"

米菲就不太好拉了。他是一个优点和缺点都很明显的员工。最大的问题就是过度承诺。

"这块问题什么时候搞定？"

"嗯，明天。"

第二天："哦，差不多了，还有最后一点。"

第三天："嗯嗯，马上搞定了，我还得测一下。"

第四天："测了一下，有点问题，我再改一下。"

第五天："马上就好，我周末加加班，下周一就可以了。"

大概就是这种作风。对于管理者来说，这是最不讨喜的一种风格。

一次团建的时候，我和米菲分在一个屋里，晚上睡觉前，我充分酝酿了一个严肃诚恳的氛围，然后和米菲当面提出了这个问题，并希望他今后改进。米菲坐在床上一声不吭，完全处于沉默状态，我完全没搞懂他在想什么，聊完我心里也没底。

大概半个月后，运维出了一个小bug，当时晚上8点多快要下班了，米菲说他立刻就能搞定它。

后来，我才知道，米菲当晚没有回家，通宵搞定了这个问题。

然后我一下就感动了。我到他座位上，酝酿了同样的诚恳的氛围，真挚地感谢他对工作的认真付出。他说："我也挺不好受的，搞了这么久，还老出问题。"

当时谈话气氛温馨到爆。

米菲另一个问题是不善和人合作，与人沟通起来经常会不耐烦。后来想当时也是我安排的有问题，公司里两个不太善于沟通的人被我安排在一起做一个最需要沟通合作才能完成的工作，这下可好，针尖对麦芒。不和谐的消息传出，米菲的缺点又留下了浓重的一笔印象分。

还有一次，微软Azure云半夜升级系统，升级完我们的服务出了问题。晚上11点多，周稳查了一下后打电话说完蛋了，文件都丢了，格机重装吧。我脑袋一空：那岂不是所有用户的数据都完蛋了。脑中浮现第二天卷铺盖回家的场景。冷静一下后，我说先等等，然后打电话给米菲，把他从床上叫起来立刻开始检查。经过半个小时焦急的等待后，米菲说："找到了，路径被改了，稍等我修复一下。"要是在现场，我恨不得捧起他的胖脑袋亲两大口。这一晚真是冰火两重天，

所以，米菲是个比较难用简单的标准来判断的伙伴，他优缺点

并存而且鲜明。每当你觉得快受不了的时候，他经常又能反过来打你脸，给你带来惊喜，让你觉得他万分可爱。

但是我又想了一下，作为人类，谁又不是优缺点并存呢？谁又不是一路前行一路修行呢？

但是米菲是最难拉的一个，他明确表示不愿意。

"为什么啊？"

"达普数据的问题已经快被解决完了，系统越来越稳定，以后我兼职维护就行，基本上这边可做的工作越来越少了。"

"我们其实还有更大的发展宏图的，达普数据以后要做大规模推荐系统，怎么可能少得了你的活儿？"

"嗯，我其实想和岳风学AI。"

我败下阵来，没搞定。我回去和苏穆棠说了一下米菲的情况。"如果米菲不过来，你会让他和岳风学AI吗？"

"我will直接开掉他！"苏穆棠平静得就像一池春水。

米菲的毕业学校比较一般。岳风老师看北大清华的毕业生都觉得渣，我觉得四小强都不一定会被他看上，别说其他人了。

"你这样做米菲会受不了的，他其实还认为自己是团队的核心呢，这和他预期差别太大，你不担心他怒了？"

"他所能做的事情就只能是伤害达普数据，他可以删掉所有达普数据的服务器数据。但是他没有碰过我这边项目的任何代码，所以对我这边并没有任何威胁，所以是你要提防，而不是我。如果我是你，今天立刻开掉他，立刻就赶走，电脑收掉，所有账号切掉。"

"我擦，这么狠。"

"这很正常，我们在谷歌都是这么做的。所有被裁员的员工，员工被HR叫到会议室，HR通知裁员，等回到座位，电脑就已经不见了，员工卡也立刻失效了。HR会有人陪着他收拾东西，立刻离开。"

昨天晚上，研究院秘密召开紧急会议。有20多位"责任经理"参加，我才清楚了整个裁员过程。3月6日启动计划，7日讨论名单，8日提交名单，9~10日HR审核，并办理手续，11日面谈。整个过程一气呵成。今天就是面谈日。在B座一层的两个小会议室。进去的人，领导首先肯定他过去的成绩，然后解释战略裁员的意思，然后告知支付的补偿金数额，然后递上所有已经办好的材料，然后让他在解除劳动关系合同上签字。平均每个人20分钟。被裁的员工事先都完全不知情。在面谈之前，他们的一切手续公司都已经办完，等他们被叫到会议室的同时，邮箱、人力地图、IC卡全部被注销，当他们知道消息以后，两个小时之内必须离开公司。所有这一切，都是在高度保密的过程中进行。

——《公司不是家》

当然，公司这么做也是有道理的。政策制定的底线一定是由道德阈值最低的人决定的。一定也出过血的教训，才让这么多的公司面对裁员的时候如临大敌，才需要做得如此滴水不漏。只不过，这些做法，会让很多牺牲自己个人休息和家庭时间为公司付出，对公司投入过自己感情的员工伤心。

"我再去试试吧，毕竟是一起努力奋斗过的，没有必要做成这样。"

"你去再try一次，if you搞不定，我下午就去通知他被裁掉了。"

"你为啥搞这么急？我快要被你逼疯了。"

"他很快会知道的，你去拉了他，他没接受。但是所有我们这边的活动，我都不会去叫他去参加的，所以他很快就会发现他哪边都不在，他很快会意识到他不属于任何一边。到时候他来问我，我不会说谎的。所以既然你都已经开始做了，就尽快做彻底。"

"如果他不答应，你立刻开掉他，我连交接的时间都没有了。"

"It's your business，你需要自己去解决。"

第二次拉拢米菲只能成功不能失败。我从两个方面提高拉他的成功率。第一，给足够的股份；第二，给足够的尊重。

经过大概30分钟惊心动魄的画黄金大煎饼的过程，米菲被说动了。

我觉得脑力消耗极大，然后呆坐了一个下午养神。

底线

虽然脏脏不在名单上，但是我还是和苏穆棠申请拉一下。

"脏脏一开始就跟着达普数据在做了，各个方面都很熟悉，平时就是达普数据的救火队长，哪里出了问题，就可以扑到哪里去。而且对于客户端代码最为熟悉，团队里无出其右。你不能不让我拉脏脏，即使你先把他调出去了一段时间。"

苏穆棠犹豫了半天，终于说："可以，你去try一下吧。"

然后不出苏穆棠所料，脏脏不为所动，我没有拉过来。

苏穆棠得意地教育我说："你要知道每个人要的是什么，有些人要的是money，有些人要的是reputation（名声），有些人要的是learning opportunity（学习机会）。你必须知道他想要什么，才能拉得动他。"

我心里想：厉害，瞬间就装上×了。然后做出谄媚相，请教道：

"我要的是什么？"

"你有一点野心，但是你还是没有足够的魄力。If you有青皮的那点狠劲，达普数据很放心地交给你。"

我又问："你要的是什么？"

"我和岳风要的都是experience，我们其实并不太看重money。岳风已经财务自由了，他压根不看money。我如果要money，我会在加州找一家B轮后发展势头很好的公司，进去一两年上市，然后股票套现离开，那样可以很快赚钱。"

我点点头："这个招不错，嗯嗯，这不就是用PE的概念找工作吗？"

"But你need to know哪些公司真的发展好，而不是看表面的报道，你如果在湾区没有足够的年头和人脉，根本就不可能知道。"

我又问："脏脏要的是什么？"

"脏脏只是想要和斯干泥、耗耗一起工作的机会。"

"哦，原来脏脏要的是搞基。"我心里想："擦，这就难办了。"

但是脏脏还是很重要的，我不能就这么放过他。

于是我重新认真准备了一下，重新构想了饼的大小、色泽、气味和口感。重整旗鼓，又拉脏脏聊了一个小时。

脏脏开始有些动摇了，我感觉有戏。

苏穆棠当天晚上10点愤怒地拨打了我的电话。

"From now on，你不许再去骚扰脏脏了！"

"脏脏一直都是达普数据的主力，你把他调过去，然后就不许我拉了，这不公平啊！"

"你去外面市场上拉，拉外面的人才Create Value。你不要老想着什么都从我这里要，这不Create Value，我们之间Fight with each other，最后是两败俱伤。"

"你们有岳风老师这面大旗，想招新人还不是分分钟的事情。相比而言，我们其实没有那么容易，想要从市场上找到类似脏脏这样背景的人会很困难。"我坦言道。

"岳风回来就去学校做Talk，清华北大都做了几场，他拉到了几个人？其实没有任何效果，so我们招人一样难。"苏穆棠停了一下又说："This is the last time！不要再去骚扰脏脏了。他现在很痛苦，他不想去你那里，but你反复地一直去说一直去说。你搞得他很痛苦，不要再去搞他了。"

"唉，好吧，我尽量不再搞了。"

"For all the rest people，你只有一次机会去拉，拉不过来就我来处理。最后再说一遍，别动我这里的人了，这是底线。"苏穆棠恶狠狠地威胁我，每一个字都加了重音，要不是有比较重的山西口音，还真挺像港台黑社会。

郦诗

第一次拉郦诗失败了。

郦诗说："不要这样，我们虽然有两家公司，但其实还是一个团队，我做HR，难道不可以同时为你们服务吗？非要分在哪个公司吗？"

我说："哎，我之前也是这么以为的，但是苏穆棠说得有道理，是我考虑不周，确实需要分出来，否则VC不会投我们的。"

"好难决定啊，两边我都喜欢怎么办？"

"说不定两边骑墙，可以拿双工资？"

"哇，那太好了。"

"想得美。"

"唉，好难选。"

玩笑归玩笑，其实拉不过来。苏穆棠那边有四小强，郦诗青葱少女，早已成了斯干泥的花痴。

然后我就和苏穆棠说了一下，郦诗我没有拉过来，不过HR这边还好，我还有别人可以暂时接手，所以也不是很急。

两周以后，苏穆棠把郦诗开掉了。

郦诗找周稳哭了好几天，周稳那几天没有干别的，就是做暖男。

我找苏穆棠说："这样不太好吧，两个月前，郦诗本来要回去写毕业论文，参加毕业的，当时我们没有商务了，所以尽全力把她留了下来。现在转眼就把她开掉岂不是有些不近人情？"

"这是我们之间的事情，她既然refuse去你那里，这件事就和你没有任何关系了。"

"我考虑一下，或许我会去试试，再招郦诗进来，我觉得就这样赶走她，有些不忍。"

"那是你和她的事情，和我没关系，你不需要来问我。I don't want to know。"

我去找卉烟商量，卉烟说："郦诗有天然的亲和力，任何人通过郦诗来了解我们公司，都很容易对公司产生好感，这对我们之后招人很有帮助。我建议把郦诗留下来。"

"好的，我再去拉一下。"

古训道："慈不掌兵、情不立事、义不理财、善不为官。"

日后复盘来看，我的格局偏小，总是纠结在这些小事情上，希望对每个人做到公平，我的层次基本上和菜市场门口评价街坊邻居八卦绯闻的大婶打平。

苏穆棠觉得"MO"项目不需要商务人员了，那么郦诗的value就远小于cost，正确的选择应该是开掉，于是就快刀斩乱麻把她开掉。苏穆棠一切以公司利益为重，以股东利益为大，成功地达到了黑心私营煤矿小老板的层次。

如果是一家大外企，公司会建立一套HR评价流程体系，郦诗会参加一系列HR考核，考核结果是郦诗对公司的实际发展贡献度没有达到公司预期，进入观察期。观察期截止时，正大光明地进入离职流程。

如果是马云，会召开一个员工大会，宣布公司进行战略转型，会上慷慨激昂，声泪俱下。然后宣布裁员，同时宣布，公司进入紧急状态，由996上班制改为007上班制。号召团结一致，共渡难关。全体员工群情激奋，发誓新产品做不出来誓不回家。裁员员工和在职员工抱头痛哭，纷纷表示，认同公司价值观，加入轻鼎智能离职人联盟。公司HR向天起誓，公司情况好转将随时邀请被裁员工重返公司大家庭。

对于郦诗来说，当时自己需要去参加硕士毕业，但是为了公司当时的实际情况，她选择延迟毕业一年。成熟或者世故一点的做法应该是趁机提出自己的条件，不管工资还是股份，总之要及时匹配自己的损失。

后来听说，郦诗被开掉时拿到了令她满意的补偿。从苏穆棠的角度来说，已经做到仁至义尽了。当然，我猜郦诗应该还是觉得委屈，否则不至于连哭好多天。

仁者见仁，不同的价值观令我们做出了不同的抉择。

孰是孰非，争执起来只会变成一出罗生门。

员工和公司的关系，就是利益关系，千万不要把公司当作家。当然，这不是说我工作会偷懒。我仍然会好好工作，我要对得起联想。同时，我也觉得联想没有欠我的。联想给了我这么好的工作环境，这么好的学习机会，还有不错的待遇。但，公司就是公司，公司为我做的这一切，都是因为我能为公司做贡献，绝对不是像爸爸妈妈的那种无私奉献的感情。认识到这一点，当我将来离开时，领导会肯定我的业绩，我也会对领导说谢谢，不再会感伤。

——《公司不是家》

还有那些失败的

拉人当然有失败的案例，而且总的说来，失败比成功的多。

第一个失败的就是损友伯爵，我和伯爵说，我现在要出来单干了，老兄你出来帮帮忙吧。伯爵在那个知名但不停走下坡路一直死不掉的手机公司待了8年，升职到了技术岗最高级别。我说，你反正也升到头了，不如出来我们一起开拓新的未来。但是伯爵明显没有那么天真烂漫，骗起来好难。

伯爵说："公司在走下坡路，一直在裁员，说不定就会裁到我了。如果裁到我，你想想，我直接就财务自由了。跟你去苦哈哈地创业，我也没病。"

"你丫等了快两年了吧，怎么都没有裁到你？你没想是为啥吗？我是老板，我也不会裁你，让你财务自由？凭啥，要我是老板，宁可给你换岗去扫厕所，也不能出这么大一笔钱让你财务自由。"

"只要有一丝希望，我就要继续等下去。"

"你丫的不可救药了。"

"不过，我在精神上支持你，尽情追逐梦想吧，创业者！"

"谢谢，来点实际的，今天晚饭你买单，我木有工资好久了。"

拖拖也是失败的案例，当然，我拉的时候也就是意思一下，因为压根没想过可能成功。他的同学都在"MO"那里，他不可能选择另外一家公司。我猜这也是为啥苏穆棠提前两个月把脏脏调出达普数据项目组而留下拖拖的原因。脏脏是可能会被我说动的，而拖拖完全没有这个可能。

果然，失败了。

有个清华毕业的有丰富大数据经验的哥们来面试，全优通过，但是没有吃我的画饼。好说歹说，都拉不过来，只好放弃。然后苏穆棠出击，三下五除二，就拉到了"MO"那边。脱离了苏穆棠，我对顶级学校毕业生的吸引力骤降，这是事实，也无可奈何。我预感以后北大清华的毕业生很难再被吸引过来了。

我还动了一个本科同宿舍同学的念头。我的这位同学，毕业后一直在SUN，Oracle这种外企研究院瞎混，我拉他来创业小公司，他还蛮动心。不过他的工资太高，打个五折也比我公司里现在的最高工资高不少。一天下午，我把他拉来公司看了一圈，然后给他画饼顺便忽悠他拿低工资。

我发现这个过程非常艰难。面对这么多年的死党同学，画饼的时候有些下不去嘴。当你了解他的一切，他没结婚的时候你就认识他老婆（当时是女朋友），后来还抱过他女儿，知道他有多少房贷，有事没事都可以去他家蹭饭的时候，忽悠他拿一个低工资变成了一件极其艰难和难以启齿的事情。

第十二章　团队重组：人才是最重要的

他倒是洒脱："为了一个梦想么，可以试一试，总是需要牺牲。"

我想了想，犹豫着说："好的，你先准备一下，等我这边投资到位，你再辞职。"

失败还有很多次，创业的过程，每天都有一些成就，但是更多的，每天体验的都是被拒绝。每个人都觉得创业者高大威猛，光辉灿烂。其实他们经历了更多的质疑，更多的失败。十次失败才收获一次成功，只是，通常你看不到那些失败。

签 合 同

一天我和苏穆棠汇报，说已经把人拢得差不多了。第二天苏穆棠就准备好了两份合同。他安排了一天，让大家集中签。两份合同，一份从轻鼎智能自愿离职；一份加入达普数据。

"需要这样吗？我们可以等真的把投资什么都搞定以后再签合同啊。"

"Sooner or later，迟早要做这种事情，就应该立刻做。You only have once chance，决定投不投资主要就看你们的决心。Not only你个人的决心，but also你整个团队的决心，如果VC问你，你该怎么说，只有你一个人签了合同？其他人都没有签？那这个团队对这个产品到底有多少信心？到底有多少人愿意真心地投入？"

苏穆棠又说："这种事情你都不用care，你该去干吗就去干吗。这种事让行政找大家去sign（签字）就完了。很快，一会儿就签完了。"

"如果最后投资搞不定怎么办？"

"我们把两份合同一撕就行了，不会有人知道这件事情。"

我和卉烟说要签合同，卉烟说，这种事情我还是得在现场。签字是大事，如果我不在现场，相当于没有个官方说法。大家心里会有怀疑，怀疑会酝酿继而引发私下讨论，进而可能转化为群体性事件。吓得我一头汗。

事实上，也确实是这样，确实有同学对此产生了质疑。

其中最果断的就数芙洛了，直接说不愿意签。我一想，芙洛当时在孕期，再有几个月就要生宝宝了，希望稳定一些是人之常情。而且如果VC要看团队有多少人签，多一个少一个也是无所谓的事情。于是我和苏穆棠说芙洛就算了，苏穆棠当时满口答应下来。

没想到，第二天一早，苏穆棠见到我就进入暴走模式。

我有点晕："等等，你干吗这么激动？这个只是个小事情，芙洛生孩子前希望稳定一点，这个很容易理解啊。"

"这个不Work！拿着我们的合同，拿着我们的salary，干着你们的活儿？这完全不work！不应该这样！不合理！芙洛必须签，除非她立刻暂停达普数据的工作开始做MO的事情。芙洛必须签！必须签！这像什么话！"

"我真是越来越搞不懂了。我觉得芙洛现在怀着孩子，有这样的担心完全合理，我们化解她担心最好的方式就是先不签。多一个人少一个人，VC会管到这么细致吗？"

苏穆棠沉默了一会儿："All right，看在你的面子上。But，到了7月份，if芙洛还没有签合同，那她必须立刻去做MO的事情！"

团队已经差不多了，虽然有一肚子的问号和不安，我还是需要收拾心情。接下来，需要集中精力搞钱了。

第十三章

死亡融资：

惶恐皆零丁

雄关漫道真如铁

很多人总结CEO的作用就是三条，找人找钱找方向。方向我们不用找，人找得差不多了，接下来就剩下找钱了。

前后见了38家VC，很多见了好几轮，还有一些见到了合伙人，但最后总是棋差一着，死活就是没有人扔TS（投资意向书）过来。

之前在Gtec全球创业大赛获奖后，下台一堆VC的投资经理拥上来发名片，求约。我都气定神闲地装×："对不起，我们不缺钱。"两个月不到，风水轮流转，我再去找VC的时候，一夜之间，地位互换。当然，基金经理还是很愿意聊项目的，他们的KPI就是聊项目嘛。只不过基金经理只是个敲门砖，他们聊完说不错，很看好这个项目，想尽快推进什么的其实都没有什么卵用。

苏穆棠说："TS or No。"意思就是如果一个项目聊完对方没有给TS，说的不管是"我们讨论一下""我们消化一下"，还是"我们很感兴趣，会密切观察一段时间，有任何情况都随时沟通"，意思本质上都是"我们完全不看好你这个SB项目，赶紧滚蛋！"

第一轮

要拉投资首先需要自己做一个估值，我已经习惯去找苏穆棠商量所有的事。于是去问他，达普数据估值报多少合适。苏穆棠当时正在座位上看Paper（论文），听到我的问题，歪着头想了一下，然后脱口而出："Two亿。"

我一听打了个机灵，感觉自己的银行账户里好像真的哗啦哗啦打进去两亿现金，屁颠屁颠地跑回去了。心里开始盘算两亿出让15%就是3000万。这么多钱怎么花啊，可以狂招些人来了。

理想总是美好的，现实总是骨感的。我第一次在一家美元基金爆出这个数字后，我明显感觉到屋里气氛不对了，对面坐的俩人嘴巴张大，我观察口型，感觉一个"SB"要呼之欲出。还好对方是比较斯文的人，只是直白地说："你出去转一圈看看行情吧，你这个估值，算了，你走走走吧……"

我回来找苏穆棠："不行啊，被轰出来了。"

"why？"

"估计是估值听起来太不靠谱，现在是资本寒冬啊。"

"你自己看着定吧。不过，actually估值并不重要，拿到钱才是重要的，我们融A轮其实是主动降了估值融的。当时对方想让估值高一些，多占些share，多给些money，被我拒绝了。我和岳风说，我们要那么多money没用，干吗要那么多money呢？我们只需要有一年可以烧的钱就够了，我们每年都应该去市场上融一次，探探行情。So，钱只要够就行，不要贪心。而且估值太高肯定不是好事，下一轮就会很吃力。因为万一今年没做好，估值太高就可能down round，这个时候之前的投资人就会给你施加极大的压力。"

"哦，好吧，你说的真他妈有道理。"我心里想。

于是，我打了个五折，压了一半的估值，一个亿，出去市场上转了一个月。过了一个月，我又压了一半的估值，5000万。

从5月中旬决定独立开始，大概用了三周搞定团队。然后6月第二周开始认真找投资，到转完第一轮VC，7月第一周已经结束了。

我之前不知道一轮融资周期需要一个月。第一周接触投资经理，投资经理们说好的，我听懂了，我回去上会吧，一般会是下周一上会。上完会后说我们会上一致看好，这样，你们下周某天过来和合伙人聊一下。于是，半个月过去了。约的是下周，那么见完合伙人，三周过去了。合伙人说，我有兴趣，但是我需要和其他几个合伙人商量一下，下周给你答复。等到下周说："我们有两个重要的lp（合伙人）在美国出差或者我们需要再观望一些时间看一下数据或者我们很看好这个项目但是……"的时候，一个月已经到了。

到这里这个流程才算走完，你也才正式地走完从试试看到期待到强烈期望到焦急等待到瞬间打落地狱的完整心理过程，从而知道这家VC没戏了。当然，也可以同时聊很多家VC，实际上，所有找钱的也都是这么做的，所以，最后那周就是不停地接受打击，堪称死亡之周。一个CEO朋友说，就像黑暗中几个小火苗，一会儿来一个电话扑灭一个，一会儿来一个电话扑灭一个……等最后一个火苗被扑灭，整个世界忽的一下黑暗下来。

成功的融资或许不是这样的，我们整天看到新闻上说的10分钟搞定千万投资，轻鼎智能天使轮也是半个下午就搞定的。不幸的是，我所见过的VC基本都是这个套路，走的这种流程也全是失败的经验，以至于到后来这种流程走到一半我心里直接就觉得这个投资可以判死刑了。

第一轮走完以后我被判了一大堆的死刑，这个时候已经到7月第一周了。我找苏穆棠商量说，我需要再找一轮，我还是很有信心，但是你定的7月底的这个时间点不行的，到7月底这一轮的反馈还都没有结束，我已经Over了。

苏穆棠焦虑起来，说你凭什么believe再来一个月就可以拿到投资。

我说首先自己感觉越来越好，不像最开始那样讲BP讲得磕磕巴巴，我已经讲得越来越纯熟，而且已经摸到一些融资的门道。第二我准备找FA（财务顾问），FA可以帮忙扩大接触VC的覆盖面，市场上2000多家VC，总会有一两个眼瞎吧。第三，我打算把估值再压一半，现在估值就5000万了，其实就是一个大天使了，这总该没有问题了吧。你看，我们最开始只有两个人的时候估值4000万，很快融到。达普数据做了这么久，产品也成熟了，都有这么多客户了。那句话怎么说来着，天使看团队，A轮看产品，B轮看数据，我们数据都有了，而且增长很迅猛，这完全是一个B轮的样子，我用一个天使的价格去融，哪有融不到的道理。

苏穆棠说："我need to和岳风聊一下。"

大概一个小时后，苏穆棠请示完回来了，说："岳风听了你这边的情况后，很angry，很生气！"

我听到这个就有点内伤，你说这哪儿说理去，他生哪门子气啊？

"我们以前认为你拿到投资是没有问题的，but现在看来是有问题的，你确实不一定能拿到投资，那我们得有一个底线来protect我们自己，一旦你拿不到投资，What should we do to protect我们的利益。"

"你再给我一点时间，我之前不懂，融资是个很长的过程，这打一个照面来回，一个月基本就过去了。两个多月要把钱拿到看来真是做不到。"

"我们不能无限地help你，总要有个底线。之前说的7月底是你同意的对吧？"

"对对，我是同意的。但是我当时什么都不懂，如果是再来一次，我肯定不同意。"

"你已经同意了的，OK？我们所有人都有很多不懂的事情，所有事情我们当然都要学习实践后才可以懂，我每天也在make mistake，犯无穷多mistake，但是事后再说这些都没有用。我们应该把目光向前看，The most important thing is以后怎么做，只是想以前什么做错了有什么用？"

"好吧，那你说现在应该怎么做啊？你们可以再帮忙给我们些钱多撑一段时间，让我把这一轮VC都见完吗？毕竟你也有这么多股份在这里呢。"

"就是因为我有股份在，所以之前一直无条件地帮你。岳风和达普数据没有attachment（关系），but I have。所以我还会继续再帮你，但是你要知道，这必须有baseline（底线），我不可能永远帮你。所以现在给你的条件是7月底前你拿到一个口碑比较好的VC的Term Sheet，我们可以再支持你一个月的资金。你不需要立刻Close。"

"这其实和之前的条件差不多啊，还有三周，我觉得够呛啊，他们估计都来不及做决定。"

"完全不一样，之前让你搞定钱，现在只是Term Sheet，OK？我觉得Term Sheet这种东西哪怕是第一次见，如果喜欢的话都会给。你想想我们去真格的时候，就一个下午就给了。还有我们A轮的时候，他们也是很快就给了，如果Term Sheet这么久都拿不到，那我觉得你一定也拿不到钱了。"

好说歹说苏穆棠再也不肯再后退一步。不过好歹也争取了一点点利益过来，总比完全没有收获的好，时间不是还有吗？

"这样，我从岳风那里又帮你拼命争取了一下。如果你实在不行，我个人觉得in the end我会给你一笔补偿，after all，你也算是公司元老了，而且一直没有拿salary。岳风那里我一定会尽最大努力帮你争取，作为公司的CEO，我肯定是感谢你对公司从一开始到发展壮大的这段期间所做出的贡献。这笔钱大概有30万。你离开后应该可以支持很长一段时间的生活了。"

这一刻，我其实有点感动。这个数字几乎接近这次融资额的百分之一了。自从我答应分拆，苏穆棠和我握了手以后就像是变了一张脸，每天横眉竖眼锱铢必较。完全没想到，他居然会主动帮我争取到了一笔遣散费。这一瞬间，我仿佛又回到了一年前那朝夕相处，共同加班打拼，互相鼓励支持的岁月。

现在回想，当时我表现出很感激的样子不是一个成熟的做法，毕竟轻鼎智能刚拿到投资的时候，苏穆棠劝我降股份时给我算账："You know，你赚大了，按照这一轮的估值，即使降了股份，你的身家已经almost 800万美金了……"所以，理性的做法应该是不动声色地问："这个数字是根据什么算出来的？我觉得应该这样算……"然后扔出去一个很高的数字开始撕逼。

利益是勇敢的人争取出来的，而不是靠可怜施舍出来的。有拼命争取的过程对双方都是好事，因为如果没有任何迟疑，对方也会狐疑是不是这个数字自己亏了进而开始自我否定，这样就难保过两天对方再想出新的理由和算法推翻自己上次的承诺。

每一次谈判，都需要保持敏锐的嗅觉。要迅速洞悉什么是对方心底深处真正想要的，什么是可以争取的。任何妥协都是需要有其他利

第十三章　死亡融资：惶恐皆零丁

益来交换的，否则你觉得退一步海阔天空，其实对方会觉得是不是自己主角光环附身，汤姆苏附体，那就索性再前进三步试试。

"Of course，你也可以自己投钱进去，这样够你们团队再烧一个月了。"苏穆棠说。

"确实，你说得对。"

"So，do you think到时候你会投进去吗？"

"会的。"我一秒钟都没有迟疑。后来每次想起来都有点佩服自己。

"Actually，我个人建议你不要。"

……

我觉得苏穆棠真的早就不看好达普数据了。

第二轮

第二轮我找了FA帮忙，而不是自己去朋友圈里乱找。

我同时找了华兴和以太两家机构一起上。华兴很快给了回复，说是上会没通过，不接这个单子。我一下就蒙圈了，因为FA这种类型的生意是只赚不赔的，对于FA来说项目当然是多多益善，因为融得到的一定赚钱，融不到的话顶多不赚又不赔钱。这是有多不看好我能拿到投资啊？我们好歹也拿过Gtec全球创业大赛大奖，那是一堆顶级投资人给评的分好吗？

但是我还是真诚地问了一下："为啥不通过，什么原因。"

"两点，第一是一个亿的估值太高。"

"这个没问题，我们已经决定调整了。"

"第二，轻鼎智能占比太高。"

"你们觉得多少合适？"

"不要超过15%。"

"这个有点难啊，第一年其实轻鼎智能80%的资源都投入到达普数据了，他们占这个比例其实也是应该的。"

"枪泥，你知道还有一点是什么吗？你是这个公司的CEO，你需要为这个公司负责，你需要想尽一切办法去为这个公司争取利益。你有没有意识到？你已经不是轻鼎智能的联合创始人了，但你的角色还没有转化过来！"

"……"

幸好以太通过了，如果以太也不接单，我可能当时就放弃了。如果连FA都一致不看好，我哪还有勇气去找VC。如果一条街的婚姻介绍所看你一眼后异口同声地说："对不起，你的生意做不了，我们没有信心。"估计你也没有勇气去找对象了。

以太专门负责我的项目的FA是一位名叫蜜蜡的90后美少女，我称她为蜜蜡老板。蜜蜡老板颜值颇高，第一次见的时候，我惊为天人，很想问她是不是刚从维密走Show回来的。蜜蜡美少女老板是一个很热心的FA，陪我跑了不少的VC，聊完以后帮我收集反馈，然后总结成可以改进的点帮我复盘。

蜜蜡老板发现很多VC的反馈很统一：这个叫枪泥的CEO没有其他CEO那种气势，说起话来像是没有自信。

确实有道理。我从小说话都小心翼翼，生怕出什么漏洞。对方问一个问题，我往往会先反应3秒才会回应（处理器太慢）。上大学的时候有同学认为我反应慢，智商可能有硬伤。这毛病一直改不了，没想到今天吃了大亏。

一次，我和苏穆棠说投资人每次问我为啥分出来，我自己讲并没有说服力，这家VC我很看重，他在美国还投了我们的老师BHData，要不这次你帮忙救个场，解释一下为啥分出来。

苏穆棠帮完忙后直言不讳地说："我觉得你很有可能拿不到投资，你没有激情。有些东西VC是不会和你说的，你必须自己意识到。你Present的时候好像你自己都不完全believe，这样VC凭什么会投钱。你看我Present时的状态，你没有那种气势，VC怎么能信你？VC其实什么都不懂。他问什么你都犹豫半天，你一犹豫就完蛋了，你要坚决地说这个不是problem，即使我现在不知道怎么解决，但是也肯定不是什么problem。VC他根本就不知道这个是不是problem，他就是看一下你的态度，你的反应。你根本不需要去想怎么去回答，你就坚定地告诉他这个不是个problem就好了。这种东西VC他不会告诉你，不管你自己到底信还是不信，你都需要在他们面前表现得很坚信。"

"我可能没有你那么闪光的背景背书，所以投资人不看好。"我有些受打击。

"Background是一方面，但也不完全是。你看青皮的Background没你好吧，但是他也融到钱了，你好好想想青皮平时说话的那种状态。"

我想了想，觉得还真是。

忽然很有负罪感，这个项目可能会因为我的融资能力被拖累。没想到自己成了公司的瓶颈。

关键问题

复盘一下融资中的关键问题：为什么我融不到钱。

我不会谈判，不是一个销售型的人确实是个问题，这也没有办法否认，30多年了，想改也不是一天两天能改过来的。但是我觉得这应该不是最关键的问题。

最关键的问题是盈利点在哪里，怎么收费？投资是为了获得收益，如果收费点不明确，盈利点不清楚，确实很难拉到人投资。

达普数据怎么赚钱，一直是个没有解决的问题。而且，就算我们的老师，硅谷的BHData公司也没有赚钱。我们绞尽脑汁，想到了一些赚钱的可能性，但是目前还没有时间验证。我们想到的这些方法需要足够大的用户基数才能试验，但目前没有办法积累到那么大的用户量。我们需要时间，但是已经没有时间了，因为时间需要钱来支撑，我们没有钱了，想拿钱需要有盈利模式，想验证盈利模式需要有大的用户流量。我们进入了死循环。

另一个问题是我们的技术还比较薄弱，都是对用户需求一些讨巧的解决方案。其实存在更直接的解决方案，就是手机厂商从操作系统来解决，这样会比我们的解决方案简单高效一万倍。我之前就是做操作系统的，深知这个问题。每次安卓、苹果发布新操作系统的时候，我就担心得要死。

苏穆棠对我这个担心嗤之以鼻："这从来都不是一个technical的problem，这就是一个sense的problem，为什么这么多年了，Google和Apple都没有做，我认为以后他们也不会做。"这个理由其实并不能让我放心，而且即使Google和Apple都像苏穆棠预计的那样没有sense，能保证小米、锤子、Oppo、Vivo这些全都没有这种sense吗？一旦一家具有，剩下的很快也会有。那时候，我们的死期就到了。在我见过的所有VC中，只有两个人看到了这个问题，在这里表示一下敬意。

公司快死的时候，我快要急疯了。拉着团队讨论转型，讨论赚钱，讨论盈利模式。因为我们有技术，每天有几百万条数据，有上千用户，我们可能获取收入的一个方式是进入一些黑色地带的APP下载市场。而且我们的体验和数据准确性会更好。但是团队有人表示反对，干这一行，体验和数据准确性重要吗？我仔细想了想，好像也不是那么重要，那我们现在所积累的东西好像也没什么卵用。

团队无法对转型达成一致，时间一天一天过去，剩下的时间，好像转什么型都来不及了。

当然，这也和市场环境有关。前两年的时候大家并不在意收入，市场充斥着零收入的公司和阿里巴巴的成功故事。先做用户，先占领市场才是所有人都接受的价值观。如果你在那个时间点讲述一个收入的故事，会被耻笑为一个传统企业，而不是互联网企业。

但是风向变得太快，一不小心就被闪到腰。你刚刚按照标准的互联网模式建立一个公司，忽然发现大家都开始问你的收入和盈利。我也是有点背，融资的时候，一篇文章正在朋友圈发疯一般传播："世界不一样了，别再跟我说太多增长和GMV（成交额）。"此时VC也开始讲类似的调调："你说的增长我们知道了，但是你怎么样才能收支平衡？"我回答不出这个问题，自然没法拉到投资。

当然，每个人都在学习。VC是个有学习焦虑症的圈子。最开始的时候，大家是看收入、盈利的，大家认为这些是最重要的。所以，阿里巴巴和腾讯早期的融资拿得那么困难。

大概十几年前的时候，我老婆在一家著名大学的商学院上研究生，我陪听了不少课，还记得有天上课的时候一个教授讲到了当时风生水起的阿里巴巴，他说："阿里巴巴那个公司我去考察了，什么都没有，没有厂房，没有工人，就是一个空壳，这样的公司没有核心价值，迟早要完。"

当时有这种想法的人肯定不是少数，否则阿里巴巴也不会在国内拿不到钱，最后拿软银的投资。后来，等马云发达了，大家才发现："我擦，可以这么玩。"然后，大家疯狂地投所谓的互联网行业，投那些几年赚不到一分钱的公司，这在当时就是潮流。再之后，大家忽然发现，并不是所有不赚钱的企业都能成功，更大的概率是死亡，投资全打水漂。大家惊醒过来，纷纷表示不赚钱是不行的。我们正好处在了这个尴尬的时期，处在了这个尴尬的阶段，需要拿没有赚到一分钱的达普数据去找投资，真是一件找虐的事情。

以后风向会不会再变过来？我觉得还是有可能的。需要再出现一批类似成功的企业，讲类似的故事。比如，一开始，某家公司是不赚钱的，一分都没有，但是有一家VC没有放弃，整整投了10年，投了10年没有赚一分钱。市场上相关专家纷纷指责这种SB公司和SB VC的SB故事。可是忽然之间就被打脸，公司开始赚钱，而且赚了潮水一般的钱，再然后就上市了，市值翻了一亿倍，成为一段佳话。如果再有一个这样的例子，VC们又会回到不看收入不看盈利的路上来的。

可惜的是，我们可能活不到这一天。

给力的对手们

自从把BP挂在FA的平台上告知天下我们要开始融资的时候，大流量DDOS攻击就一刻都没有停止过。DDOS攻击就是有人花钱买很大流量不停地攻击你的服务器，造成你的服务器反应很慢或者用起来很不稳定。这是一种比较下三烂没底线的商业竞争手段，但是往往对互联网公司非常行之有效。

以至于每次我给VC演示都需要祈祷一番。幸运的是，大部分演示我都混过去了。当然演示时所体现出来的性能和速度还是大打折扣。而当我们决定停止融资后，DDOS攻击就停了下来，竞争对手一分钱都没有浪费，时间点把握得非常之妙，我几乎忍不住要喝个彩。

蔡文胜

中关村艺术创业中心原本是一个50余年历史的棉麻仓库，因为地理位置极为优异和老旧建筑所散发出的独特气息，这些年来，一堆艺术从业者蜂拥而至。具有浓郁小资情调的艺术家们和建筑物的信息叠加后形成正反馈，又吸引着同样小资情调的VC和创业者们。

一天，见完一家投资机构后，蜜蜡老板说："晚上有个局，我再给你介绍一个行业巨头吧，隆领的王总，私人关系。"

蜜蜡老板还是很适合做FA的，天性喜帮忙，可有可无的忙也一定要先帮为敬。

当晚从中关村打车过来，堵得天昏地暗，足足两个小时。

进入园区后，七拐八拐，来到一座漂亮的欧式小楼前。

跟着蜜蜡老板进去，一层是一整个大活动室，没想到红杉和真格的投资经理们正组织德州扑克大赛，真是太有缘了。在门口碰到了真格的PR总监，寒暄了一下，往里走，没想到又碰到了徐小平老师。徐老师大老远向我伸出手来，我赶紧赶上去一把握住。

"对了，你叫什么来着？"

"我叫枪泥，叫我小枪就好。"

"枪泥你好，玩得开心点。再见！"

身后的电梯门突然打开，有人出来接我们上楼。我跟着蜜蜡老板往里一直走，穿过大厅，看到一位气宇轩昂的男子居中而坐。我想，这应该就是王总了，这气场绝了，就是霸道总裁的原汁原味感觉，可以去拍电影的。

我的产品介绍视频放到一半，王总就说，可以了，我明白你做的东西是什么了。你这个东西优点是aaaaa，风险是bbbbbb。

眼光端的是相当狠辣，是目前为止我见过的人里产品领悟力最强的。后来第二次见王总的时候，他跟我说了一个达普数据商业化的方式。几个月的时间，我也在不停反思，越来越觉得，最有可能商业化的道路就是他指出的那条路。

王总说："这样吧，我来安排见一下蔡总好了，蔡总周末回北京。"

三天后的晚上8点半，我又来到了这里，大概八点五十被接上去。上去后我才明白为啥安排在9点——前面还有个哥们在聊项目。而且看来安排得非常满，我走的时候发现后面还有人在排队等着聊。我不由得感慨：比你厉害的人果然比你还要努力。不知道这个约谈是不是排到第二天早上了。

蔡总讲话有些闽南口音，我听得有点晕，又不好意思老打断他，只能自己很努力很努力地去理解。

蔡总听完我的介绍后说："你这种我是不会投了。"

我："……"

"我以前投过一家，它是这个领域发展最好的，但是总共也没赚多少钱。你这种产品很难做大。即使你说的所有的过程都发展到最好，最后顶天也就是几个亿的估值，我投你的话赚个几千万对我来说没有什么意义。在我看来，To C的产品才有价值，你看美图秀秀有几亿的C端活跃用户，这些真实的活跃用户才是价值所在。To B的都是生意，你得一笔一笔赚钱，很难有爆发式的突破。再说你给APP做服务，你如果两年前来找我，我可能会考虑，但是现在，移动互联网的格局基本定型了，大部分APP都没有什么太好的发展了，你给他们提供服务能好到哪里去。现在用户都只会用那有限的几个APP，所以这个生态很难有大的发展了。"

回家的路上，虽然是夏天，我却觉得格外寒冷，不禁打了几个喷嚏。让我恐惧的事情，不是我有没有融资技巧，会不会融资谈判，而是这个方向到底还有没有前途。我之前一直觉得自己所从事的事业，一定是一个朝阳行业，康庄大道，是未来发展的方向。深深相信，从未怀疑。如果这条路本身已经日落西山了，或者就是一条死路，那么融到或是没融到资，到底哪一种才是好事？也许早点去死反而是更值得庆幸的事情。

我和苏穆棠以前偶尔也会和别人争论这个问题。很多人认为APP的流量将会变得巨贵无比，未来将是H5和微信的天下。我和苏穆棠据理力争，使出浑身解数来说明未来其实还是APP的天下。

> 我们不喜欢我们的信念被攻击得千疮百孔。但实际情况不是我们在我们的信念前竖起了一块挡箭牌，实际情况恰似对方在使用消音器朝我们射击：子弹落下，而我们听不到枪声。
>
> ——《确认偏误》

我们整个公司的逻辑和商业基础就是在为APP服务，不管是达普数据还是应用内搜索还是最新的MO项目。所以我们天生不愿意听到APP不行的消息。事实上它行还是不行呢，我现在觉得APP生态不行的可能性要大一点。

公司也有人聊起天来说到类似观点，我们都会努力从不同侧面去证实，APP一定会是胜利的那一个。苏穆棠曾经举过例子："APP还是H5这个争论好多年了，但是你看，APP并没有消失，其实在Google里，Android的创始人Andy Rubin早就说过，APP是包含了完整统一体验的一个软件服务，H5在用户体验方面永远比不过，所以未来一定是APP的。"

> 面对权威我们会将独立思考调低一级。面对专家意见时我们往往会比面对其他意见粗心许多。还有，我们会服从权威，哪怕是在理性或道德上毫无意义的地方。
>
> ——《权威偏误》

权威一定不会全对，但是权威对的概率还是要比普通人大一些。

面对权威，尤其是当他把你心里最担忧的东西赤裸裸剥落出来的时候，你内心会一瞬间接受那个阴影，连去反驳的勇气都没有了。之前，我们其实一直在用权威的力量去说服后辈和同事，但是面对眼前蔡文胜这样的互联网权威，我内心开始崩塌，开始接受自己最担心的那个未来了。

薛蛮子

蛮子老师是一个朋友介绍的，没有见面，加了微信，打了两个电话。

蛮子老师还是蛮给力的，洒脱率性不拘一格。直来直去，完全没有客套话的前奏，直接深入主题。好像每一句话都瞄着你的软肋过来的。我开始没有心理准备，被蛮子老师说话方式直接击中。那种感觉类似角斗时我带着一把匕首上了场，发现对方全身盔甲骑马冲我刺出一记骑士长矛。

"我找人问了一下，别人都说你这个服务是个伪需求，你为什么觉得这事能成？

"真格跟投吗？你们A轮那家跟投吗？什么？他们都不跟投，他们跑你让老子给他们殿后？

"小伙子，第一次做CEO吧！"

聊了一个小时，一身冷汗，狼狈不堪。觉得自己精心编织的一些套话完全没有起作用，现在回想一下，真是足够犀利，也是很佩服。

当问到估值时，蛮子老师直接骂道："这么个玩意儿值一个亿啊，你给我数数，怎么就值一个亿了？"

虽然如此，但第一次聊完后感到蛮子老师还是感兴趣的，因为他安排了一场技术评估会议。

技术评估会议之后，我再打过去的时候，蛮子老师没有了上次的那种犀利，说话变得非常客气。我心里暗想，坏了。

一年以后，一天晚上10点多，我正慢悠悠一边看电视一边刷微信，忽然收到蛮子老师的一条微信。打开一看，原来是蛮子民宿的项目介绍。他热情推荐我有时间去体验。

我感慨万千，很难想象他这样江湖地位的人还在亲自做这样细节的运营。我实在是没有什么理由不继续努力下去。

徐小平

这次融资我没有再去找真格。公司发展搞成这样，我自己有点考试不好没脸找家长签字的感觉。苏穆棠去找A轮投资也完全没有问真格是否跟投，我们不约而同地有同样的感觉：一开始拿了真格的钱就变方向，当时承诺的搜索产品到现在连个屁都没放出来，这实在是个不太好解释清楚的问题。

苏穆棠说和安娜（真格CEO）讲达普数据分出来的决定时，安娜全程沉默，没有一句Comments。我想，那当然了，你和安娜讲的时候已经决定拆分，而且基本分完了，所以当时是告知又不是征求意见，当然没话说了。

另一方面，我自己评估了一下。我认为我还是没有达到真格投资的标准。因为真格的投资逻辑主要是投人，一定是牛人才会投。

之前靠着苏穆棠的牛人背景，我可以狐假虎威拿到一轮。但是现在没有了苏穆棠，我是没有信心的。

> 真格基金不看未来、不看行业、不看模式、不看数据，就看人是不是行业中牛人。我们投资理念一如既往地不变，不投模式，只投人。牛人意味着学习力、工作力、影响力，所以我们不仅投人，还只投牛人，不断寻找牛人。
>
> ——徐小平

私下里确实听到有不少人质疑真格简单粗暴的投资逻辑。不过在我看来，这其实是种成本可控的投资策略。徐老师这样的名气，全天下的人都想找他投资，很多人都觉得白来的钱不拿白不拿。换句话说，如果不设门槛的话，估计会被全天下的骗子编造各种BP整天轰炸。据说现在每个月真格会收到一万份BP，已经够所有投资经理累到吐血。如果没有门槛，估计就得在二环多买几套房放BP了。

还有一个问题，创业是需要资源的。公司作为一个商业实体，对外在市场上拼杀需要有各种合作，各种合纵连横；对内，需要不停地吸引人才，不停地有新鲜血液输入才可以进一步带来资源，带来各种远见卓识。创始人没有一个牛人的标签，很难搞定这些合作，很难招揽这些人才。

> 创始资源是向下辐射的，无法向上。创业者过往的平台决定了他能调动多优质的资源。你以前是学生就无法调动老师，部下难以雇用领导，草根是很难雇到精英的。新东方、学而思的创始人都来自北大，是有"创始资源"因素在起作用的。
>
> ——徐小平

所以虽然真格投资的公司也会死，但是细想起来，完全没声没响就死的公司却也不多。基本上也都是有过一段轰轰烈烈的故事，也都获得过鲜花掌声臭鸡蛋，也都折腾得死去活来，也都曾经看起来有过气壮山河。BAT每年也有大量的项目死。创业，本来就是很容易死的一件事情。既然这样，徐老师投钱给牛人折腾当然要比给屌丝折腾要好。毕竟牛人数量小，屌丝数量大，给所有屌丝投资实在给不起，给哪个屌丝就面临如何挑选的问题。总不能出套题给大家做，那岂不是成高考了。再说，就算是出题，也一定是牛人得高分的概率大。这帮上过北大清华常春藤的人创业或许会失败，做题一定厉害。

王强

真格的CEO群里经常会有各种活动。通常是跟创业相关，比如和投资大佬面对面啊，创业公司如何做企业文化啊，如何做品牌定位如何做PR啊。但是有一天看到一个和罗辑思维联合举办的内部活动："王强讲《金刚经》"。

我对这样和工作无关的活动本来没有兴趣，但那天刚好上午和晚上在附近约了VC，下午空当，想有个地方待，就想着顺便再见见徐老师王老师也挺好的，他们讲讲佛说不定顺便大发慈悲一下，就把我拉出苦海了，于是就报了名。

没想到这场讲座别开生面，令人眼界大开。很多之前听过但是完全不理解的概念都有恍然大悟之感。比如什么是"苦"，什么是"空"，什么是"五蕴"，什么是"涅槃"，什么是"贪、嗔、痴"，什么是"缘起缘灭"，什么又是"清凉境"。

这些念头一经脑子，就不自觉又引起了思考："到底为什么创业？"回想起一年前、两年前的信心满满，朝气蓬勃，浑身上下无处不在的膨胀感。那时是万万想不到现在这种骑虎难下的窘境的。再往后会发生什么，对现在的我来说，就像个黑洞一样，完全没底。有种万物皆空的真实感。

我的另一个发现是，王强老师的知识库实在是令人震撼。他每讲一个概念，比如说"空"这个概念，他会讲"空"在古梵语里是什么意思，古梵语翻译成英语是什么意思，英语再转成中文是什么意思；古梵语直接翻译到中文古文是什么词，当时哪个人翻译的，另外一个人是怎么翻译的……他所有的知识全都连在了一起，形成了一张网。随意跳到网上的一个点，都可以从任何方向上不停地跳到其他概念和知识。我当时的感觉就是被拉到了一张知识的大网上，然后像坐疯狂老鼠那样，完全不知道下一个瞬间袭来的是什么样的知识点。因此，一动也不敢动，唯有深深的一脸崇拜。

我后来仔细考虑了一下，王强老师之所以能做到这样，首先是因为他读了很多书；其次是他都记下来了；最厉害的一点是，他还把记下来的东西关联起来，也就是说融会贯通了。怎么能达到他这样的层次呢，我感觉一般人是肯定没戏的，但是机器说不定可以。所以也许以后可以做一个AI系统，自动读很多书，肯定都能记住，然后再把知识点串联起来，这样，用的时候就可以随意链接了。

另一个收获是见到了闻名已久的罗胖。我是罗辑思维最早的用户，几乎从第一期就开始跟着听。见到罗胖后，我说："罗胖老师好，我是您忠实的听众，期期不落，而且反复听好多遍。"罗胖老师一脸欢喜，刚要张口说什么，我贱兮兮地加了一句："而且从来没花过一分钱。"罗胖老师有点尴尬地说："喜欢听就好。"

几个月以后，"得到"上线，我没能抵挡住诱惑，开始在上面消费。到现在为止，累计支付超过了2000元。

李开复

唉，没有联系过，可惜了。

众生

有位VC合伙人说："这个看起来不错啊，你这个团队也很厉害，可以做点事情的啊。这样，你觉得我少投点，来个200万，你能做起来吗？"

我说："可以可以，您投吧。"

他又想了想："不过你这个CEO有问题，嗯嗯，问题就出在你这里，因为你，我投不了。"

我心里想，擦，这么露骨，士可杀不可辱，我要不抢凳子跳起来跟你死磕算了。

他说："轻鼎智能30%，继续让你做3个月，按照你的burn rate来算，其实也就是不到100万的投资，算你100万，那你的估值就是100万除30%，算下来也就个300多万。你居然出来融5000万估值。兄弟，不是我看不起你，你这点账都算不过来，做什么CEO。"

我争辩道："不是只有三个月，之前做了快一年了。其实……"

"那他们不要了啊，他们要么？要再算，不要了，以前投入多少都清零了！"

有一家VC说："你家有房子吗？你敢把房子抵押做担保吗？敢我就给你投钱。"

我对红杉的感觉不错，简单，直接，高效，当场就说了一堆问题。然后明确拍板说不会投。

有个VC的合伙人之前是知名成功人士，他之前创办的公司很有名，说出来吓死人。他听完我的故事之后说："之所以现在让你分出来融资，只有两种可能。一种是刚刚的A轮没融够钱；另一种是这个方向不看好了想扔掉。"后来很长时间这两句话都一直在我脑中萦绕。

众说纷纭，纷繁复杂。

可惜没有等来想要的结果。

死亡

> 人死了，就什么都没了。
>
> ——琅琊榜悬镜司金牌首座夏江

公司死去不太一样的地方就是，你会眼睁睁看着公司的尸体分崩离析，每一个细胞都在挣扎着去往一个更有希望的方向。

而这个过程，对于花了很长时间把它的一个一个细胞堆积起来的我来说，是心痛的。

每一家公司从一个细胞开始，堆积起一个躯壳需要一年，两年，五年，甚至十年。但是消散只需要一周，也许一天。

投资寥落四周星

时间一天一天过去，第二轮融资的结果陆续出来，最开始满怀希望的那几家宣布失败以后，我快要自暴自弃了。

蜜蜡老板还在鼓励我："枪泥，我见过很多CEO，第二天就要发不出工资了，前一天还是和VC们讨论上市计划，谈笑风生，你要顶住啊！"

我说："谢谢，唉，但真是不好顶啊！"

苏穆棠问："Are you willing to自己拿点钱继续做下去吗？"

我想了想："我得回去和老婆商量一下。"

老婆让我大跌眼镜，居然同意从家里拿出积蓄来救急，真是败家娘们。不过我知道，我能拿得出的只是杯水车薪，对于我们这么大一个团队来说其实也撑不了多久。

第二天我找到苏穆棠说："和家里商量了一下，我可以自己拿钱出来救一下。你可不可以再和岳风商量一下，也拿点钱出来，再支持我们一段时间。"

"I got a solution for you. 你可以把最重要的三四个人留下来让他们少拿一些salary，剩下的都开掉，这样你那些钱就也可以撑好久了。"

"我上个月刚给他们画完饼，这就要开掉了，有点禽兽啊。再说，开人是要钱的，我这里没钱了。"

"不需要钱，他们刚签完新合同，不到三个月，都算是试用期，完全不用一分钱。"

我有些发呆："你真牛逼，这都想好了。不过这样不好吧，刚刚和大家画的饼，刚刚签的新合同，这不是在欺骗大家吗？大家会起诉我的。不起诉也会砍死我的。"

苏穆棠："他们自己签的合同，需要对自己的签字负责。这是有限责任公司，do you know what means Company Limited？和个人没有任何关系。他们只能起诉公司，But起诉公司没有用，这个公司本来就没有钱，拿什么赔他们？他们最理性的选择就是leave silently（静悄悄地离开）。"

现在回看，这个方案确实是当时唯一有效的可以续命的方法，也许可以拖不短的时间，或许可以拖到下一轮投资。因为当时还是有几家VC在观望的，甚至等我们正式关门后还有几家VC又来找我，说还是很有兴趣的，想出投资意向。我说已经关门大吉了，他们还表现出痛心疾首的样子。当然他们可能就这么说说而已，客气一下，如果看我还在坚持的时候或许就不这么说了，等打钱的时候又会非常犹豫。当然，这个不能怪他们，我自己想过，如果我是VC，我也会这样做的。

> 投资的规律是什么？肯定不是契约精神，而是追涨杀跌。不管你爱不爱听这句话，总之不要指望VC讲契约精神，理解"追涨杀跌"这四个字就对了。如果你是一款数据曲线特别好看，赛道也热门的产品，门口会有几十家VC，捧着钱请你快点收下，因为我的诚意最足，我的资源能帮上忙，恳求你收下我的钱好不好。但是当VC判断你走势不够好，投资风险很大的时候，哪怕什么协议都签好了，甚至过桥贷款也打给你了，还是会悍然毁约。谁都知道互联网生意的风险太大，当投资人心理预判"糟了，这次可能看走眼"的时候，是讲诚信讲契约要面子重要，还是白白烧掉几千万元重要？在这个时候，我们不要讲商业道德，要尊重现实。现实就是追涨杀跌。
>
> ——连续创业者纯银V

只不过，苏穆棠这个理性的solution，当我面对这这些可爱的小伙伴的时候，我说不出口，也做不到。

还有位投资人朋友给我建议："不需要裁员补偿啊，你把工资降到底，他们就会走了，没有法律说工资只能升不能降。这个时间就是能看出谁是投资心态谁是投机心态的时候。走的人走就走吧，没有什么可惜的。"

这个主意确实是一个可以续命的好方式。可惜我纠结了好几天，也放弃了。自己内心有些软弱，还是跨不过这个槛。

有所不为吧。

从这个角度来说，不得不承认自己确实不适合做CEO。

承受痛苦，比死亡更需要勇气。

——拿破仑

很久以后，每当想起这个时刻，我都不由得恍惚起来。很多创业的人都碰到过类似的时刻，这种坎坷是创业路上的大概率事件。我选择了轻松地去死，成功的人大概会选痛苦地活下去。

而痛苦地活下去需要太多的勇气了，你需要敢于做坏人，需要直面愤怒的眼神，需要正视积累着的负债，同时扛起千疮百孔的公司，踽踽独行。

太难了。

惶恐皆零丁

日子一天一天过去，心一天一天沉下去，日期越来越临近，仅存的小火苗在一个接一个被扑灭，心情就像死刑犯等着枪毙似的惶惶不可终日。以前每天都睡得和死猪似的，最近晚上睡觉，12点躺下后心里完全没有办法平静下来，一直在想"没钱了，要死了，怎么办？"然后会忽然意识到自己醒了，这个时候脑子并没有中断思考，还在想着"没钱了，要死了，怎么办？"

"刚才睡着了吗？"伸手摸一把，一头冷汗，看一下手机，凌晨三点。然后心里一阵恐惧，"我擦，刚才发生了什么。"

想起苏穆棠以前经常三点钟发来指示，好像明白了一点什么。

后来听说苏穆棠开始频繁找卉烟聊天。我脑补了一下，谈话应该类似下面的场景。

"Do you want to continue working on达普数据？"

"想做啊。"

"But if枪泥拿不到钱怎么办？"

"……"

"Do you want to continue working on达普数据even if枪泥拿不到钱？"

"想……做……"

"Have you ever think，if you don't have money，怎么做下去？"

"没有想过。"

"If you want to continue working on达普数据，你需要think，枪泥拿不到钱的话怎么continue working on达普数据。"

"我想的是，现在我们分出来发展，大家把自己的事情做好。枪泥去拿钱，他需要我们做什么支持，我们尽全力配合。比如他前两天需要我做个尽调报告，我就尽快去和对方沟通，去做报告。其他没想过。"

"I give you some suggestion，If枪泥拿不到钱，你需要think怎么样continue working。你需要think的问题是哪些人是需要的，哪些人不需要，最少化运行需要多少人。"

"……"

第二天，苏穆棠继续找卉烟。

"Do you want to continue working on达普数据？"

"想做啊，怎么了？"

"But if 枪泥拿不到钱怎么办？"

"你昨天不是问了吗？"

"嗯，Have you ever think about it？"

"要做，其他我还没有想好。"

第三天，苏穆棠继续找卉烟。

"Do you want to continue working on达普数据？"

卉烟疯掉啦。苏穆棠一定是被唐僧附体了。

卉烟来找我。

"这两天苏穆棠一直找我，不停地问我，还想做吗还想做吗？他怎么了？"

"我融资不顺利，估计苏穆棠也焦虑了。"

"是啊，我感觉他特别特别焦虑，怎么看起来比你还焦虑？"

"哪有，不要这么低估我，我很焦虑的好吗？"我得意地说道，"我只不过内心强大在拼命掩饰而已。"

苏穆棠继续骚扰了一些别的小伙伴，也问同样的问题，大家表示愿意继续做下去，不过苏穆棠并没有像对待卉烟那样持续问下去。

大家都听到了一点风声，一时间，每当面对大家的目光的时候，我都会不由自主地紧张起来，感觉所有人看我的眼神都怪怪的。最后几天每天都想待在外面，不想来到办公室，不想面对大家。中午吃完饭，会独自走到星巴克，点一杯咖啡，整整发一个小时的呆。

黑暗中奋力挣扎

最后这段时间，除了找VC，其他的方法也都想了。就像在沙漠中快渴死的时候，看哪个方向都好像有海市蜃楼。

找了个证券直投部的朋友，硬是让投后期的券商上了一次会，结果没通过。

找了一个在拉B轮投资的朋友，说他们B轮马上到位了，业务有互补，可以战略投一点我们续命。可惜他的B轮迟迟到不了账，他也开始经历一样的煎熬，就顾不上我这里了。

找了一家明星公司整体收购团队，对方很有钱很气派，但是条件比较苛刻。对方希望过一遍团队，收购主力成员，踢掉渣渣，虽然我认为我们团队没有渣渣，但是到时候可能我说的话就不怎么算数了。我一开始很心动，因为这个方式至少可以保住不死。然后我就装作不经意的样子探了一下大家的口风，结果发现这件事情不是那么容易。我团队中的这帮人，不是我吹，出去都能找到至少1.5倍的工资，后来的事实也印证了这个假设。我们挂掉以后他们去市场上很抢手，一两周就都找到工作了。有找到两倍工资的，有找到1.5倍的，就是没有找到更低工资或者没有工作的。

我一个月前刚忽悠完他们一次，再忽悠他们一次的话我的公信力明显要打个折扣，再加上大家对那家明星公司看法各异，思想工作明显不好做。我实在不是一个合格的CEO。

苏穆棠开始还很动心，说这样他这边可以收回一些money，也是很pretty not bad的。我说，你还需要数据呢，所以其实钱可以少要点，收购主要需要和他们谈好数据的归属问题。

第二天不知道发生了什么，他态度来了个大转弯，开始劝我："If you join them，你能promise这些人都跟着过去吗？你能promise这些人至少半年不走吗？如果再发生一次青皮那样的事情，someone带着all codes走了，你在那里就会非常难受，两边都很难做人。"我一想也对，我过去的话需要修炼强大内心，要努力做到欺上瞒下，两边讨好。而且和我在轻鼎智能是不一样的感觉，在这里，怎么说也是一起从头创业的联合创始人。想和苏穆棠拍桌子就拍桌子，去了新的公司，说话估计不怎么算数了。到时候出现了磕碰和摩擦，就尴尬了。而团队里的人本来也不是找不到工作，本来也会有更好的出路。我不知道还能给大家承诺什么东西，也不能保证到时候该如何兑现，而且即使承诺，因为上次的承诺还没凉透，这次大家也不一定会相信了。

即使这样，到现在心里还是很感谢那家公司，总是给我提供了一条出路。

我在黑暗中奋力挣扎，希望赢来逆转乾坤的一击。

可惜最后还是没有什么卵用。

公开

苏穆棠和我说："你should把现状告诉everyone！"

"我还有时间，还没有到最后一刻！"

"你可以和他们说还没有到最后一刻，But你should让每个人都知道现状，而不应该lie to them。"

"我这样说，团队就没有士气了，现在客户每天增长很快，产品在更新，市场在推广，没有士气就什么都没了。"

"客户growth没有用，你看你去找VC，没有人质疑你的growth，没有人！你有很好的growth但是拿不到钱！拿不到钱！所以growth有什么用？你现在需要告诉这帮人真实的情况，If you don't tell them until the last day，你突然说没有钱了，公司开不下去了，所有人都会恨你。你现在说了，他们现在就可以去找工作了，你should not waste their time。"

我觉得苏穆棠说得很对，但我不忍心就这么说出来。"等周四开周会再说吧，还有两天，说不定会有好消息回来呢。"

苏穆棠瞅了我一眼："All right."

一直到周四，果然没有什么好消息。

周四，我像往常一样端坐在会议室后面，听完每个人的汇报，听完这周的增长、这周发现的新问题、这周做的用户回访、这周网站的改版、这周PR稿的阅读量、下周的计划后，我说，最后占用几分钟和大家通报一下融资的情况。

全场寂静如水。

此处略过我无力地宣布失败的过程。心如刀割。

大家听完都沉默了，几分钟后，卉烟打破了这种难受的沉默，把我解救出来。

"我觉得枪泥说的只是现状，现状还没有投资不代表我们就一定拿不到投资。所以大家知道一下这个消息，但是还是不要影响目前的工作，重要的是保持一个好的心情。"

苏穆棠也参加了这次会议，中间替我圆场："我也参加过融资，我知道这个process不容易，这一个多月，枪泥去路演了快40家VC，很多家都路演了两三轮，总共算下来算是非常多次了。拿钱是个不可控的过程，枪泥已经做了Everything he can do了！"苏穆棠对我大加赞扬了一番，差点就发动大家集体鼓掌了。

后来反思，这次自己把控得不好，死的时候气氛还是太悲壮了一点。

下次再创业，死的时候一定要开心一点。

盟约虽在，信任难托

时间很快到了7月。我对融资已经绝望了。

苏穆棠规定的截止日期像个定时炸弹一样嘀嗒嘀嗒快要爆掉。我希望他还能再帮我一把，一个周日的下午，我约他到公司，想再跪求一下。（我们一般周六加班，周日休息，所以办公室没人）

"我们做了这么久，一开始是没有用户，后来有零星的用户，但是没有增长，我们试了很久，想了这么多办法，换了很多人来执行，才做到今天这个规模，继续做下去，很有希望做成BHData那样的。"

"I Know all of these，但是你没有money了，没money怎么做？growth是surely能做到的，BHData都已经验证过了，但是现在就是没有money了，你没有找到money啊！那你说all of these都useless。"

"我个人出20万元，你能再出20万元帮一下吗，我试图挺两个月，做一下收入，有了收入，就可以继续融资。"

"两个月够吗？"苏穆棠今天异常地冷漠。"我think at least half year可能才会有变化。"

"两个月可以再喘息一下，我们现在有了两个大客户，正在谈定制服务，通过定制服务，我们可以收到一笔钱。卉烟其实已经谈得差不多了。"

"这种business model没有value，你这种一笔一笔收钱，这种公司能做多大？"苏穆棠跷起了二郎腿，"You'd better notice，你找我们融资，和你找VC融资是一样的，我们会给你钱，but you must 有一个好的story，而你现在告诉我的story没有value。你这种一单一单的生意，我suggest你should找个银行去贷款！"

苏穆棠继续说："要不我给你个idea吧，你看这样行不行，we just探讨一下。"

"你说你说，太好了，你有主意啊！"我满怀希望。

"这样，把你的option让出来。Of course，也不是全让出来，I think you can keep一小部分。然后让卉烟暂时来做CEO，把你的option给所有核心员工分一下，这样他们可以少拿或者都不拿工资。这样产品就可以维持下去，同时不停地在市场上找，we can find someone像麦克老狼那样的Background好点的，or someone像岳风那种分量的大数据方面的人。这样的话VC才可能会来投，这样才有可能重新起来。"

"虽然我没有觉得自己不可替代，但是我并没有碍着公司发展吧，为什么需要我出去？"

"I need some change and then I can talk to岳风，要不这几个月什么change都没有，我怎么去persuade（说服）岳风再出钱支持？"

"轻鼎智能A轮不是刚入账3000万元吗？求你们拿20万元支援一下吧，而且我自己也要出自己家里的钱啊。"

"那是轻鼎智能的money，money是有，但是和你没关系。If you want，you have to think of a believable story，you have to make us believe投你是有价值的。"

"我也是轻鼎智能联合创始人啊。"

"你have quitted。"

"就因为需要有变化就让我走？'CEO被踢走'这种变化算是积极的变化吗？"

"我need a reason才能去和岳风说再出钱，'help枪泥'这个理由已经用过了，我不可能再去说'help枪泥again'。如果CEO换人了，我可以去说。哎，你看，达普数据这边team有变化，而且burn rate很低了，maybe we could再继续观察一下new team。"

"哎，听起来你完全得听岳风的啊，你和他说任何事都要先构思一个理由吗？你为什么这么听岳风的话？"

"我之前自己做了一年多了，我觉得我make的decision都是错的。我写的那个BP，什么四个方向，完全不work，VC根本就不认可。现在岳风来了，我不需要make decision了，岳风make所有的decision，我只要执行就好了。我现在在很enjoy这种状态。而且，I have to say frankly（坦率地说）that actually你现在已经没有什么价值了。"

我心里想：擦，这么直白啊，好伤心。

"你不要误会，我不是说你一直没有value，我只是说你现在没什么value了。你以前确实对达普数据的发展很有价值和贡献。但是现在！你看这两个月你不在，什么都没有影响。"

"我这两个月在融资啊！"

"但是你并没有融到，没有任何result，我们should用result说话的。你整天在外面跑，只是看起来很勤奋很努力，但是实际没有任何output，没有value。我们做任何事情一定是需要以result-oriented（结果导向）的。"

"我还管着技术方面。"我有点泄气了。

"技术方面现在已经是芙洛在管了。这两个月你absent，技术团队还是在正常work，没有什么不同。"

"再怎么说，我们现在用户增长得非常快。已经快到一千家了。"

"growth和你也没什么关系，都是卉烟做的。呵呵，我就是去和岳风说是你干的，他也得信才行！他每天都能看到你不在座位上，我说你对growth有contribution，他能believe吗？"

我半天没有说话，仔细想了一下，从这个角度看，苏穆棠说的没错啊，我确实也没有什么价值了。

"At this time，you'd better think over，what is you want？why do you非要做达普数据？"苏穆棠又开始进入哲学家模式了。

"And you also need to think over，为什么'你'非要做达普数据？"苏穆棠继续哲学。"If you don't want 做达普数据，Maybe we can talk something else."

"我没有心情聊anything."

"我would surely会想办法的！"苏穆棠最后说，"After all，我也不想它死。"

当晚回去，觉得心灰意懒。不过仔细一想，其实苏穆棠的主意倒不失为一个办法，而且听苏穆棠的口气，这个办法可以让岳风同意继续出点钱。

反复何苦

第二天虽然感觉浑身乏力，但我还是去见了一家约好的VC。

感觉自己已经像是泄了气的皮球了。

VC说："APP没有前途了，你们给APP做工具肯定也没有什么大的发展。"

"你说得对。"我已经懒得争辩了，而且我其实心底已经对这种观点有认同感了。

"你们用户结构是什么样的？"

"有两家巨头用户，剩下的B轮用户现在是贡献数据的主力。"

"我们自己投了好几个B轮公司，我了解他们的数据，其实没有PR的那么好看。"

"好吧。"我说。

"B轮用户你别指望了，巨头用户能收多少钱？"

"我们先给他们免费使用。"

"巨头用户如果觉得好，他们会自己做或者私有化部署的，数据方面你就不用想拿到了。"

"嗯，你说的有道理，确实是这样。巨头用户都要求私有化了。"

"一共就那么几家巨头，就是他们全用你的，按你的定价策略，你的总收入也没有多少，缺乏想象力。"

"确实是这样。"

"总之，我们认为APP生态已经到头了，所以你们很难做。"

我竟无力反驳。回想起两个月以前，苏穆棠每次和我讨论，想把达普数据关掉时，我都像打了鸡血一样跳起来和他争辩，什么一定有前途啊，什么最差结果也是被BAT收购啊。到现在为止，两个月时间，我由一个死多头一点一点丧失立场，到现在快速转成空头。

见完VC，我还是强行抖擞精神去上班了。

看到卉烟，我把她拉到一旁，说："哎，我可能要退出了，你来做CEO怎么样？"卉烟嘴巴张大，眉头紧锁："我有点懵逼了，这是哪跟哪啊？"

然后把苏穆棠和我说的理由和卉烟讲了一遍。看见她嘴巴越张越大，眉头越锁越紧。

公司里人多口杂，我拉她到楼下咖啡厅聊了好久。

我对卉烟说你来接手有两个好处，第一是轻鼎智能会继续出钱支持，我们目前数据还不错，增长势头也比较猛，再积累几个月会发生什么谁也说不好，数据到了一定规模，融资冬天再过去，拿到钱还是很有希望的。第二就是你也可以体验一下做CEO的感觉，有了这个经验，对你的职业生涯和商业见识一定有百利而无一害。

卉烟直接表示了拒绝。

理由是她有点晕，整件事情还有点奇葩。

当天晚上，苏穆棠和卉烟在会议室聊到很晚，极力劝说。

苏穆棠最后笑道："你还没有提一下条件，怎么就拒绝了？你试试提一下看我能不能满足？什么条件都可以谈！"

"不试了，枪泥走我就走，不干了！"

很久以后，每当想起卉烟的这个回答，我就感动得想哭。从理性的角度来讲，我应该希望卉烟接受这个安排，因为这样苏穆棠会继续投钱，达普数据可能可以走出这段最艰苦的时刻，等来转机的那天。但是，从我自己自私的人性角度来考虑，刚被苏穆棠全盘否定，还有人来挺我，对我自身有巨大的安慰作用。让我也有些自信地认为这个短命CEO还不是太失败。这样的肯定对我很重要，保证我不至于从此变成一个高智商具有反社会意识倾向的变态中年大叔并由此引发一系列严重的社会蝴蝶效应。想想我自己都感觉害怕。

后来看了卉烟鼓捣的话剧，又眼看她做的其他选择，多多少少了解了她的价值观。想起当时苏穆棠想以利诱之，就禁不住想呵呵。

苏穆棠回过头又来找我。

"卉烟说你要走她就走，不打算continue working on达普数据了，我之前一直问她愿不愿意continue working on达普数据，她一直都说愿意continue working下去。但是现在看样子其实不是这样的。她怎么能突然变卦呢？"

"嗯，以前她说的也是真心话，别多想，她没有骗你。"

"我feel that she is very unreasonable（不可理喻），她现在对我很有敌意，一说话就总是呛我。"

"你整天找人家灌输满满的负能量，换谁也得呛你。"

苏穆棠沉默了一下，继续说道："哦，我会再去试试，但是我觉得我可能说不动她了。要不你还是回来继续continue working on达普数据，你可以继续做CEO。因为你要quit其实有一点问题，你现在quit的话不够负责任，你老大都撤了，下面的人怎么可能继续安心干活？"

"不是吧，等等，我有点晕。这两天是你一直劝我退出去的吧，我刚刚接受了，你说让我继续回来做？有点跟不上你的节奏。"

"我只是suggest，你是CEO，你要有自己的判断，你不同意的话，我的suggestion一点意义都没有。"

"我以前从没有想过放弃。你刚开始说了以后，我有一段时间非常愤怒。但是后来平静下来，慢慢接受了。仔细想想，也许这是最好的选择了。"我抬手指着座位上的伙伴们，"你看这帮人，他们都是领域里的佼佼者，不少人都是降薪来的。我或许，或许可以说服他们不要工资支持半年，但是我自己必须内心确信达普数据有可能发展壮大。如果我自己没有这样的信念，我还是不要再去忽悠他们了。他们现在开始找工作可能是最好的选择。其实现在最主要的问题是，和VC聊了这么久以后，我对行业发展有了些新的感触，这些感触为达普数据的发展前景蒙上了一层阴影。"

"哈哈，VC这些人其实都不懂，未来其实谁都看不清的。谷歌当时也是一样，想卖给雅虎也卖不掉，nobody want to buy them，没人能预料到它后来发展成这样。你only need to有足够的信心和气势，VC就会被你说服，就会给你投钱。"

"有可能是这样，也有可能不是。其实都是去赌。不过，以前我觉得自己在赌一个大概率的赢面的局，现在我发现赢面其实根本不像我以为的那样大。而且，人一旦开始有下赌桌的意识后，很难再说服自己回来继续赌了。最近这段时间，我把家里也搅得鸡犬不宁。我老婆每天跟着我担惊受怕的。这两个月我已经严重地影响了家里的生活。这段时间正好对我来说是多事之秋，岳父去世我只回去了一天就匆匆赶回来了，我爸去医院看病我也不能陪着，这些对我来说都是现实的遗憾。快两年了，我每天顾不上家，儿子考试班里倒数第一。我还一分钱都不赚，家里全靠老婆一个人工资支撑。哎，你说我跟着你忙乎这么久图什么？我老婆说，你不赚钱没什么，你不如闲下来顾顾家吧！嗯，怎么说呢，我现在也觉得停下来及时止损对我来说是好的选择。再说了，你劝我坚持做，但是也没有实际表示，你不想从轻鼎智能出点钱继续赌。虽然你说得很有感染力，很像马云，但是我还得自己从家里拿钱，我又不是王思聪，我就算听你的话继续坚持赌，也赌不了多久的。"

都要去死了，还不能好看一点

死法有很多种，可以优雅地去死，也可以搞笑地去死，还可以扭曲痛苦地去死。我一直希望如果死的话，多少要从容一点，但是没想到死得还挺狗血的。

到7月底了，截止时间就要到了。还有几家VC表示感兴趣，想继续跟进看看，签了几个NDA（Non-Disclosure Agreement保密协议），发了对方需要的各种数据。盼着有好的回复。

8月初，苏穆棠表示应该让大家签离职协议了。我说，其实我还想再等等，给我的那个补偿不要了，算我投进去再撑一个月吧，我不去聊新的VC了，只是想等所有聊过的VC都有准确的答复，也算是避免遗憾，或许还有什么转机呢。

"你投进去也得现在让他们马上签。他们签了现在就可以不来了。这样他们会感激你，because they don't need to stay here，就可以去找工作了。"

"如果那几家感兴趣的VC想再来看看怎么办？我们就没有人了。"

"我可以borrow you some person，fill all empty seat。"

"要钱不？"

"I think no."

"那我岂不是还赚了。"

"After all you should ask them to sign, Now！"

"不行。"

"Why？"

"我上次和大家说了可以到8月底了，我不想言而无信。"

"没有言而无信，just sign now，money发到8月底！"

"还有，不是说大家基本上都可以回轻鼎智能吗？"

"Only a few person可以，剩下的我不要。"

"当初我们讲好了的，当然后来你说青青和米菲不在此列，这两个至少你说过的。其他人为什么也都不要了？"

"他们现在是你的员工，如果他们想加入轻鼎智能，they have to

符合轻鼎智能的标准。如果非要来，可以再参加我们的interview，如果他们符合现在轻鼎智能的用人标准，自然可以留下来。"

"我拉他们的时候其实和一些人说过的，如果我搞不定钱，可以回去的，你帮帮忙可以吗？"

"我可以给他们chance，可以参加我们的interview，but they have to pass the interview。"

"这样的话，我觉得会可能出现问题啊。可能会出现员工暴动的。"

"Why？达普数据没有拿到钱做不下去了，In my opinion，这是一件很正常的事情。"

"如果他们留在轻鼎智能，你觉得他们不合格，正常裁员，他们可以获得N+3或者什么方式的补偿，总之得谈。我们这样做，他们其实因为这次操作有损失了。"

"当初他们believe了你的愿景，接受了你的offer，成为你的公司的一员，作为一个成年人，当然应该承担相应的risk。"

说的真是好有道理啊，我竟无法反驳。

中午吃饭时，苏穆棠和我、卉烟坐在一个桌。

苏穆棠说："You'd better赶紧让他们都签离职协议。"

卉烟说："我们现在还没有完全绝望，而且说好了是这月底，干吗这么快就让大家签离职协议？"

苏穆棠说："你可以继续找投资，我没有说过你放弃找钱。I just believe that这样对他们更加fair，他们就知道可以立刻去find another job了。你不能对他们隐瞒真相until the last day，这对他们很不fair，这会导致他们没有时间找工作。可能会影响他们的持续收入。"

"要是大家要补偿呢？"卉烟说。

苏穆棠哈哈笑道："达普数据公司账上一分钱都没有，这是

company的破产，哪有补偿给？你们别想那么复杂，这就是我做事的方式。当任何事情显得一团乱麻的时候，就先清理，清理clean了，思路就慢慢clean了。"

我说："我还是觉得不好，我们再等等，这件事情不急。你觉得有可能从轻鼎智能出些补偿给大家吗？毕竟当时都是咱俩一个一个辛苦招过来的，主要还是你招的。"

"We are two companies，you know？There is not any relations between your company and mine. 你要是能弄到补偿当然也可以，but I believe现在这种情况下和他们谈补偿没有任何法律基础。"

第二天上午我去见了一家VC，中午回来的时候，听大家说，苏穆棠已经找轻鼎智能的HR让大家签离职协议了。我吃了一惊，找苏穆棠问，干吗绕过我直接干这种事，这是很不人道的行为。

苏穆棠说："你之前和他们说过达普数据倒掉后，they can join my company。我需要让他们知道，not all of them，我不能让他们有这样的misunderstanding。"

我已经没有办法了。作为公司代表，这个时候我需要对大家有个正式的交代。于是我紧急召集大家开会。会上，我尽量采用比较轻松的口吻和大家宣布我们可能已经完蛋的消息，和大家可能会被苏穆棠的HR拉去签离职的这个状况。万幸的是，大家都已经有心理准备，并没有出现暴动的场面。我说完后，卉烟突然爆料说她业余时间排的话剧要商演了，她作为制片人可以给所有人免费送票请大家看。这个转换我给100分，成功转移了大家的焦点。一帮没心没肺的，开始热烈讨论起话剧来。但我自己心里一寒——卉烟居然还有时间排话剧，工作不饱满啊。

第二天中午，我请团队吃了一顿午饭，跟他们说了声对不起。

第十三章　死亡融资：惶恐皆零丁

"很遗憾辜负了大家的信任，苏穆棠会来找大家签离职协议，我会第一个签，签完大家就可以各自回家了。"

回去后，轻鼎智能的HR给了我两页纸。一张是离职协议，一张是股权转让协议。里面还有关于我的那笔补偿的条款，我看了下，变成18万元了。

我猜可能是因为今天已经12号了，当月还剩下18天，苏穆棠算得很精确，确实是为我考虑，要是到29号，估计就只有1万元了。如果是29号下午，估计就只有5000元了。这样一想，我出了一身冷汗，侥幸侥幸。我问了一下苏穆棠，是不是这个算法。苏穆棠说，这个算法是according to我在轻鼎智能工作了18个月，按照一个月1万元的补偿给我，算是对我之前工作的一个肯定。

我一琢磨，这个算法其实也有问题啊。首先一个月1万元的标准其实是我毕业没多久的工资水平。其次我虽然签的劳动合同到现在是18个月，但是签合同之前就已经开始工作了，我开始解输入法的第一个bug的时候是两年前的8月。从那时候开始算应该是24个月。当然那个时候主要去咖啡馆或者在家办公，也可以认为那个时候的工作不算正经工作。但是从在3W孵化器每天按时上下班有时还加班来算应该也有22个月。不过当时因为公司没有注册下来就没有签合同，公司注册下来后因为忙着做项目一直等到很久才签的合同。不过话说回来，苏穆棠非要从签合同开始算，我也确实没有什么理。虽然很多人都看到我在3W上班了，也看到我在微软加速器上班了，但是当时没有签任何纸面上的东西，所以苏穆棠否认的话，我也拿不出任何有力的证据。拉人证又太麻烦。

转念一想，苏穆棠其实并没有任何法律责任非要给我补偿，完全是出于人道主义。想到这里，我竟然觉得有些感动，就下笔签了字。

在我之后，大家纷纷被拉去签字，然后如鸟兽散，背着包，带着行李，一个一个告别，我把每一个都送出门口，眼泪都快要下来了。

到第二天中午，所有人几乎都走了，我也收拾包准备走。

苏穆棠看到我之后走了过来，我以为他过来告别，结果他过来居然问："What's in your bag? 怎么这么多东西。"

我立刻觉得有点懵逼，说："是啊，装着衣服啊什么的。"

"你带这么多衣服啊？我看看？"

我把拉链拉开，说："是啊，我这边座位在空调底下，专门带了几件厚衣服。"

苏穆棠仔细看完，哈哈一笑，显得非常爽朗。

后来想起来，觉得自己反应又慢了，当时没意识到，苏穆棠估计是怕我偷他东西。当时没这么想主要是因为我觉得那个包不算太大，装显示器或者桌子凳子也装不下，还有什么值钱的东西可拿呢？我想有可能是怕我装走很多零食和可乐。比较令人伤心的是，一起做伙伴这么久，为什么这点信任都没有？难道不知道我一点都不喜欢喝可乐吗？

苏穆棠平时对大家都保留着比较大的戒心，生怕被人占便宜，之前和我打得火热的时候会和我聊聊别人，没想到防我也防得这么狠。

很庆幸当时芙洛没有签新的劳动合同，芙洛细心而敏锐的观察力使她做出了打死也不签的决定，否则相当于怀孕期间自愿离职。从苏穆棠当时愤怒的反应来看，如果签了，他估计不会让芙洛回原公司的。

我猜苏穆棠会字正腔圆地说："那是因为你believe了枪泥所描绘的愿景，believe你们一起可以争取到达普数据更美好的未来。所以你决定承担这样的risk。你再回来的话，其实相当于重新入职，任何人入职都是需要interview的，也需要公司董事会讨论的，你放心吧，先回去等消息，如果有任何进展，我一定第一时间announce你的。"

那芙洛怀孕期间就失业了，她还有比较沉重的房贷。生孩子有很长时间没法找新的工作了，那样的话我的罪过就又多一条了，真是侥幸侥幸。

死去活来

签离职协议的过程并没有想象中顺利。

离职协议是苏穆棠那边起草的。本来这个月已经到了10号，10号签离职协议，协议上写的签字日期是上月30号。有三位小伙伴觉得不能忍：一言不合就过来让签合同，而且看起来完全是霸王合同，一个字不能改，只给10分钟时间签字，时间不匹配也没有解释。当时我没有在旁边，因为我已经签完收拾行李了。

这事拖了一个月，其间各种争执，吵闹。有几次成功引起了孵化器其他公司围观。我们总是容易变成焦点，以前苏穆棠狮子吼引人侧目，现在员工讨要说法被议论纷纷。唉，轻鼎智能在孵化器又做了一个月的笑柄被别的公司观看教育。

苏穆棠始终很强硬。有天还给我打电话："This behavior is讹诈，这几个人，我知道他们正在面试哪家公司，那几个公司都有我认识的原来的Google的同事在做高管。我要去tell my former colleague，我要让他们几个在这个圈子里混不下去。"

我说："不至于吧，何必呢，你不嫌麻烦吗？大家都不好看，他们要求的是什么？"

"他们多要0.3个月的salary！"

我默默地算了下总额，3个人加起来差不多是1万元，然后说道：
"好像也不多。"

"这和钱没有关系，我们有money，But it's not fair，我一分钱都
不会给他们。凭什么来搞我，我早就和他们没有任何relation了。这种
人，他看我们有钱就想要，他也不想想，这钱和他有什么关系！还是
加州好，国内真是什么人都有！"

"那你打算怎么解决？"

"乖乖地过来签了离职，要不I promise，they will pay for the
result！"

还好，后来大家也都累了，懒得继续下去了。

苏穆棠表示可以让步，出了0.3个月工资的钱。

得，什么都没捞着，白被看一个月笑话。

回过头来看这件事情，苏穆棠也是以公司利益为重。因为公司
多留一分钱，就能多last一分钱的时间，从这个角度看他们几个要的
不是补偿，那就是命啊！是公司last的时间啊！所以苏穆棠才要拼到
底，因为涉及公司根本利益。当然如果换我的话，就是另一种思路
了。我会考虑现在在职员工的想法，因为在职员工都会盘算等自己有
天离职会不会有类似遭遇，因此我表面上会力求做到最好看。

当年麦克老狼离开的时候，苏穆棠在私下就先和我喷了一堆麦克
老狼的坏话。第二天开会，苏穆棠摆开架势又要开喷，我坐在下面和
他拼命摇头使眼色才算打住。为什么？因为不能喷，所有在职的人都
会想，是不是对我也很不满，等我走的时候会同样地喷我。况且，这
些员工还在这个圈里混，你虽然认识几个高层人士，但也不一定就能
完全砸了人家的饭碗。而且他也会认识几个底层或者中层人士，如果

他对公司的离职体验足够好，或许以后会推荐他们过来，省的猎头费都应该远远超过一万元了。最后，即使不考虑这几个利益因素，大家朝夕相处了一年多，没有成为朋友就太浪费这一年多的时间了，我们都不小了，还有几个一年可以交朋友啊。

复盘侠

我走的前夕，苏穆棠和我说，我复盘了一下，其实很多地方如果当时做对了，the result should not like this。

第一，如果我给你的是一笔money but not一个时间截止点，可能情况就不是现在这样，你可能会更仔细地去花钱。

第二，如果早一点和你确定下来分拆这件事情，你在Gtec全球创业大赛拿奖的时候立刻凭着那波PR去拿钱，那个时间点要比两个月之后再去拿钱好多了。

第三，最开始company的估值我们一直没有定好。路演的时候调了一次估值，但是其实估值还不低，如果早点把估值调下来，可能也就拿到钱了。

很久以后，我默默复盘的时候，反思自己在独立的这几个月里，考虑利益时的排序是这样的：轻鼎智能>团队伙伴>达普数据。

而其实一个正常理智行为模式的CEO应该是这样的：达普数据>团队伙伴>轻鼎智能。

我深深反思了一下自己的这个问题，认真挖掘了灵魂深处。我认为自己有这种心智模式是因为心底并没有把两家公司真正地分出来，一开始我觉得分出来主要是为了找VC拿投资。虽然后来随着事情的发展，慢慢感到不对，但我内心还是把苏穆棠认为是一个无话不说的大哥。我一直习惯向苏穆棠汇报所有事情，分出来后我还是继续保持这样的习惯，半点也没有设防。其实这个还是我自己不职业，生意就是生意，生意中应该为自己的承诺负责，而不能把希望寄托在别人身上。而且在内心深处我一直有个期盼，融资失败后可以重新合并回去，因为如果分出来就是为了融资，那融不到就合回去喽，没毛病啊。

微软加速器有个校友企业就是这样，他们被分出来后独立运行了一年多，后来进展不好又合并回去了。对于分出来的那家公司的CEO来说所有情况都和之前一模一样的，还是亲如一家。我自己觉得这样也挺好，但是分出去的时候我没有和苏穆棠提，因为我担心刚开始就这样没信心，这样露怯的话显得没有破釜沉舟的勇气，不够男人不够霸气，不应该是我的风格。我觉得到完蛋的时候再说应该也一样。怎奈世事难料，也许分出来就是为了要分，而不是为了拿钱，当然拿到钱更好，但是拿不到钱也没关系，苏穆棠并不在意。

其实最后的时候苏穆棠和我聊天，聊理想，聊对世界的看法，做事情的模式，他教育我："Whenever you make any decision，都要考虑清楚上中下三种情况。but 你看看你，只考虑了一种情况，在我们这件事情上就是拿到钱，拿不到钱你就做不下去了，没招了。这就是你的思维方式不周到带来的教训，你思维方式没有到位带来的result。"我其实想说，我考虑的下策情况其实是合并回去。但是我没有说，因为说出这样的话在这种情况下就显得太贱了，也不是我的风格，而且估计也没有什么用。话说回来，当时你对我的态度像亲兄弟一样，我也不可能一条一条去和你撕。你现在再来一次这个过程看看，不是我吹，我一定能想得非常全面非常细节。你不能拿你当时的上帝视角模式和我炫耀智商优越感和思维方式全面感。这样不人性不道德。

不过话说回来，如果达普数据这个创业的方向有了问题，如果这不是历史应该的发展方向，我再怎么全面考虑其实也没有什么卵用。

一个VC告诉我："我们一般不会投这种公司内部孵化的项目，因为没有经历市场的磨砺，就像温室的花朵，经不住什么风吹日晒。"意思是这种项目一般都活不过三集。我觉得为什么这帮人都这么有道理。

第十四章

掌控一切：

三省吾身，谓予无愆

这段时间的苏穆棠，单从外表都能感觉到他阴云密布。从行为上，反复无常，经常性处于暴走边缘。从这点上来判断，苏穆棠在这个过程中也不是那么心理愉悦的，想到这点，我总是会舒服一些。后来和大家聊天，发现其他人也都感受到了苏穆棠的情绪。从最开始的阳光中年CEO到现在的乌云密布CEO，苏穆棠只用了一年多的时间。

三省吾身，谓予无愆

苏穆棠一直认为自己是非常厚道的人（当然，不这么认为自己的人也很少）。和我聊天的时候，谈论起如何与人处事，经常会用很懊悔的表情说："唉，我这样厚道的人很容易吃亏。当时回国，很多人都劝我，国内的环境你怎么能fit得了，那可是什么人都有！"

所以苏穆棠一直揣着一万个小心，我相信他经常也会自省，而且自省得出的结论就是自己太厚道了，回到国内商界这种兵荒马乱，人心不古的地方很吃亏，所以需要时刻提防别人。青皮事件更加牢牢地加深了他的这种信念，提防心理日益严重起来。

但是并不是所有人都这么看，轻鼎智能的几位员工和我有过交流。

A说："加入的时候说好三个月后给股份，后来一年多没有再提，唉。"

B咆哮："他凭什么这么说我！我爸妈都没有这么重地说过我一个字。"

C流着泪说："经常半夜一条微信过来，让我把实习生都开掉，一点都不尊重人。"

所以，人对自己的认识往往和外界对他的认识不一致。

在这次创业过程中，我往往处于一个协调者的角色，作为一个称职的二道Boss，可以同时听到大Boss和员工对双方的看法，有些不好直接说的话会对我说出来，我再想办法帮忙协调。在这个过程中我感触良多。对人性碰撞的理解，深刻到超越了一本之前读过的少儿心理学科普读物。

绝不force

苏穆棠的一个优点是从不将自己的意志强加于人，当他想改变一个人的看法的时候，会不辞辛苦地大费口舌。

没有什么事情不能通过聊两个小时解决掉，如果有，那就再聊两个小时。

苏穆棠劝茶茶留下来的时候，我亲眼所见，足足聊了四个小时。而且还是绕着极酷孵化器的跑道一边走一边聊的。本来我想和苏穆棠说个事情，我以为可以抓个谈话空隙插句话，所以就跟着他俩走。不知道走了多久，我走得腿都麻了，苏穆棠嘴还没有麻，用口若悬河来形容都有点不够，可以达到口若悬江的程度。而且全程我居然连一个字都插不进去。茶茶虽然名字叫茶茶但是也插不进去话，只听见茶茶一路上全是点头和嗯嗯嗯随声附和的声音。所以我只能叹服，这种聊天功力真是一种天赋，就像肯尼亚人擅长马拉松一样，我们凡人靠练是练不出来的。只可惜还是失败了，谈话结束后茶茶收拾东西拍拍屁股溜走了，再也没有回来。

苏穆棠劝卉烟留下来做达普数据CEO的时候，聊得超过了五个小时，细节我不清楚，可惜结果也失败了。

苏穆棠劝我把达普数据分出来的时候，足足说了半年，终于成功了。可惜达普数据俩月后失败了。

所有事情结束后，苏穆棠给我发微信："Is there any step along the way that I force anything？"

我想了想，摇摇头："木有木有木有。"

不force，就是苏穆棠的价值观，也是他最认可的一个做人准则。

这点我很佩服。苏穆棠确实是个很有耐心的人，从来没有在他真正想拉的人或者劝说的人面前大喊大叫失态过（就像对青青那样），所以我不得不以小人之心度之，他每次大喊大叫的对象都是他希望赶走的，最好是对方一气之下愤然离职。

劝说失败是正常的，演员的修养永生。

逝者已矣，生者亦已矣

最后那段日子，经常和苏穆棠大段大段聊天。每天痛饮苏穆棠牌负能量，管饱。

苏穆棠说："我当时见了那几个VC后，我就觉得完了，我们轻鼎智能的story已经完全不work了，卖不出去，没人愿意出钱了。All that I can do is回家把岳风请过来。拉不动就是拉不动，没有办法，创业就是百分之一的成功率，那么多人创业都失败了，我没有什么特殊的，失败就失败吧。

"轻鼎智能，哼，我和你创立的那个轻鼎智能其实已经死了，它已经不存在了，你现在看到的这家company是已经死过一次的company。从岳风加入的那一刻开始，这就已经是一家新的company了。你BP里面写的那个轻鼎智能的联合创始人的简历有什么用？那其实已经是一家死了的公司，你写那个一点用都没有。当时你要是想要这个company name，给你都可以，我们可以换一个name。"

劝我放弃达普数据的那几天，苏穆棠说："你走就走吧，不用说你了。Actually，我其实也快离开了。至多半年吧，我也要回加州找工作了，我其实也撑不下去了。创业就是一个experience，没必要死撑着。你需要好好想一想，why you must死撑着？"

我问："那你这两天还在大力招人，给这么大把的许诺。你不看好干吗还诓别人进来。"

"Until the last minute，该做什么还是得做什么。"

时间转到一年后，苏穆棠还是热火朝天地每天打了鸡血一般在创着业，偶尔会做出痛心疾首的样子宣布当初"做了一个艰难的转型决定"其实是一条不得不做的正确道路，宣布转型后公司一副蒸蒸日上的态势，打出BAT某家的投资部已经进入实际接触阶段大家很快就可以财务自由的好鸡血。

回到当时，不得不说，苏穆棠当时给我深入分析公司状况和愿景，不停地鼓励我放弃这项没有前途的事业，在我伤口上撒下一坨一坨的盐，让我往心如死灰的道路上越走越远。

谋局自当如是

苏穆棠有运筹帷幄、决胜千里的勇气和心智模式。

苏穆棠始终在计算着，每个人的value，每个人的option。

苏穆棠会计算并设计每个人的发展走向，会布局，做一步想一万步。

后来看《琅琊榜》，觉得苏穆棠如果活在那个世界里，也可以像梅长苏一样，去阴诡地狱里搅弄风云。

达普数据独立后快撑不下去的时候，苏穆棠教育我："每一个决定在你做之前都要想好上中下三种策略，每种策略都应该有相对应的solution。你不应该没有考虑过拿不到money的情况，不应该没有任何solution to this situation, that is your own problem。"

> 谋局自当如是，如果我们把成功的机会，都押在对手的选择上，那便是下下之法；做出何种选择，我们都有应对之道，那才能算掌控住大局。
>
> ——梅长苏

讲真，苏穆棠说得很对而且说到做到。

复盘的时候想，我还是太依赖苏穆棠了，巨大的思维惯性和信任惯性让我在整个过程中一直靠苏穆棠做判断和决策。达普数据分开的时候大部分决定其实都是我请教苏穆棠后做的。他的建议我总是觉得好有道理，然后就囫囵吞枣地全盘接受。说起来，苏穆棠也是第一次创业，早知道反正是个死，我应该更加率性一点，那样的话至少自己能爽到。

达普数据死掉后苏穆棠教育我说："当你答应分开的那一刻，我就已经开始全力protect轻鼎智能的利益了。"而我当时还没有一丝的觉悟。

一位投资人和我说，你和轻鼎智能谈的这个Term啊，怎么说呢，这不是他来投资，这就是驱逐啊。兄弟，这点你都看不破，你怎么当的CEO。

当我想回头再去和苏穆棠跪求一下的时候，轻鼎智能谈判的大门已经关闭了。

苏穆棠说："你已经答应了的事情，你就需要信守承诺。如果遇到困难，你得自己努力去解决这些困难！"

离职后，三位伙伴和苏穆棠讨要补偿的时候，苏穆棠给我打电话，对着我赤裸裸威胁三位伙伴——感觉很不对劲，干吗冲我威胁。

我于是对苏穆棠说："要不这样，我考虑一下。我其实一直也在想，你为我向岳风争取的补偿也快发了，等发下来，我把那些补偿拿出来给大家分一分，这样大家怨气小一点。"我其实因为心里愧疚，本来就打算全给大家分了的，只不过这是第一次告诉苏穆棠。

苏穆棠沉默半天，说："This is讹诈，those people真是完全不可理喻，想不到有这种人，真是……I believe他们就是觉得我有钱，好欺负，所以能讹诈一笔就讹诈一笔。"

我说："其实不至于。"

签离职的时候签了两份文件，一份离职，一份股权转让加赔偿协议，时间节点为离职后15天。

苏穆棠给我打电话大概是第12天，等到第15天，补偿还没到。我发信息问苏穆棠怎么回事。

"You must先把那三个人要的补偿给他们，让他们别再闹事了！After that you can take the rest of money。你同意吗？"

"不同意。"

"他们三个和我没关系，They are你的员工，你用钱来摆平这件事情天经地义。I believe there is no reason that you don't agree。"

"不同意。"

"OK, Fine，If you don't agree，你也别想得到那笔补偿！"

"不是吧，我们签了协议的啊，你不怕我拿协议起诉你？"

"You can take a look at the paper，协议写的是达普数据公司，but not轻鼎智能or me。达普数据的法人还是你，我还没有转移。如果你现在去起诉，只能自己告自己。"

我吃一大惊，赶紧翻出协议来看，果然如此。那其实这种协议是我自己和自己在签，苏穆棠完全掌控了一切。我仿佛能感觉到苏穆棠在屏幕后面笑出声。

我真是五体投地了，我现在墙都不扶，就服苏穆棠。

我宣布投降："好吧，你赢了。"但是我继续嘴硬，"我反正不同意，你随意吧，爱发不发！"

虽然我对被苏穆棠做了一个大坑放了几片很好的伪装树叶然后把我踢下去这件事情有所不满，但我内心还是可以理解的。快50岁的人第一次也是最后一次创业，每一分股份都是他的退休金，都是养老金，都是医疗保险，那都是命啊，拼命保留下来那是人之常情。而且在掌控一切的时候还是做到了做人留一线，虽然收回了价值800万元的股份但是最后还是给我留了30万元，不对是18万元的补偿，对他来说真的已经不容易了。我其实还是保留了理解和感激的。而且这笔补偿是他主动提出的，说明他为我考虑过。现在忽然发现，这笔钱还是一个坑。智商被碾压的焦虑感导致我对感激苏穆棠这件事失去了心情。

又过了差不多一个月，苏穆棠按照三个小伙伴的要求，多发了0.3个月补偿，给我的那份也没有缺斤少两。

因为这三个小伙伴真的摆出样子准备要去打官司了，他们深入探讨多方咨询后发现一个问题：轻鼎智能一直按照员工最低工资上的社保，这个其实是有问题的。把柄被掐住后，三个小伙伴机智地去找了社保部门，苏穆棠一下就虚掉了。周稳他们趁机劝："没多少钱，何必呢。"然后苏穆棠签字放款，息事宁人。

所以，谋划可以很深入很周到。但是自己千万不能留有把柄，一旦被掐住，谋划也就木有什么卵用了。

至于我，再次体验了苏穆棠谋局，大招延绵不绝一个接一个，和牢牢掌握所有主动的功力。

在这个过程中，我感觉苏穆棠就像神一般的梅长苏，而自己则有了一种誉王般的人生体验。

CEO素质论

事情结束后，我找了一位做投资的师兄来复盘。

此师兄是一个VC的创始合伙人，从事天使投资20余年，也是一名VC大咖，这里名字先隐去。

听完我们的故事后，他说"这个人确实有点当CEO所必需的素质"。

我很想知道是不是CEO都有些共性可以发掘出来。百度搜索"CEO应该具备什么素质"，结果很多："职业CEO具备的素质""最出色的创业公司CEO应具备的17个特征""CEO必须具备的30种能力"……

打开细看，全是一些无比正确的废话。

"事业心和进取精神/善于观察和思考/待人真诚坦荡/讲求工作效率/善于决策/凝聚团队/良好的人际关系和社交能力/自律和良好的习性……"

再看一档电视节目，就是那种几个大佬坐在台下，创业者出来路演的那种节目。其中有个创业者的股权架构是这样的：他自己占80%，20%给VC留着，团队和创业伙伴没有股份。其中一个创业大佬说："这小子不地道啊，创业伙伴一点股份都没有，不过她居然还是死心塌地地跟你，这小子狠，像个CEO。"

这些VC大佬见多识广，经验丰富，都号称看人比看事情更重要。

> 打过架优先，是一对一、面对面的对决，分分钟见血的那种，鄙视干打雷不下雨，叫骂的吵架。创业就是由一个个战斗构成的，不野蛮的人根本玩不转这个游戏，真正打过架的人会对这种生活少些畏惧，在狭路相逢时会有更大的赢面。
>
> ——一个VC大佬的CEO必备素质观

这样看来，会武术的流氓其实是适合去做CEO的。

反过来看，如果一个人的价值观是让所有人都满意，其实很难做CEO。

曾国藩说"小人求全，君子守缺"。

梁启超说"天下唯庸人无咎无誉"。

回头看，光影阑珊处

结束后，有天我坐在马桶上，忽然灵光一动，就像在黑暗中看到了一丝亮光，然后这丝亮光再也跑不掉，越来越明亮，越来越晃眼。

于是我给苏穆棠发了一条微信。

"把达普数据分出来，是不是就是为了收回我在轻鼎智能的股份？"

"There are many reasons." 苏穆棠很快回答。

苏穆棠并不否认，我猜他觉得我现在才看破真是够笨的，估计还挺失落的。

我想，这个局设得够气魄。

我想起当时有个大牛想加入轻鼎智能，先谈了一个股份，双方都还比较满意。不过在这段时间里，岳风老师同意加入了。苏穆棠就变得很纠结，长吁短叹，深感之前谈好的那个股份亏了："岳风老师加入了，这下我们公司的价值可就不一样了，怎么去和他说呢？"

苏穆棠的牛×就在于他真想出了办法，他对大牛说："你在新的公司刚待了没两天，你不能因为在新公司感觉不爽就要来我们这里。这其实对你的职业发展并不好，你应该直面挑战，尽全力把这份工作先做好。"

大牛回去了，也许还心存感激。

想起之前有一个员工，工作快满一年的时候。苏穆棠找我商量，说满一年就可以vest股份了，但是当时股份给多了，现在发现她其实not worth这个价格，怎么办？我问有多少。苏穆棠说，有0.8个点呢。我说，其实还不算太多，她那么早就来了，其实人也聪明上进，只是不擅长管理，我们这么多项目，可以帮她找个合适的活儿。苏穆棠说："I believe I can find a way that let her out，而且让她自己提出来。"

后来果然做到了！

我被清洗股份以后，公司有些人一度开始发慌，几位小伙伴自己发起找了律师，希望把承诺的股份期权落实在纸面上。苏穆棠一度答应了下来，在公司内部发了邮件说要把股份的事情落实下来。

可惜过两天苏穆棠又变脸了，说："我们应该把注意力放在'MO'项目上。'MO'项目已经到了万分紧急的关头，在这个时间点，我不希望任何人浪费时间和精力在其他的方面。"后来发展到，谁再提落实股份的事情就冲谁施展暴走神技，很快，就没有人敢提了。

如果苏穆棠有幸看到这篇小说，其实我想说一句，还是把股份落实到纸面比较好，可以稳定军心，稳定团队，少走人，其实有利于轻鼎智能的长期发展（感觉自己好贱）。当然，如果要被BAT接盘的话，其实也就没有必要分了，因为那不就是直接分钱了吗？但是话说回来，苏穆棠这么牛，完全可以在协议里多挖些坑，这帮渣渣估计也看不出来，到时候给他们个惊喜就行了。我能想到的solution就这么多，希望苏穆棠斟酌考虑，采纳一二。

对于当时的我来说，意识到苏穆棠很有可能给我下了套以后，我的感觉是痛苦而愤怒的。

人的一切痛苦，本质上都是对自己的无能的愤怒。

——王小波

我使劲回想苏穆棠是从哪里开始欺骗我的，想了半天，还真的很少。大部分情况下，苏穆棠通过举重若轻，避实就虚的方式，一步步引导我走到现在这个地步。我从最早的时候开始就对于应该做什么一直没有良好的商业判断，因此最后被带到沟里也是不可避免的事情。况且如果我自己真的很厉害，这个局是不攻自破的，而且可能是我自我超越的一个契机。所以从这个角度来讲，整件事还真怨不得苏穆棠，或许继续感激才是一种积极健康有益身心的心态。

　　苏穆棠是以公司利益为重，当然他自己的利益紧紧尾随在公司利益之后。当我从这个角度来解释他从前种种决定的时候，大部分事情可以解释得很圆。第一年公司做砸了，导致下一轮融资有巨大不确定性的时候，必须有人承担责任。这个责任不是简单的不领工资就可以弥补的，烧了那么多钱，来进行自己的商业实践是很奢侈昂贵的一件事情，不是任何人都有机会的。一次机会没有抓住，就需要付出代价，苏穆棠付出了20个点股份的代价，我付出了5个点股份的代价。

　　能力越大，责任越大。

　　　　　　　　　　　　　　　　　　　　　　——蜘蛛侠

　　责任越大，失败后的损失也就越大，所以苏穆棠的损失比我大。所以其实我还是赚到了。

　　把股份回收过来，给新的血液，新的人机会，再让他们来实现他们的商业设想，这个或许就是公司最大的利益所在，从这个角度来说，很公平合理。

/ 归零 /

R e t u r n　　T o　　Z e r o

———————

在苏穆棠极力劝说下，剩下三个伙伴留在了轻鼎智能。

多谢他们三个，维持了达普数据的善后工作。

后来，又有人离开，也有人坚持。

后来全都离开了。

大部分伙伴很快都找到了新的工作，新的事业，继续为梦想奋斗着。

有人去了一线大互联网公司；有人去了另一家创业公司做VP（副总裁）；还有在其他创业公司做总监的。

实习生们大都去了北美，看他们每天在朋友圈各种show新生活，让我很嫉妒现在的年轻人，也感叹逝去的青春。

第一个被开掉的郦诗离开了北京，去了风景如画的杭州，加入了又一家创业公司继续打拼，兴奋地和我说工资比她想象中的高多了。

陪看话剧才拉过来的芯蕊由于达普数据的死掉而无用武之地，苏穆棠纠结了快一年，果断把她劝退了。

郁闷无比的芯蕊去了云南散心。一天晚上她忽然收到了一条facebook留言，是老东家德国公司发来的："听说了你的事情，我们亚太区首席执行官位置还空着，你感不感兴趣。"于是芯蕊成为了Base在东京的德企亚太区首席执行官，再次见到时，一扫之前阴霾，英姿飒爽，朝气勃勃，老板气场十足。

四小强走了一半，有去追求肆意生活的，有去追求学业的。

前上市公司高管周稳在我离开半年后也离开了，走之前专门找到我吃了顿饭，谈了半天他对MO的展望。我呆呆地听了半个小时，说："你说得挺好，但是你和我讲没有用啊，我已经离开了。"周稳怔了一下，说："是啊，但是我现在没人可说，一和苏穆棠说他就骂我。"

卉烟离开后没有急着去找工作，天南海北地玩了一圈，去日本考了潜水证，去澳洲坐了热气球。疯了两个月回来后，去了一个更大的平台做运营总监。

苏穆棠给我发的补偿，我分给了所有伙伴。算是补偿自己画的大饼变空带来的愧疚感。如果能给大家留点正能量，让大家高兴一下，我也可以高兴一些。

后果就是，在老婆面前，快两年的不多的KPI清零了。

好在我老婆并不在意。

三个月后，我坐在咖啡馆里，看着外面淅淅沥沥的小雨，等着儿子课外班放学，有一搭没一搭地刷着微信。

竞争对手美刻数据CEO发了一条朋友圈：美刻数据和新浪达成战略合作。我心里一阵疼痛，又勾起来五个月前的回忆，当时我们踌躇满志地去新浪微博演示功能……

然后默默地把这条消息转发给了卉烟等几个伙伴，心痛的感觉也要分享给朋友们，这才叫深度分享。

心情很复杂，很矛盾。很希望美刻死掉，证明我们退出带来的机会成本远远大于沉没成本；也希望他们发展得好，证明我们曾经相信的方向不是一个幻影。

轻鼎智能在岳风老师的掌控下，开人越来越有了雷厉风行的节奏。如果对一个人不满意，第二天他的座位就空空如也了。

轻鼎智能的MO项目搭上了手机厂商，已经发布，进行了一系列轰轰烈烈的PR活动。

我觉得世间的繁华，大抵都仿若一场烟花，绚烂的光芒过后，是无尽的黑暗和漫长的落寞。

最为不舍的，还是那些有幸遇到的伙伴，是与你们在一起度过的时光，还有那不忍心说出口的再见。

一年后

时间来到了一年后。

一年前并没有想到，这段经历竟然这么久都还没有走出来。

郦诗回了一趟北京，找我出来喝咖啡。到了咖啡馆，一眼瞅见郦诗，兴冲冲地跑过去，忽然眼睛一晃，发现苏穆棠坐她对面。

我一边在肚子里骂了郦诗十几遍，一遍挤出可怕的微笑："哦，好久不见！"

苏穆棠胖了不少，而且还像之前那样一脑门子愁云和焦虑。

"你最近在做什么？"苏穆棠问。

"做饭，洗衣服，带孩子……顺便做点文学创作。"我有些不好意思。

"你还是应该去做点事情，不能就这样虚度时间。"苏穆棠习惯性地给我上课。

"你不能因为碰上我这么一个'坏人'就不再相信别人，那相当于放弃了自己！"听到苏穆棠这样说，我心里掀起了惊涛骇浪，一时间五味杂陈，对他的感情又变得复杂了许多。

后来有一次在真格基金见到安娜，她对我说："苏穆棠和我说起你，他对你的评价非常高……"苏穆棠会这样评价我，这又是我没想到的。

人性真是个复杂的东西。回忆和苏穆棠在一起的点点滴滴，细想他好像也并没有做错什么。

"你比我年轻10岁，我这是第一次也是最后一次创业，但你还有时间。"苏穆棠又说。

"我也一直在想，但是实在没想好去做什么。"我说。

"不用想好，所有事情都是去做了才能知道。哪有人能知道什么方向是对的，谁都不知道，都是去赌的，不能因为看不清楚就不去做！"

苏穆棠苦口婆心地劝了我半天。

我确实被感动到了。

一个月后，我参加了真格基金的真格学院（当时还叫失败研究院）。遇到了很多有丰富创业经历，都曾经有过光芒万丈的时刻但是又跌入谷底的创始人。彼此畅谈人生，因为经历相似，大家惺惺相惜，建立了深厚的友情。彼此都很感慨："老天是公平的，并不是只坑我一个人！"

又过了一个月，我带着新的小伙伴和新启动的项目"笔神"，又来到了真格基金。

这个新项目是我从写这些你正在看的文字时感受到的深刻痛点中诞生的。看到这里，我猜你一定会觉得"很方"。

还是在熟悉的地方，熟悉的会议室，熟悉的贾经理，熟悉的安娜，熟悉的徐老师。

这次没有了苏穆棠，所以必须由我来主讲。虽然紧张得又快要尿了，但是我必须挺住。

我的开场白很特殊："一直想说一声抱歉，上一个项目没有做好，辜负了期望。"

贾经理笑着把话头岔开："嘿，这个可以跳过，我们直接说这次的项目就好。"

在座的大佬七嘴八舌地说："别在意过去了""往前看""要相信下一次""每一次试错都是有收获的"。

我忍了忍热泪，点开了PPT。

新项目受到了一致好评。

"这个脑洞很大！之前还没有见过。"

"这样可行性有多高？人工智能技术现在可以做到多大的精准度？"

"如果能做到精准，确实是写作教育训练方式的一场革命！"

当天晚上，我收到了投资确认的消息。

我又一次拿到了真格的投资。

又一次感受到了沉甸甸的信任！感受到这伟大的二次信任！

我开始了新的征程。

这一次，命运完全在自己手中。

卉烟从现在公司离职，又一次加入成为小伙伴。之后，又有之前的小伙伴也加入了。令我感动的是，他们决定加入的时候连待遇都没有谈。还有之前的小伙伴说可以兼职帮忙，而且不要钱。

未来会怎么样？

我觉得，还是像黑洞一样，深不可测。

归零

再一次失败，应该也不是小概率的事情。

但我们还是选择相信自己，选择相信未来。在这个时代，做到竭尽全力。

唯有青春，热血，情谊和信任，不可辜负。

/ 一篇来自卉烟的番外 /
曾 经 沧 海 ， 除 却 巫 山

————————

我是卉烟。

我至今都十分怀念在达普数据的日子。

那个时候每天睁开眼睛，在赖床、起床、刷牙、洗脸、换衣服、打车出门的间隙里，可以回复五到十个合作伙伴微信。等上了车，路上还能跟合作伙伴或者潜在投资人打一两个电话。

到公司之后，就开始马不停蹄跟大家对发文儿计划，QQ 微信尬聊的方法和进展，创业大赛参会状况，重点客户跟进情况，跟 Johney 核对各类产品宣讲或者融资 PPT；然后去客户那里 BD 或者现场客服，做调研和回访，面试潜在同事……间或还跟大家打打桌上足球或者围观围观 NBA 的重要赛事，不亦乐乎。

稍微有点倦意的时候，就冲进零食间来一罐零度冰可乐，微妙的凉意在嗓子里化开的瞬间，就觉得原地满血复活，还可以再为公司健康奋斗五十年。所以各位创业大佬们，千万不要忽视小零食和冰可乐对于团队斗志的积极作用啊！

每天下午七点四十五分左右，如果不跟青青姑娘一起去健身，我便总是搭上顺路的周稳的车回家。车出了中关村上四环，再拐上京藏高速，一路华灯初上，晚霞袭人，听周稳讲述一些公司上市的八卦、欧洲旅行的趣事、财务自由后的烦恼、养儿养女的痛与乐，有时候还

能和周稳刚从新东方下课的小女儿同车，聊聊"零零后"更愿意用QQ还是微信等可爱的话题。

感觉时光绵长，世界精彩，而自己好年轻，好活力。

到家以后便可以趁着夜色和手机都终于安静，沉沉思路开始写些软硬推广文章。那时一边放着音乐，一边把自己的新知旧经按照偷偷鼓吹达普数据特别好用、特别时髦、特别被需要的逻辑重新梳理和组合起来，还要时而端庄严肃卖干货，时而活泼可爱演机灵。不停思考这篇的受众是谁？他们是不是会被吸引点进来看？他们看完了会不会喜欢？是不是会觉得真的需要达普数据？会不会觉得达普数据真可爱、真好用？会不会想要内部推动使用达普数据？那他们又有没有这样的推动能力？如果没有我是不是再适时写一篇文儿or干脆上门服务帮助他们推动一下？时常边写边笑话自己，简直就是把心思写在藏头诗里患得患失的情窦初开精分少女啊。

其实那时遇上的好多事，我也都从来没有遇上过。可是每每环顾四周，便发现可能也没有人比我更可能有一点哪怕稍微相关的经验或者洞察了，便只能冷静一下，搜集资料，理理思路，找出方法，然后跟大家一起快快试起来。有用咱就接着往下走，没用咱就调整方法再试试。

每天都觉得自己什么都不懂；每天都觉得自己懂得又多了一些；每天都觉得自己得懂得更多才行。

Stay hungry. Stay foolish. 大约就是这么个意思吧？

很久以后有个朋友问我：

那段时间虐吗？

真虐。

每天忙得几乎没有什么"自己的时间"。

那段时间爽吗？

真爽。

看着团队小伙伴一点点成长，看着铺出去的路一点点通透，看着邮箱里每天的注册请求一点点增加，看着后台的集成服务设备数一点点突破……当所有的"虐"都开出了花，其实真的挺爽的。

当然啦，在轻鼎智能和达普数据的日子也并不总是那么爽的。比如，碰上苏穆棠找我"谈心"的时候。

你会不会突然的出现

到轻鼎智能的第一周，我就发现苏穆棠喜欢突然找人谈心。

大部分时候是突然出现在你身后，问你有没有时间 walk 一下。如果不是从小到大有丰富的当好学生的经验，还真有点扛不住这如班主任的脸出现在教室后窗口般的恐惧。

然后苏穆棠就会视谈话长度和题材，拽着你一起沿着极酷孵化器或者中关村的小路一圈一圈地走，大概都是聊一聊最近感觉如何，对下一步工作有什么想法，有没有什么想要看的书，你如何看产品未来之类的。

那个时候苏穆棠的脸上还看不到明显的焦虑与愤怒，所以边散步边聊天的谈心活动，整体来说还是相当有利身心健康的。

与谈心一样，苏穆棠组织会议和抛出会议议题的方式也很突然。

比如我犹记那是我到轻鼎智能上班的第一周的周三，在一个不太相干的会议上，苏穆棠忽然问道"What do you think，我们应该按照打造一款独立产品的方向，去为达普数据付出努力吗？"

一篇来自卉烟的番外

当时参会成员都恰好有或多或少的人力扑在达普数据上。苏穆棠很自然地以"枪泥的意思很清楚，就不用说了"一句话跳过了枪泥，接着就问我怎么看。

我心想"我才来第三天啊，理解很可能非常不全面啊！"可是，新老板与新同事当前，阵势不能输啊，对不对。

于是我只好强行稳了稳思路，说："虽然达普数据是作为轻鼎智能战略链条上的一环而存在，但既然它作为一款产品，就该好好做；同时，我们整体的战略链还是有点长，但如果把链条解耦，不管将来搜索的路是不是走得通，达普数据能够良好发展，对公司整体发展也是一种保险的选择。"

接着，虽然也有个别同学表示"达普数据做起来没什么难度又有点琐碎，不如我们去做点更有意思的事"，我的观点还是得到了大部分与会同事的支持。苏穆棠当场表示"好，既然大家都 think so，我们就把它作为独立产品好好做，加油吧。"

我清楚记得，当时刚入职不久的我，还因为自己的观点受到肯定和支持而沾沾自喜了好一阵子，以至于"咦，为什么枪泥的表情略不自然"的念头只在我脑海中转了一下，就飞走了。

四个月后，达普数据处在绝望边缘。

病急乱投医的我也找了一位投资人朋友来达普数据聊一聊。聊到股权结构和拆分始末，朋友问"做出拆分的决定时，苏穆棠没有提前跟大家商量过吗？"

我当场愣住。

电光火石间，我才忽然意识到，那场会议上突然出现的讨论到底意味着什么，意识到，自己在信息极度不对称的情况下进行的想当然的发言多么的鲁莽而愚蠢。

命运早已写好他的伏笔，而当时的我们一无所知。

更确切点说，是当时的我，一无所知。

等闲变却故人心

苏穆棠发起的 walk 活动，也是从"拆分"开始，变得不那么令人愉悦。

5月下旬的一天，苏穆棠在上午十一点忽然找我 walk。一般这类活动都是在中午或者傍晚，所以我有点惊讶。

"MO 和达普数据要拆分了，你要考虑你去哪边。我是都可以的。It's up to you."

"拆分的意思是？现在不也是独立的产品线吗？"

"达普数据要成立新的公司。"苏穆棠语气坚定。

我的心里涌出一万个问号。为什么要拆分？拆分后到底大家是个什么关系？拆分到底意味着什么？一家公司有多个产品不也挺正常的么，为什么要拆分公司？我当时对于这些问题答案的好奇远远超过了"我该何去何从"的考虑。感觉自己真是一个求知欲旺盛的人呢。

"为什么要拆分呢？现在这样不也运转得很好吗？"

"Well. We have to focus. 拆分完之后大家都能更 focus."

"那拆分产品线不就完了吗？为什么一定要拆公司呢？"

"拆分了公司，投资人才觉得我们都是有决心把事情做好的，也能都多拿点钱。"

苏穆棠谈到了"投资人"，这完全进入了我当时的知识和经验盲区，只觉"哇到底是 CEO，是会玩儿，还可以通过拆分公司来多拿钱呢，厉害厉害。"

"哦哦，所以是融资方面的考虑啊。那么，拆分完了之后，我们还是一起工作吗？"

"Partly. 但既然我们要 focus，你选了哪边之后，一段时间就主要做哪边的事情。"

"那所以……我其实是要决定，接下来一段时间主要做达普数据还是 MO 的事儿？"

"你可以这么理解。你也可以现在先去达普数据帮忙，之后再回MO，都没有关系。我是希望你一直 work for MO，但 it's up to you."

我有些感动。作为老板，他不是直接通知我被拆到了哪家，而是让我自己选。而且他虽然表达了倾向，却把选择权完全交给了我。堪称open mind& considerate 好老板典范。

但"拆分"这件事我仍觉得万分诡异。

即使如此，自己当时对于"融资"这么洋气、神秘而高大上的领域没有一点具体的概念，一时间也很难把知识恶补起来，心态上首先就怂了。在挣扎中说服自己接受了"苏穆棠做这个决定一定是有他的道理的，我觉得诡异很可能是因为我不懂的太多了"这种设定。以至于"那如果为了融资为啥连人都要需要重新选择？"之类的疑问，我也自行脑补了"投资人也不傻，既然要融资肯定就得做全套啊"之类的答案。

没文化，真可怕。

于是苏穆棠抛出的问题于我而言，变成了一个"投资人看起来我是哪个公司的"和"手上最近做哪个项目的事情"的选择题。

那其实也就不难选了。当时我已经为达普数据的推广工作了两个多月，成效初见，正是十分来劲的时候。相比较之下，MO 产品上线时间都还不确定，自己能做的事儿非常有限。况且，跟枪泥聊了之后我也确定了"投资人看起来我在达普数据"对于达普数据的融资也是有意义的。

所以在第二次跟枪泥聊的时候，我就果断选择了在拆分后加入达普数据。

然后我把决定告诉了苏穆棠。苏穆棠看起来有点受伤，表示他没想到我居然这么决定。我也没想到他居然有点受伤。

我默默想"不是你说'it's up to you'嘛"，但仍忍不住想要宽慰一下苏穆棠。

"反正我们也只是为了融资而拆分啊，等达普数据的推广上了正轨，正好 MO 产品到时候也上线需要推广了，我可以再推广 MO 的啊，不是吗？"

苏穆棠顿了顿，说"Right. 好。"我就轻快地回到工位上嗷嗷地跟潜在客户聊天去了。

在那之后，苏穆棠仍会三不五时找我 walk，有时还会派出 MO 的小伙伴给我讲讲 MO 产品的最新进展。后来我才明白，苏穆棠其实还是希望我"早日回 MO"的。但当时的我看来，只觉拆分之后也并没有什么不同，"果然大家现在、未来都还是一家啊。"

后来达普数据融资有点不顺利，我也开始跌跌撞撞和枪泥一起想办法。当时我找到了一个正在做 B 轮融资的朋友，意向聊得差不多以后，我约了朋友来极酷具体聊战略融资的事儿。他们是我们的合作伙伴，产品和战略上也有互补，他们能投我们一点点，我们就可以再续一阵命，背书也能强一点，就很可能撑过这一阵最艰难的时候。

大概也就是那个时候，苏穆棠看出了我对达普数据的用力。朋友一走，他便出现在我身后说要找我 talk 一下。

这次没有 walk，气氛有些凝重。在极酷的小会议室里坐下（极酷真的有好多简洁舒适的共享空间，给极酷打 call），苏穆棠开门见山便问"你打算什么时候回 MO？"

当时还不流行黑人问号脸，不然我一定想给苏穆棠现场发一套表情包。

MO 产品离上线还早，现在目测还不需要我啊。更何况达普数据现在正是融资、推广、商业化以及各方面的紧要关头。

走神了一秒，我便不得不应对眼前的场面。隐约觉得跟苏穆棠之间一定有什么误会，我决定把自己的态度表达得直接、坚决一些。

"达普数据现在可做的事情还很多，如果可以，我希望能把达普数据一直做到极致。"

"好吧。What a pity. Well."苏穆棠沉默三秒以后说，然后就站起来转身走出了小会议室。

这是我跟苏穆棠之间，最短的 talk 了。

当时我很是为自己的直接自责了一把，苏穆棠起身离开的样子让我有些内疚。

但我大概还是太感性、太拿自己当回事了，苏穆棠的承受能力和恢复能力给了我一记清新的耳光。

Endless Talk

隔天的傍晚七点，苏穆棠便又找我 walk。

"what if 枪泥拿不到钱？"

"我们不能并回轻鼎智能了吗？"

"Well，我们不可能永远无条件支持你们。"

"哦……我觉得我们还是能融到钱的。"

"那如果不能呢，will you continue doing it？"

（我当时跳了一秒戏，差点脱口而出"yes I do"）

"我，愿意啊。"

"那没有 money 怎么做下去？"

"没钱……就去找钱，枪泥不是还在外边一直忙着吗？我也跟他去见过几家，现在还有几家没给最后的决定。我觉得大家各司其职，我除了把产品和推广做好，融资的事儿枪泥需要帮忙的，能帮到的我也在帮。"

（此处必须给枪泥点个赞，你真的如你所料"太厉害了"。）

"但现在情况并不算乐观，你们时间也不多了，如果真的拿不到钱，要怎么做下去？"

"我们人不是都还在这儿吗？离八月底还有一个多月，服务器不是还有我们之前大赛获奖的免费额度可以用吗？够撑一阵子了。"

"服务器是轻鼎智能的，not for free，我们现在是可以支持你们，但这也都是cost，you have to think about it。"

"……可是当时的奖不是达普数据为主要产品拿的吗？"

"Well，doesn't matter. 你能接受不拿钱吗？"

"别人我不知道，当然也要尊重大家的选择。但我暂时不拿就不拿吧，我相信只要渡过难关，我们还是融到钱的，只是现在时间有些紧张了。我问过我比较懂的朋友，三个月根本不够，时间长一点我们还有机会的。"

我不知道是不是这句话让苏穆棠觉得我在暗暗指责他故意没有给我们足够的时间（虽然我当时确实是有这个意思），苏穆棠嘴角抽动了一下。

当天半夜，拖着疲惫的身躯和炸开的脑仁，站在中关村的夜风中打不到车的时候，我就为自己当时说了这句话感到后悔了。还抱什么幻想呢？苏穆棠已经想好就给两个月时间，现在给到三个月已经是宽限了，他还有可能再支持下去吗？逞这种一时口舌之快干吗呢？有用吗？能解决问题吗？

更要命的是，这句话之后，苏穆棠就几乎以暴走的节奏狂陈了自己割舍掉达普数据的断腕之痛和如今面对达普数据悲惨现状的恸绝心情，间或 cue 我回答一些"你怎么看待枪泥这个人？""你以为今天的局面是谁造成的？""你觉得 it's all my fault, right?""你以为我有 other choice 吗？"这样深刻而耗神的问题，足足谈了四个半小时。

我逝去的美好的四个半小时啊，能看书、能写字、能做事、能健身的四个半小时啊。

当然，那场谈话对我来说也并不是毫无收获。也就是在那个时候，我才忽然第一次清晰地意识到，覆水难收，以后轻鼎智能和达普数据，真的是两家人了。

现在回头看，当时的自己，其实算不上善良。不管我是否事先有准备，不管谈话的主题和内容我是不是认同，不管回头看时是否发现谈话中其实充满了立场和计算，那场谈话，终究是一个焦虑、犹疑、不安的老板（甚至是，朋友），在把他一部分的、真实的、不轻易流露的、不知道该向何处安放的心声，袒露给一个他认可而信任的人，希望能够寻求到哪怕一丝认同，来让自己可以更清楚、更坚定地往前走。而我，却出于自己对达普数据的维护、对于枪泥作为老板的认同，并没有给出苏穆棠哪怕一点无关痛痒的认可和安慰，并且在谈话之后，还持续感慨于自己失去的宝贵四个半小时。

当时的我其实真的没必要为四个半小时心痛那么好几下，因为很快我就心痛不过来了。

第二天，苏穆棠又找我。接着讨论 what if 达普数据拿不到钱，我还愿意做下去吗。

第三天，苏穆棠又又找我，问我如果达普数据做不下去了，我准备什么时候回轻鼎智能。

第四天，苏穆棠又又又找我，问我如果还想做下去，我打算怎么做。

第五天，苏穆棠又又又又找我，接着让我想达普数据的前景细节和我的细致打算。

第六天，苏穆棠又又又又又找我，问我觉得达普数据的今天是谁造成的。

……

每天，工作五分钟，talk 三小时。

每天，我都为长时间的 talk 导致的工作进度放缓而感到万分焦虑。不知道苏穆棠有没有。

后来的后来，我恋爱了。有一次想找男朋友认真聊一聊两个人的未来，他顿了一秒说"你忽然找我聊这个，我没有准备好，我准备准备我们再聊好不好？"本来我一定会当场发飙的，还要心理准备？是不是从来没想过？聊个未来这么难为你，是不是对我不认真？但想到那些被苏穆棠突然 Cue 到、一聊几个小时的日子，我就仿佛瞬间懂了男朋友的心情，一场世纪大战就此成功被避免。几天之后，男朋友做好了准备，就认真主动找我描绘和探讨了未来。

这个故事告诉我们，人生的任何经历，都不白白拥有啊。

一篇来自卉烟的番外

故事快要到终点，结局仍然多悬念

2016年8月1日，周一，大太阳晒得人心神不宁。

一早踏入极酷的我，还来不及感受凉爽的空调香，就碰上站在门边聊天的枪泥和苏穆棠。

哦，看来枪泥也又被"提审"了啊。

本来我想说过 Hi 之后就赶紧溜回工位开始工作，免得又被牵连"提审"，却听见苏穆棠说"卉烟，你来做达普数据的 CEO 吧？"。

蛤？what？啥玩儿意？

苏穆棠看我一眼，又看枪泥一眼，留下一个意味深长的微笑，扭头就走了。

枪泥把我拉到一边，给我讲了讲苏穆棠与他在周末进行的惊心动魄的对话，并且真诚地向我表示，这其实对我来说是个不错的选择。

可我并不这么想。我满脑子的苏穆棠怎么可以这么对待枪泥呢。

典型的卸磨杀驴啊！

讲真，公司有了不错的发展以后，几个合伙人因为利益纷争闹得不可开交，甚至开撕的例子确实倒也不少，虽然我不认同吧，呃……至少姑且可以理解。

小船儿才刚离岸，距离装满宝藏的星辰大海还有二十一万六千里，就开始往下扔一起出海的队友了？

原来苏穆棠成天问我"what if……"是这个意思吗？我是跟他说就算是垫钱我也愿意往前走，跟达普数据共渡难关，可我的坚决意志里并没有包括把枪泥踢走这种可能性啊！更何况还是把他踢走，让我来上？什么鬼啊。

一时间脑子有点乱，感觉整件事可以说非常可笑了。

但这还不是最让我着急的。最让我着急的是，我明显感觉枪泥有些泄气了。这于我而言，是比"苏穆棠怎么又来这么一出儿"更要命的大事儿。

如果扛旗大哥被打倒了，我们还怎么上阵杀敌啊！

于是有点心慌的我，当场毫不绕弯地向枪泥表示"什么鬼我不接受这种设定"之后，就开始慌不择路地向他猛灌"不要灰心，不要放弃，我们还有希望！不到最后一刻，我们还是要再挺一挺。你看大家在知道融资情况以后都没有放弃，每天都来认真上班，私下里还总跟我说觉得枪泥好辛苦，心疼枪泥；你看产品和增长也在不停进展，再有点时间我们一定能商业化成功，到时候就不用这么怕没有钱了……"的大锅乱炖土鸡汤。

下午，心情复杂的我和强打精神的枪泥一起去见了今日头条投融资部门的一个朋友，想desperately再试试能不能聊聊战略融资。

从头条回来，我们就发现，苏穆棠在这个下午派出了轻鼎智能的HR，嗖嗖地和达普数据来不及反应的小伙伴们签了达普数据的离职协议。

真是兵贵神速，唯快不破啊。

搞么子？excuse me？真的大丈夫？

我们还没放弃呢，虽然希望渺茫，我们还在战场上寻找机会呢。老大哥在后方猛拔气门芯儿？

当时我站在办公桌旁边，听小伙伴们七嘴八舌聊这天下午发生的事，感觉自己心里一直绷着的那块火红色的布，忽然就被烧开了一个口子。

于是我去找苏穆棠"理论"。

跟我一比，苏穆棠简直是十分冷静，甚至还带些父亲般的慈爱。

他不急不躁，慢悠悠地跟我说"你不要好像跟我兴师问罪一样，我这么做也是 for your benefit。仔细想想 you need 哪些人。All is about talents。人是最重要的。You don't have too much money. Think about who are the key persons，比如芙洛。你先think，我们之后再聊。"

我竟觉一拳打空，背脊发凉，不知该从哪里"理论"起。

2016年8月2日，周二。

苏穆棠可谓一约既定，万山无阻。傍晚时分，他又来找我 talk。

"怎么样，想好留谁了吗？And what is your plan? What do you need?"苏穆棠笑吟吟问我。

好多天了，难得见到苏穆棠的笑容。

但我并没有因为苏穆棠的笑容犹豫。

"我不干了。"

那个时候苏穆棠惊诧的眼神，一定一如我那天听苏枪二老让我当CEO时一般。

大概他没有想过，CEO 送到家门口，居然还有不当的道理？

"why? 你不是很坚定要做下去么？"

"可那时候我并不知道你要把枪泥换掉。"

"枪泥，well，我们之前聊过，他也有他的问题……"

眼看又要 everyday before once more，我第一次打断了苏穆棠。

"对，确实这些我们之前都聊过，可是我们也并没有达成一致。况且现在其实我们也不需要再聊这些了。我不干了。"

"你连条件都不提一提，就不干了？"一向沉稳有准备的苏穆棠也明显急了。

"对，不提了。不是所有事都关乎算计，也不是所有事情都可以进行条件交换的。枪泥不干，我也不干了！"

当时我的心情大概是，头发甩甩，大步地走开，不理会心底的小小悲哀。

我其实也并不是全无私心。CEO 的名头对于当时的我来说并不是一点诱惑也没有。枪泥仔细跟我聊过，他说，见过更多更厉害的人、操心过更多更复杂的事，你的眼界和格局将会变得更开阔、更不同。我其实多少还是有点好奇的。

可是啊，达普数据的客户量好不容易才刚刚做起来，越来越多的人知道和认可我们了，自然流量也才刚开始有点源源不断的意思。产品接入流程、重点大客户攻破方法、产品的后端数据服务也慢慢稳定了。接下来我想跟团队所有小伙伴一起把产品做轻、把 Dashboard 做得简单好用，然后把已经在手上的几家愿意付费的标杆客户做实、把钱切实收到，接着就尝试规模化的、分层的商业化，我入行以来没有试过商业化，想想还有些兴奋。等我们有稳定的现金流和合作伙伴流量，我们就可以基于已有的、并且还在源源不断涌入的数据，进行些新形式的、针对 C 端用户的变现尝试，个性化广告推送也好、基于小 KOL 的内容分发也好、基于社交网络的精准分销也好，都是有想象力的可以尝试的东西。

当时的我满脑子都是这些事情。我知道这一路会很艰难，环境时刻在变化，竞争对手花招非常多，投资者要求越来越苛刻……但谁家想做点事儿，不遇到些艰难险阻呢。

兵来将挡，水来土掩。遇神杀神，遇佛杀佛。

但想到要跟如命运一般毫无征兆，却到处写满伏笔的苏穆棠斗智斗勇，我头都要炸了。如果我要花费大量精力跟苏穆棠斗智斗勇，从每一场谈话中抽丝剥茧地找出谈话的真正重点，从每一个他的举动中仔细辨认他行动背后的真正意图，那我还哪有功夫儿把上边的所有事儿做好呢？

走出舒适区域跟苏穆棠斗智斗勇一番，真的不可以吗？但这样有什么建设性价值吗？世界会变得更美好吗？用户和客户获得了价值的提升吗？达普数据会发展得更快吗？团队里的小伙伴们会成长得更稳吗？不会。再赤裸点看，达普数据的收入会增加？用户质量会提高吗？估值会翻倍吗？投资人和合作伙伴会更感兴趣吗？小伙伴们的物质生活水准会进步吗？我自己做人做事的能力会增强吗？也不会。

当时的我，"格局"大抵如此。

2016年8月3日，周三，天气……晴。

中午枪泥和我坐在极酷孵化器最东边的台阶会议室里，仔仔细细考虑了所有我们最后的可能性：还有几家投资还没给最后结论呢，我们要不要再聊聊看？来不及了，大家都已经签离职了。那卖掉呢？团队未必愿意都去，更何况苏穆棠的态度还不明朗，毕竟他是大股东。那我们自己垫钱再续命一段时间呢？苏穆棠不会同意的。那我们并回轻鼎智能再熬一段时间呢？岳风老师完全杜绝这种可能性……

不得不承认，很多时候，人心里的那口气如果散掉了，心底最隐秘的角落、最本能寻求的，不再是想尽一切办法撑下去，而是，一个解脱。

那么，就跟团队，一起解脱吧。

阳光从落地窗外无辜地照进来，闲闲地洒在会议室的阶梯上。

大会议室，空荡荡的。

下午，我们分头找团队的小伙伴依次郑重而惭愧地聊了一次，向大家解释现状、表达歉疚，力所能及地帮大家找寻出路、联系和推荐潜在的下家。于我而言，需要把这些话说出来并不是最难的。最难的是，看到小伙伴们纷纷表示"真的真的不用歉疚，跟团队一起工作的这些时间我很开心啊""啊不用不好意思，我们都找得到工作的"的时候，把发酸的眼眶里的泪憋回去。

很久很久以后，每个午夜梦回想到这个决定的时候，我都在想，如果自己当时勇敢一点，"格局"更大一点，事情会不会不同。

但如果当时的"勇敢"，意味着放弃一起奋斗的伙伴、意味着舍弃聪明踏实地做事本身转而追逐建功立业的虚幻感受、意味着做一些痛苦却并无建设性的妥协，那么我宁愿自己始终"格局一般"。

每每思路行走至此，我便又心安地睡去。

年纪越大越觉得，只有当对自己和对世界都有所交待时，才能踏实安心地睡着。

错过了自己人生中第一次当CEO的机会，我从来没有后悔过。

（毕竟出几千块注册一家公司也能给自己发一个CEO的title啊，不是吗，啊哈哈哈）

高山大海，谁在老去

有一次在搭周稳的车回家的时候，我们聊到了"怎么样才算是老了"的话题。

周稳说"我觉得，人啊，是从他（她）把自己封闭起来，不愿意或者不能再接受新的事物和观念的那一刻，开始衰老的。"

我深以为然。

在轻鼎智能和达普数据奋斗以及之后的日子里，我见过，还未毕业就早早加入轻鼎智能、期望大展宏图却因为一直找不到合适的定位、也没能静下心来把推广的基本功打扎实而一直挣扎求索的郦诗。

我见过，能在同事面前把自己的学历背景描述得滴水不漏；能在投资人面前坚定而自洽地把自己的创业故事讲圆；能把达普数据的代码拷走后面不改色地做起同样的事情；能毫无"身段"地在我们离开达普数据之后，分别找枪泥和我，希望拉我们入伙的青皮。

我见过，与女朋友双双申请到美国 TOP 商学院之后，还在达普数据为了提高与潜在客户的QQ 尬聊成功率而玩出花样地当了两个月"真·假女孩"的小糖。

我见过，商科出身却一心想要成为码农，在达普数据写了几个月的生动活泼软文之后，赴 CMU 读了Computer Science还在 Apple 北美找到了程序员工作的朗姆。

甚至，一直在反思、焦虑、自信、犹豫中徘徊的苏穆棠。

甚至，在离开达普数据后的一年中，帮助自家孩子实现了从学渣到学霸的逆袭并重塑信心、成为大IP畅销书作家、找到了新的创业方向、摆脱了融资 pitch 魔咒、还习得了一手好菜的"家庭妇男"枪泥。

……

谁还年轻？谁在老去？真的很难说清楚。

所幸前路开阔漫长，谁又知道会遇上什么呢？

比如，枪泥、我、芙洛，还有其他小伙伴，在兜兜转转一年半后的今天，又因缘际会地重新聚在一起，开始为新事业的启航而并肩奋斗了。希望这次我们可以做得更好。

并无岁月可回头，愿怀诚勇至白首。

愿所有的经历，好的，坏的，赋予我们的是智慧，而不是衰老。

高山大海，刀尖永远向前。

/ 后记 /

写《试错》之前，是我人生最低谷

———————

首先感谢一下真实故事计划的李意博老师，他是我的伯乐，谢谢他对我的发现；然后感谢一下大赛的所有评委，都是一些如雷贯耳的名字，对我这样野生的写手来说这个牛我可以吹一辈子；最后感谢一下我老婆，我在写《试错》的这个过程是我人生中最低谷的时候，我非常感谢她让我肆无忌惮地吃了一年多的软饭。

我是枪泥。

一直都不知道自己有写作方面的天赋，因为从上小学开始，我的作文就是班里的反面教材。上高中的时候，语文老师很喜欢念班里的优秀作文，我们班60多人，每次被老师念到的大概20个。三年了，我每天都盼着自己的作文可以被念到。到毕业的时候，我终于放弃了这个幻想。于是，高考作文成了我36岁前的最后一篇文章。

直到18年后，《试错》的横空出世。

我曾经幻想过一万种可能会被人认可的方式，却没有料到我会因写作获奖。

直到现在我都觉得这是一件很神奇的事情，因为到动笔前一天，我都不认为我有能力写这么长的一篇文字。但是我也知道，这次高潮迭起却在顶点戛然而止的创业经历已经在我脑中孕育很长时间了。如果再不写出来的话，我脑子可能要爆炸了。

每个人都会有类似的体验，当你经历了一些事情的时候，表面上看起来云淡风轻，但是内心却波澜壮阔，久久不能释怀。

这个时候，把它写出来！

写《试错》之前的那段日子，是我的人生最低谷。创业失败，忽然从每天的疯狂加班变成了无所事事，忽然间最信任的兄弟变得反目成仇，忽然间对小伙伴拍着胸脯的承诺都变成了镜花水月，忽然间自己奋斗了两年的事业也重新归零。我表面上看起来好像满不在乎，但实际上每天都沉浸在一种幻灭的情绪中无法自拔，这使我颇为悒悒不能振作。

这个时候，心底的一个声音在喊：把它写出来！

当我开始写出第一个字的时候，我忽然间体会到了什么叫做灵感喷涌，什么叫做下笔如有神。多日积累的思绪在这一刻像关不住闸门的激流，汹涌澎湃，喷薄而出，一发不可收。灵感在脑子里像火花似的一个个爆发，然后又一个个转化为文字。仅仅不到一个月，初稿已成。而当我写下最后一个句号后，我忽然发现，自己已经不在乎了，已经放下了。在这个不经意的瞬间，原本费尽心机想要忘记的事情真的就这么忘记了。

当我鼓起勇气把初稿发给当初一起创业的伙伴后，收到了出乎意料的好评。这样的好评让我惊喜也让我很得意，仿佛看到自己的孩子受到了表扬。这让我更有勇气转发给更多的朋友看。最终，在寻找真实故事的真实故事计划看到了我的文字。

于是，就有了今天的《试错》。

我想说的是，真实永远更精彩。每个人的生活都有属于自己的故事。无论你的职业是保安，是卡车司机，是公务员，是搬砖工，或者家庭主妇；也无论你是恋爱中，已婚，离婚，或者婚外情出轨中，你一定会有自己独一无二的故事。这些故事通常你自己会觉得习以为常，会觉得没有什么可说的，会觉得其它人并不感兴趣。但是其实也许不是这样的，也许你可以试着把这些故事写出来，分享出来，也许就会出现像我一样意外的收获！

你可能很难写出一部可歌可泣的小说，你可能也很难写出一本荡气回肠的诗集，但是你一定是最有资格写出自己故事的那个人，这个故事也会一样精彩。

而且，如果连我这样的文学功底都有可能写作，都有可能出本书，都有可能卖出一份影视版权的话。那么，你有什么理由不可以？

在写《试错》的过程中，我也遇到了很多困难。因为自己是非职业写手，我对自己的文笔并没有什么信心。很多语句字斟句酌，但总觉得还有更好更恰当的表达。好在我的职业是程序员，而且是人工智能方面的程序员，所以我编了一个叫"笔神"的软件，来帮我润色，来帮我提高写作能力，提高自己的文学素养。

我后来的故事演绎了一出峰回路转。先是参加了真格基金的失败研究院（现改名为真格学院），在学院里调整了心态，结识了新的朋友。并且在这个过程里，有幸认识了真格基金最优秀的投资经理，并靠这个叫"笔神"的软件收获了新的一次天使投资。于是我组建了更棒的团队，又开始了新的创业征程。

真实往往比编造的故事更加精彩。因为我们永远也想不到，明天会发生什么。但是不管发生什么，最明智的选择可能就是，真实地把它记录下来！因为这些经历塑造出了每一个人，这些经历交织出了你的独特生命体验。你之所以是你，就是因为你的每一段不一样的生命旅程，所以它们都值得被记录，都值得被回味。霍桑在他的《古屋青苔》中说："我对我往事的记忆，一个也不能丢了。就是错误同烦恼，我也爱把它们记着。一切的回忆同样地都是我精神的食料。现在把它们都忘丢，就是同我没有活在世间过一样。"

愿大家都可以写出属于自己的精彩故事。

枪泥